KB170878

추리소설

秘密 92+β

명지사

추리소설
秘密 $92+\beta$

책 머리에
독자에게 보내는 글

□ 책 머리에

독자에게 보내는 글

가수가 노래를 잘 불렀을 때 청중은 재창을 요청한다. 그 동안 한 해 한 권씩 펴내던 추리 단편 모음집이 금년에는 두 번 출판하기에 이르렀다. 정말 재미가 있어서 앙코르 요청을 받고 있는지는 몰라도 금년은 유난히 추리작가협회를 중심으로 작가들의 활동이 두드러졌다. 사실 작가들은 꾸준히 노력해 왔지만 이제사 많은 시선을 받게 된 것이 오히려 때 늦은 감이 없지 않다. '여명의 눈동자'들이 온통 추리소설을 찾아 나서지 않나 싶어서 반가운 마음뿐만이 아니라 두려움마저 느끼게 한다.

「10+9」나 「91+α」보다 더 좋은 단편을 모아 「92+β」란 이름을 붙여서 한국추리작가들의 기본 역량을 보여주는 좋은 기회인 만큼 독자들의 호응도 높을 것으로 기대된다. 그간 명지사는 추리소설만으로 발전

해 온 출판사이다. 그 간단치 않은 소신과 투쟁의 과정을 추리독자들만
은 알아줄 것이다. 대중문학의 총아로서 추리소설에 거는 독자들의 기대
는 우리 추리작가들의 어깨를 무겁게 하고 있지만, 우리의 발걸음은
가볍고 행보는 빨라지고 있음을 알리고 싶다. 이 세 번째의 추리 단편집
속에는 제2, 제3의 눈동자가 있다는 것을 귀띔해 드리면서, 독자 여러분
이 직접 찾아볼 것을 권해 마지않는다. 추리소설은 어디까지나 독자를
위한 소설이니까.

1991년 12월

柳　明　佑

(한국추리작가협회 부회장)

추리소설 · 秘密 92+β

차 례

화병의 증언

● 강종필

60년 서울 출생
90년 동아일보 신춘문예에 희곡 당선
한국추리작가협회 회원
주요작품 : 「황금의 잔」(희곡)
　　　　　「화병의 증언」(단편)
　　　　　「안개는 도시에 머물고」
　　　　　「바그다드의 불꽃」
　　　　　「삼각의 종점」(이상 장편)

화병의 증언

1

문을 두드리는 소리에 은애는 잠에서 깨어났다. 노크 소리는 처음에는 아주 조심스럽게 그리고 다시 두 번, 아까보다 조금 강하게 울렸다.

"누구세요?"

"나다. 좀 나와라."

오빠 학준의 음성이었다. 상체를 일으킨 은애는 전기 스탠드의 불을 켠 뒤 침대 아래로 발을 내리고 휠체어를 끌어당겨 그리로 옮겨 앉았다.

밖에서 초조하게 서성이던 학준은 그녀가 나오자 왈칵 덮치기라도 할 듯이 다가왔다. 불빛 때문인지 그는 안색이 창백했고 몹시 당황하고 있는 것 같았다.

"오빠, 왜 그래요? 무슨 일이죠?"

"그, 그게 말이다, 그게……."

학준은 말의 두서를 찾지 못하더니 느닷없이 휠체어를 꽉 움켜쥐었다. 그리고 그녀가 미처 뭐라고 하기도 전에 앞으로 밀고 나가는 것이었다.

복도 모퉁이를 돌면 곧바로 영숙의 방이었다. 학준이 목적하는 곳이 그 방이라는 걸 깨닫는 순간 은애는 이유 모를 불안에 몸을 부르르 떨며 그의 손을 잡아 더 이상 못 가게 했다.

"무슨 일이에요, 오빠? 왜 이러는 거죠?"

그러나 학준은 대답 대신 은애의 손을 뿌리치며 휠체어를 강하게 밀었다. 그 서슬에 발판 끝이 부딪치며 문이 활짝 열렸다. 순간 은애는 머리 속이 일시에 멍해지는 듯한 느낌이었다.

방 복판에 학준의 아내인 영숙이 얼굴을 옆으로 돌린 자세로 엎드려 있었다. 얼핏 보면 편안히 수면을 취하고 있는 것 같은 모습이었다. 그러나 방을 싸늘하게 냉각시키고 있는 섬뜩한 기운이 그녀가 이미 살아 있지 않다는 것을 간접적으로 말해 주고 있었다.

영숙은 분홍색 홈드레스를 입고 있었는데 옷이 조금도 흐트러져 있지 않았다. 다만 양말이 발목까지 내려와 있었고 주위에 깨어진 화병 조각과 꽃이 어지럽게 흩어져 있었다.

"언니는 죽었나요……?"

은애는 가까스로 목소리를 쥐어짜 물었다.

"그, 그런가 보다……."

"오빠가 그랬어요?"

"아니다. 조금 전에 여기서 이상한 소리가 나길래 달려왔더니 이 모양이다. 그래서 어찌할 바를 몰라서 널 부른 거다."

이상한 일이었다. 은애는 갑자기 사방이 확 트인 넓은 벌판에 혼자서 있는 것 같은 느낌이었다. 무섭진 않았다. 오히려 머리가 맑아지면서 자꾸만 침착해지는 자신이 놀라와 이러다 미치는 게 아닌가 하는 생각까지 들었다.

"창문을 열어요."

나직한 음성으로, 하지만 학준이 분명히 알아들을 수 있게끔 은애가 속삭였다.

"빨리 장롱 서랍을 열고 안의 물건을 흐트러 놓으세요. 저 의자도 탁자도 넘어뜨려요. 강도가 들어왔던 것처럼 만들어야 해요. 알아듣겠어요?"

멍하니 서 있던 학준이 펄쩍 뛰어 안으로 들어갔다. 그러자 은애의 음성이 다시 등에 꽂혔다.

"맨손으로 하지 말아요! 지문을 남기면 안 돼요!"

잠시 후 방안은 놀랍게 변해 있었다. 활짝 열린 창문으로 바람이 들어올 때마다 커튼이 몸부림치며 헝클어진 침대를 덮었다.

사방을 찬찬히 살펴본 은애는 만족한 듯 탈진한 사람처럼 땀을 흘리고 있는 학준에게 물었다.

"여기 오기 전에 어디 있었죠? 아래층 오빠 방에선 이 방에서 나는 소리가 안 들렸을 텐데요?"

"서, 서재에…… 거기서 소리를 들었다."

"좋아요. 그럼 서재로 가서 오빠가 있었던 흔적을 없애고 오빠 방으로 가세요."

"그럼 여긴?"

"나한테 맡겨요."

학준이 은애를 보았다. 그녀는 확신을 주기 위해 고개를 끄덕였다. 그러자 학준은 뒤로 물러서더니 서재를 향해 달려가는 것이었다.

은애는 오른손으로 머리를 짚었다. 가는 한숨이 저절로 새어나왔다. 한바탕 푸닥거리를 끝낸 무당처럼 몸에 기운이 하나도 없었다. 그러나 이대로 있을 수는 없는 일이었다.

그녀는 학준에게 닥친 위험을 직감하고 있었다. 누군가 도와주지 않는다면 학준은 이대로 파멸하고 말 것이다. 그리고 그 일을 해낼 수 있는 사람은 그녀뿐이었다.

이윽고 학준이 방으로 돌아갔으리라고 짐작될 때 은애는 비로소 비명을 지르기 시작했다.

2

화병은 깨어져 있는데 바닥이 젖어 있지 않다는 사실이 자꾸만 전반장의 신경을 건드리고 있었다. 더구나 장롱 서랍은 열려 있었지만 속까지 뒤진 게 아니라 위에 있는 옷가지들을 밖으로 끌어낸 데 불과하고 가구들이 넘어져 있는 모양도 어딘지 자연스럽지가 않았다. 전은 마치 잘 연출된 무대를 보고 있는 듯한 느낌이었다.

유영숙의 사인은 뒷머리를 흉기로 강하게 얻어맞은 것이었다. 흉기는 무겁고 각이 진 물건인 듯 상처 부위가 움푹 파여 있었다. 단 한 번의 가격으로 절명했기 때문에 몸에 다른 상처는 없었다.

"외부인이 침입한 흔적은 전혀 없습니다. 이 집은 원칙적으로 침입이 불가능하게 되어 있더군요. 경비원에다 사나운 개가 두 마리, 게다가 경보장치까지 되어 있는 이런 집에 어떤 간 큰 놈이 들어오겠습니까?"

바깥을 조사하러 나갔던 박형사가 들어오면서 보고했다. 그러나 전은 그의 보고에 반응을 보이는 대신 피살자의 손등에서 작은 유리조각을 집어들었다.

"이상하군. 피살자가 범인과 싸우다가 화병이 깨졌다면 당연히 시체

밑에 이게 있어야 하는데 엉뚱하게도 손등 위에 얹혀 있단 말야."

"그럼 이건 모두 위장이란 말입니까? 범인이 우리의 눈을 속이려고 방을 엉망으로 만든 뒤에 유유히 자기 방으로 돌아가 있다가, 소동이 벌어지자 태연하게 북새통에 동참했다 이거로군요?"

전은 아무 말도 하지 않았다. 그러나 그의 침묵은 긍정의 뜻이라는 걸 박형사는 알고 있었다.

사건이 날 당시 2층에는 모두 세 사람이 있었다. 유영숙과 오은애, 그리고 오학준의 개인 비서인 구미나가 각각 하나씩의 방을 차지하고 있었다.

오학준은 아래층에 자기 방을 가지고 있었다. 그들은 부부 사이가 원만치 못한 듯 아래층과 2층에 각 방을 쓰고 있었던 것이다.

대문 곁에는 따로 별채가 있었다. 오학준의 배다른 동생인 오학균과 경비원 조씨, 그리고 가정부인 부안댁과 그녀의 남편 박씨가 그 곳에 기거하고 있었다.

"이 사건이 내부인의 범행이라면 결국 그 일곱 명 중에 범인이 있겠군요. 하지만 오은애는 일단 제외해야 되지 않을까요?"

"어째서?"

"하반신을 쓰지 못하는 장애자가 정상인의 뒷머리를 가격할 수는 없지 않습니까? 우선 높이가 맞지 않아요. 상대를 살해할 만큼 내리치자면 피살자보다 높은 위치이거나 최소한 대등해야 될 것 아닙니까? 하지만 앉은 자세에서는 그게 불가능하거든요. 더구나 창문을 열고 방을 이 지경으로 만드는 일은 그런 여자로선 할 수 없죠."

"그럴까?"

그러나 전은 일단 결론을 유보하기로 했다. 용의자 모두를 만나보기 전에는 어떠한 추리도 하지 않을 작정이었다.

　"좀 어떻습니까?"
　전혀 억양이 없어서 잘 조합된 전자음을 연상케 하는 음성으로 전이
물었다.
　"이젠 괜찮아요."
　"다행이군요. 그럼 어떻게 해서 현장을 목격하게 되었는지 자세히
얘기해 줄 수 있겠죠?"
　은애는 잠시 허공을 더듬으며 그때의 일을 되살렸다. 그 충격과 학준
의 공포에 질린 얼굴, 그리고 영숙의 시체.
　"……자려고 누웠는데 그쪽에서 무슨 소리가 들렸어요. 뭐가 깨지는
것 같기도 하고 넘어지는 것 같기도 한 그런 소리였어요. 처음엔 무심
히 들었지만 계속해서 소리가 나잖아요. 그래서 나와 본 거예요."
　"나와 보니까 문이 열려 있고 유영숙씨는 죽어 있더라 이겁니까?"
　"아뇨, 문은 내가 열었어요. 여러번 노크해도 대답이 없길래 열어 보
았더니 언니가 방 가운데 쓰러져 있었어요. 그 뒤론 기억이 없어요."
　"상식적으로 생각할 때 쓰러져 있는 사람을 보면 들어가서 생사 여부
부터 확인하는 게 순서일 텐데요. 그때 왜 방에 들어가지 않았습니
까?"
　"난 그 순간 상식적으로 움직일 수 있는 상태가 아니었어요."
　"은애씨가 지른 비명 소리를 듣고 누가 제일 먼저 달려왔나요?"
　"모르겠어요. 기억이 나지 않아요."
　그러자 범처럼 잽싼 시선이 은애의 얼굴을 훑고 지나갔다. 그러나
별다른 표정의 변화를 잡아내지 못했는지 전은 다시 말을 이었다.
　"죽은 유영숙씨와 오학준씨와의 관계는 어땠습니까? 좋았나요?"

"한 집에 살면서도 각 방을 쓸 정도였으니까 좋다고는 할 수 없겠
죠."

"그럼 은애씨와 유영숙씨와의 사이는요?"

"난 언니를 좋아하지 않았어요."

"죽이고 싶을 만큼 말입니까?"

"그래요. 죽이고 싶을 만큼."

주고 받고 주고 받고, 두 사람은 마치 대화의 유희를 즐기는 것 같았
다. 그러나 누구도 문제의 핵심을 건드리지 않고 교묘하게 피해 가고
있었다.

3

학균은 별채의 자기 방에서 술을 마시고 있었다. 은애가 들어와도
그는 고개도 돌리지 않았다.

"오빠 언니가 죽은 게 아무렇지도 않나 보지?"

자연 빈정거리는 투가 되어 은애가 말했다.

"나하곤 처음부터 관계없는 일이었으니까."

"꼭 그렇지만은 않을걸. 오빠는 우리 집의 재앙 덩어리야. 우리 집에
서 무슨 문제가 생기면 그건 언제나 오빠의 짓이었지."

"하지만 이번에 형수를 죽인 건 내가 아니다. 괜히 날 걸고 넘어지지
마라."

"언니가 살해될 때 오빠 어디 있었지?"

"그건 왜 묻니?"

"경찰은 집 안의 누군가가 언니를 죽였다고 생각하는 눈치야. 내 생각
도 그렇고 말야."

"그래서 내가 범인이라는 거니?"

"그럴 수도 있잖아. 오빠는 요즘 돈이 궁했어. 언니는 언제나 많은 현금을 가지고 있었고 말야. 그러니 오빠가 돈을 훔치러 그 방에 들어 갔다가 언니한테 들키니까 엉겁결에 죽였을 수도 있잖아."

학균은 아무 말 없이 술을 훌쩍 마셨다.

그러나 다음 순간 그는 술잔을 힘껏 벽을 향해 던지고 있었다. 깨진 유리 조각이 사방으로 튀었다. 하지만 의외로 이어서 그의 입에서 나온 음성은 차분했다.

"그렇게 의심스러우면 경찰한테 가서 내가 범인이라고 말하지 그러 니?"

"오빠 우리 어머니가 어떻게 돌아가셨는지 알지? 오빠 때문에 속만 끓이지 않았어도 어머닌 아직 살아 계셨을 거야. 솔직히 말해서 난 오빠가 이 사건의 범인이었으면 좋겠어. 그래서 우리 집에서 영원히 사라져 주기를 바래."

학균은 은애의 증오어린 시선을 피하고 말았다. 이미 분노는 사라진 뒤였다. 오직 바로 옆에까지 다가온 위험만이 그를 긴장시키고 있었다.

그 무렵, 전은 부안댁에게 깨어진 화병 조각을 보여주고 있었다.

"아주머니, 이 화병 아시죠?"

"예……."

지레 겁을 먹은 그녀는 전의 얼굴을 똑바로 보지 못하면서도 대답만 은 분명하게 하고 있었다.

"화병이 깨진 자리가 젖어 있지 않던데요. 아주머니, 이 병에 물을 언제 갈아 주셨어요?"

"어제 오후예요. 그런데 이상하네요. 이건 서재에 있던 건데 왜 사모 님 방에 가 있었을까요……."

"뭐라고요?"

전의 눈이 반짝였다. 오랜만에 보여주는 표정의 변화였다.

"이게 어제 오후까지 서재에 있었단 말이죠? 분명합니까?"

"그럼요. 제가 물을 갈았다니까요."

"서재 어디에 있었습니까?"

"책상 앞 탁자예요."

부안댁에게 재차 확인을 한 전은 그 길로 박형사를 데리고 서재로 달려갔다. 그리고 면밀하게 조사를 한 끝에 화병이 놓여 있었다는 탁자 아래서 미세한 유리의 파편을 찾아내는 데 성공했다.

"그 화병 조각이 분명합니까?"

박형사가 흥분해서 소리쳤다.

전은 묵묵히 고개를 끄덕였다. 사건의 진상을 가리고 있던 베일이 한 겹 벗겨지면서 좀더 확연하게 실체가 보이는 것 같았던 것이다.

"화병이 깨진 장소가 여기라면 유영숙이 살해된 곳도 바로 여기가 아닐까요?"

"그래, 범인은 서재에서 유영숙을 살해하고 그걸 감추기 위해서 방으로 옮긴 거야. 유영숙의 양말이 발목까지 내려와 있던 걸 기억하겠지? 그건 범인이 시체의 발을 잡고 끌어당겼기 때문일 거야."

"어쩐지 현장을 처음 볼 때부터 시체의 엎드려 있는 모습이 부자연스럽더군요. 그럼 사건은 이제 해결된 거나 다름없죠? 범인이 내부인이라는 게 증명되지 않았습니까? 더구나 시체를 운반한다는 건 여자의 힘으로는 어렵죠."

"하지만 이런 때일수록 신중해야 하네. 사건은 언제나 마지막 단계가 가장 어렵거든."

범인이 금품을 노린 것이 아닌 이상 고용인들의 짓일 가능성은 희박

했다. 그렇다면 남는 사람은 학준과 학균, 두 사람뿐이었다.

<h2 style="text-align:center">4</h2>

은애가 들어왔을 때 구미나는 소파에 앉아 책을 읽고 있었다. 그녀는 은애가 2층으로 올라가려고 하자 몸을 일으켰다.

"도와줄까요?"

"부탁해요."

2층 계단은 휠체어가 오르기 좋도록 매끈한 나선형이었다. 그러나 은애 혼자의 힘으로 올라가기에는 다소 힘든 경사였다.

방문 앞에서 돌아서려는 구미나를 은애가 불러세웠다.

"잠깐 얘기를 할 수 있겠어요?"

"나하고요?"

의아한 표정으로 구미나가 되물었다.

"들어와요."

방에 들어온 은애는 우선 커튼을 걷고 창문을 활짝 열었다. 그러자 햇살이 기다렸다는 듯 한꺼번에 안으로 쏟아져 들어왔다. 창 아래 정원 에는 사람의 모습은 보이지 않았다. 사슬에 묶인 개만 제자리에서 서성 이고 있을 뿐이었다.

"아까 형사하고 무슨 얘길 했죠?"

"형사하고 얘기하지 않았어요."

"미나씨의 방에서 형사가 나오는 걸 봤는데요?"

"그 사람들은 뻔질나게 2층을 드나들어요. 난 그들이 함부로 행동하 지 못하도록 지켜보고 있었을 뿐이에요."

"어젯밤에 내 비명 소리를 듣고 가장 먼저 달려온 게 미나씨였죠?

자고 있지 않았었나 보죠?"

"난 그때 방에 있지 않았어요."

"그럼요?"

"잠이 오지 않아서 테라스에 나가 있었어요."

순간 은애는 숨을 훅 들이마셨다. 재빨리 정신을 가다듬지 않았다면 비명이 튀어나왔을 것이다.

2층 테라스라면 영숙의 방을 창으로 들여다볼 수 있는 위치였다. 그렇다면 이 여자는 모든 걸 보았다는 얘기가 아닌가.

"거기서 뭘 하고 있었죠?"

"별을 보고 있었어요. 별빛이 참 곱더군요."

"어제는 날이 흐렸어요. 별 같은 게 나와 있을 리 없어요."

"……참 그렇군요……."

처음으로 구미나가 은애의 시선을 피해 고개를 돌렸다. 그녀는 의미 없이 책상 위의 마스코트 인형을 만지작거리고 있었다.

혼란이 가라앉자 어느 정도 안정이 되어 갔다. 은애는 정신을 모으려 애썼다. 어쩌면 구미나는 생각보다 무서운 여자일지 모른다.

"설마 어젯밤에 본 걸 경찰한테 말하진 않았겠죠?"

"뭘 말예요? 난 아는 게 아무것도 없어요."

"날 속이지 말아요!"

깜짝 놀랄 만큼 큰 소리로 은애가 외쳤다.

"왜 내가 이제야 이걸 깨달았는지 모르겠네. 따지고 보면 아주 간단한 일인데 말예요. 언니를 죽인 건 바로 미나씨죠? 미나씨는 오빠를 좋아하고 있었어요. 그래서 언니만 없다면 그 자리를 차지할 수 있다고 생각했던 거죠?"

"그건 잘못 생각한 겁니다."

너무도 갑자기 전이 끼어들었기 때문에 두 사람은 경악했다. 언제 문이 열리고 전이 들어왔는지 모를 일이었다.

"미안합니다. 엿들으려고 한 건 아닌데 두 분의 음성이 너무 커서요!"

기분 나쁜 미소를 지으며 전이 다가왔다. 그는 처음부터 줄곧 은애의 얼굴에 시선을 고정시키고 있었다.

기회를 놓치지 않고 구미나가 발딱 일어나더니 재빨리 방을 빠져나갔다. 그러자 전은 그녀가 나가기 좋도록 옆으로 비켜섰다가 문을 닫았다.

"내가 방해가 된 건 아니겠죠?"

"미안해 하지도 않으면서 그런 인사치레는 귀에 거슬리는군요. 그보다 방금 한 말은 무슨 뜻이죠?"

"그걸 설명하기 전에 은애씨가 먼저 내게 해명해야 할 일이 있습니다. 은애씨는 지금까지 내게 한 마디도 진실을 얘기하지 않았더군요. 어젯밤에 유영숙씨의 방에서 이상한 소리가 나는 걸 듣고 나와 봤다는 건 거짓말이었죠?"

은애의 날카로운 촉각이 위험을 감지하고 경계 신호를 울렸다. 어딘지 전의 모습이 자신에 차 있는 것처럼 보였던 것이다. 그녀는 공격을 당하는 짐승처럼 몸을 움츠렸다.

"이미 오학준씨가 모든 걸 자백했습니다."

"뭐라고요?"

"깨어진 화병 조각에서 그의 지문이 검출되었으니까 더 버틸래야 버틸 수가 없었죠. 물론 그렇다고 범행을 시인한 건 아닙니다. 오학준씨는 서재에서 아내의 시체를 발견했다고 하더군요. 그 순간 본인이 누명을 뒤집어쓸까 두려웠다는 겁니다. 그래서 시체를 안아 방으로 옮긴 뒤 은애씨에게로 달려가 도움을 청했다고 하더군요. 강도가 들어

온 것처럼 위장하라고 시킨 건 은애씨라면서요?"

"시체를 옮겨요?"

"몰랐습니까?"

시체를 옮겼다고? 은애는 극심한 혼란을 일으켰다. 어째서 학준은 그녀에게 그 사실을 숨겼을까.

"하지만 그 자백은 절반만이 진실입니다. 고의적이었는지 우발적인 범행이었는지는 알 수 없지만, 우리는 오학준씨가 유영숙씨를 살해한 범인이라고 믿고 있습니다. 오학준씨는 아내를 살해한 뒤 시체를 방으로 옮기고 은애씨에게로 달려갔습니다. 그것은 만일의 경우 은애씨를 증인으로 내세워 혐의를 벗어나려는 얄팍한 계략이었죠. 하지만 완벽을 기한답시고 깨어진 화병 조각까지 옮겨놓은 게 결정적인 실수였습니다. 그것 때문에 범행 장소가 서재로 밝혀지리라는 건 본인도 아마 생각하지 못했을 겁니다."

"아녜요!"

은애가 힘껏 소리쳤다.

"그럴 리 없어요! 절대로 오빠가 범인일 수 없어요. 그래요, 범인은 아마 구미나일 거예요. 그 여잔 어젯밤에 테라스에 있었다고 내게 말했거든요. 언니가 살해된 곳이 방이 아니라 서재라면 그 여자의 짓이 틀림없어요. 서재의 창을 넘으면 테라스로 나갈 수 있으니까요. 그러니까 구미나는 어젯밤에 언니를 죽일 작정으로 서재에서 기다리고 있다가 언니가 들어오자 뒷머리를 힘껏 내리쳐서 단번에 목적을 달성한 거예요. 그런데 불행히도 그때 오빠가 서재로 들어왔죠. 그러자 다급해진 구미나는 테라스로 몸을 피한 거예요. 그것도 모르고 오빠는 당황해서 시체를 방으로 옮겼구요. 어때요? 내 말이 옳다고 생각되지 않으세요?"

5

은애를 보자 학준은 웃어 보이려고 했다. 그러나 그 노력은 더욱 비참하게 얼굴을 일그러뜨렸을 뿐이었다. 커튼으로 외부와 차단된 방안이 마치 감옥 같다고 은애는 생각했다.

"오빠."

"너 볼 낯이 없구나."

"그런 얘길 들으려고 온 게 아녜요. 내가 알고 싶은 건 저 사람들이 말하고 있는 게 모두 사실이냐는 거예요. 오빠가 정말로 언니를 죽였나요?"

"난 두려웠을 뿐이다."

학준이 맥없이 말했다.

"그 사람이 죽은 것을 안 순간 나는 본능적으로 함정이라는 걸 느꼈다. 때문에 그걸 피하려고 했을 뿐이다. 하지만 난 살인은 하지 않았다. 믿어다오."

"아녜요. 오빠는 아직도 뭔가 숨기고 있어요."

점점 흥분하는 학준과는 대조적으로 은애가 냉정하게 말했다.

"누가 오빠를 함정에 밀어넣은 게 아니라 오빠 스스로가 함정을 파고 그 속으로 뛰어든 거예요. 언니의 시체를 발견한 순간 경찰에 신고만 했더라도 일이 이 지경까지는 되지 않았을 거 아녜요?"

"말했잖니. 난 두려웠다고!"

"또 거짓말. 오빤 어제 왜 서재에 갔었죠?"

"책을 읽으러 갔었다."

그러나 은애는 가벼운 냉소로 학준의 말을 묵살해 버렸다.

"그런 건 경찰이나 속이지 날 못 속여요. 오빠는 서재에서 책을 읽는 일이 없잖아요. 언제나 여기 가져와 읽죠."

"그, 그러니까 책을 가지러 갔던 거다."

"그래요?"

은애는 휠체어를 침대 곁 테이블로 밀고 갔다. 거기에는 서류 뭉치가 너저분하게 널려 있었다. 그녀는 그것을 집어 학준의 앞에 퍼득여 보였다.

"그럼 이건 뭐죠? 이 서류는 어제 오빠가 가지고 들어온 거예요. 이걸 다 검토하려면 밤을 새워도 모자랄 텐데 어떻게 다른 책을 읽을 수 있겠어요?"

학준은 입을 다물었다. 그의 얼굴에서 짙은 절망감을 읽은 은애는 더 이상 추궁하지 않고 조용히 기다렸다.

"……사람을 찾으러 갔었다."

한참만에야 학준이 나직하게 말했다. 은애는 고개를 끄덕였다.

"그럴 줄 알았어요. 그런데 뜻밖에도 언니의 시체를 발견한 거죠. 오빠는 직감적으로 그 사람의 짓일 거라고 생각하고는 우선 시체를 치우고 본 거예요. 그게 어떤 결과를 가져올지는 생각도 못 하고요."

"네 말이 맞다."

"어리석은 짓이었어요. 어쩌면 그렇게 바보 같을 수 있어요? 그 때문에 오빤 파멸하고 말 거예요."

은애는 학준의 손을 잡았다. 그에 대한 애처로움이 그녀의 가슴에 출렁이고 있었다. 이 순간만은 그가 한없이 작고 연약해 보여 무조건 보호해 주고만 싶었다.

"여기가 유영숙이 쓰러져 있던 자리야. 화병은 이 탁자 위에 있었고.

그런데 그게 왜 떨어져 깨졌을까?"

"피살자가 쓰러지면서 건드려 떨어졌겠죠."

"그럴 수도 있겠지. 박형사, 여기 좀 엎드려 보게."

박형사는 재빨리 전의 의도를 깨닫고 시체가 쓰러져 있던 자리에 그 자세대로 엎드렸다. 전은 그 주위를 돌더니 발치께 가서 섰다. 그러자 등이 거의 벽에 붙을 지경이었다.

"이상한데. 범인은 틀림없이 여기서 유영숙의 뒤통수를 쳤을 텐데, 그럼 두 사람이 몸을 맞대고 있었다는 얘기가 되잖아?"

"제 키가 유영숙보다 큽니다."

엎드린 채로 박형사가 주의를 주었지만 전은 상관하지 않았다.

"마찬가지야. 자네라면 이렇게 가까운 거리에 사람을 두고 등을 돌리겠나? 상식적으로 납득이 안 되잖아."

박형사는 몸을 일으키며 생각에 잠겨 있는 전을 보았다.

"하지만 반장님은 벌써 상식적으로 납득이 될 만한 이유를 찾아내신 것 같군요."

조금 어색하게 전이 웃었다. 너무 오래 함께 행동한 때문인지 박형사는 그의 심중을 환히 읽고 있었던 것이다.

"화병이 열쇠라고 생각해. 범인은 유영숙의 뒤에 있었던 게 아니라 앞에 있었어. 화병이 탁자에서 떨어져 깨지자 유영숙은 그걸 주우려고 몸을 숙였겠지. 그때 앞에 있던 범인이 위에서 내리친 거야. 어때?"

"그럴 법한 생각이십니다. 하지만 그렇다면 범인은 손에 흉기를 들고 있지 않았을 것 아닙니까? 흉기를 들고 있는 사람 앞에서 유영숙이 몸을 숙일 리는 없으니까요."

"맞았어. 그러니까 범인이 흉기를 든 건 유영숙이 몸을 숙인 순간이었을 거야. 그러면 흉기는 이 방에 있는 물건이어야 하는데…… 그것도 손쉽게 잡을 수 있는 위치에 있어야겠고 말야."

전은 다시 주위를 둘러보았지만 흉기로 쓰일 만한 물건은 눈에 뜨이지 않았다.

"책이 흉기가 될 순 없을까?"

손이 닿는 곳은 책장뿐이라는 걸 확인한 전이 중얼거렸다. 그는 책을 한 권 뽑아내어 만지작거리고 있었다. 무겁고 부피가 큰 책의 모서리로 내리친다면 충분히 흉기 구실을 할 수 있을 것 같았다. 전은 그 가능성에 매달려 보기로 했다.

책장을 조사하는 데는 그다지 오랜 시간이 필요치 않았다. 흉기로 사용될 만큼 두꺼운 책이라는 제한도 있었고 범인이 움직일 수 있는 범위도 한정되어 있었던 것이다.

잠시 후 전반장은 3단에 꽂혀 있는 사상전집 중 제7권을 손에 들고 있었다.

"바로 이거로군."

목침만큼이나 두꺼운 그 책의 안쪽 모서리에는 무엇인가를 힘껏 내리친 흔적과 혈흔이 너무도 선명하게 남아 있었다.

"대담한 자로군요. 저 같으면 살인 흉기를 그냥 제자리에 두지는 않았을 텐데요."

박형사가 혀를 내둘렀다. 책을 흉기로 사용한 범인의 기발함과 대담성이 그를 질리게 한 것이다.

"책을 숨기는 데 책장보다 더 좋은 장소가 어디 있겠나. 그리고 이걸 잘못 숨겼다가 발각되면 오히려 더 위험할 테니까 그랬겠지."

"지문이 나올까요?"

"확인은 해봐야겠지만 그런 건 남아 있지 않을 거야."

확신을 가지고 전이 말했다.

6

은애는 테라스에서 쥬스잔을 앞에 놓고 기다리고 있었다. 꿈꾸는 듯한 표정으로 노을을 보고 있는 그녀를 보고 구미나는 문득 불안감을 느꼈다. 지금 이런 상황과는 전혀 어울리지 않는 감상이었던 것이다.

"날 찾았다고요?"

"거기 앉아요!"

구미나가 앉기를 기다려 은애는 쥬스잔을 앞으로 밀어주었다. 노란 액체가 노을빛에 반사되어 아름답게 빛나고 있었다.

"오빠가 경찰에 연행되어 갔는데도 미나씨는 아무렇지도 않나보죠?"

"내가 걱정한다고 달라질 일도 아니잖아요?"

저 무표정, 은애는 전혀 동요가 없는 구미나의 얼굴을 보며 감탄하고 말았다. 마치 백치 같은 그녀의 태도는 위장이라고 보기에는 너무도 완벽했던 것이다.

"미나씨는 평소 서재를 자주 이용하는 편이었죠?"

"난 책을 좋아해요."

"오빠가 미나씨가 서재에 있을 거라고 생각했던 것도 그 때문이었군요."

"무슨 말이죠?"

쥬스를 마시다 말고 구미나가 그녀를 빤히 보았다.

"어젯밤에 오빠는 미나씨의 방으로 갔었어요. 뭐 새삼스러운 일은 아니었죠. 전에도 오빠는 여자가 필요할 때는 가끔씩 미나씨를 찾았으니까요. 그런데 거기에 미나씨가 없자 서재에 있겠거니 생각하고 서재로 갔던 거예요. 그리고 거기서 언니의 시체를 발견한 순간 오빠가 무슨 생각을 했는지 알겠어요?"

"내가 사모님을 죽였다고?"

"그래요. 오빠는 미나씨가 서재에 있었을 것으로 단정했기 때문에 그렇게밖에 생각할 수 없었어요. 그러니까 오빠가 시체를 방으로 옮긴 것은 바로 미나씨 때문이에요. 미나씨를 보호하기 위해서죠."

"하지만 무엇 때문에 사장님이 나를……."

"그건 미나씨가 오빠가 언니의 시체를 옮기는 걸 보았으면서도 경찰에 얘기하지 않은 것과 같은 이유죠."

처음으로 그녀의 얼굴에 동요가 나타났다. 극심한 충격을 받은 것처럼 얼굴이 뒤틀리고 있었다. 은애는 구미나가 울음을 터뜨릴 걸로 생각했다. 그러나 그전에 그녀는 자리에서 일어났다.

"미, 미안해요. 잠깐……."

구미나는 테라스문을 열고 황급히 안으로 뛰어들어갔다.

구미나의 책상 위에 타자기가 놓여 있는 것이 얼마나 다행인지 몰랐다. 은애는 준비한 장갑을 끼고 책상 앞에 바싹 다가앉았다.

구미나는 침대에 반듯이 누워서 깊이 잠들어 있었다. 오른팔을 이마에 얹고 가늘게 코고는 소리까지 내고 있었다. 아까 쥬스에 수면제를 타서 먹인 게 한창 효력을 발생하는 모양이었다.

구미나의 유서를 작성하는 일은 아주 간단했다. 자신이 유영숙을 죽인 범인이라는 것과 흉기가 사상전집 제7권이라는 것, 그리고 학준이 혐의를 뒤집어쓴 데 가책이 되어 자살한다는 내용만 들어가면 되었던 것이다. 그녀는 되도록 간결하게 유서를 작성해 나갔다.

이윽고 타자가 끝나자 은애는 봉투에 넣어 베개 옆에 놓았다.

"미안해요, 미나씨. 오빠를 구하려면 이 방법밖에 없어요."

은애는 주머니에서 주사기와 약병을 꺼냈다. 간혹 잠이 오지 않는 밤이면 사용하던 것으로 충분히 치사량이 될 만한 분량이었다. 그녀는 약을 주사기에 가득 옮겨넣고 빈 병은 구미나의 지문을 찍어 바닥에 버렸다.

"잘 자요, 미나씨. 길고 편안한 잠이 될 거예요."

은애는 구미나의 손목을 잡고 그 가는 혈관에 바늘을 찔러넣기 위해 몸을 숙였다.

그때였다.

"그만두는 게 좋을 거요, 오은애씨."

은애는 기겁해서 뒤를 돌아보았다. 문이 열리고 전이 얼음처럼 차가운 시선으로 그녀를 노려보고 있었다. 은애는 주사기를 바닥에 떨어뜨리고 말았다.

"당신이 어떻게……?"

"난 돌아가지 않았소. 다만 그렇게 보였을 뿐이지. 은애씨라면 능히 오빠를 구하기 위해서 제2의 살인을 할 줄 알았거든."

전은 안으로 들어오더니 휠체어를 잡았다. 그리고 복도로 밀고 나가기 시작했다.

"어떻게 난 줄 알았죠?"

패배의 쓴 맛을 삼키며 은애가 물었다.

"난 몰랐소. 은애씨 자신이 말해 주었지. 낮에 내게 범인이 유영숙의 뒤통수를 한 번 내리쳤다고 한 말 기억하오? 당신이 범인이 아니라면 그걸 어떻게 알았겠소. 그리고 서재에서 화병이 깨졌을 때 그게 다른 사람이었다면 유영숙이 직접 줏으려고 몸을 숙이지는 않았을 거요. 당신이니까 대신 줏으려고 했던 거지. 사상전집이 꽂혀 있는 자리가 지면에서 1미터 높이였다는 것도 단서가 되었소. 그건 앉은 자세에서

만 꺼낼 수 있는 높이지. 당신은 하반신을 쓰지 못하는 장애자는 정상인의 뒷머리를 칠 수 없다는 맹점을 역으로 이용해서 유영숙을 살해한 거요."

"화병이 깨진 건 우연이었어요. 하지만 그걸 줏으려고 언니가 몸을 숙이는 순간 난 언니를 죽일 수 있다는 걸 알았어요. 평소 불구자라고 나를 모욕해 온 언니에게 보복할 수 있는 절호의 기회가 온 거였죠. 난 그 기회를 놓칠 수 없었어요."

박형사가 계단 아래서 기다리고 있었다.

메두사의 머리

● 권경희

추리작가
제1회김래성추리문학상 수상
한국추리작가협회 회원
주요작품 :「저린 손끝」
　　　　「거울 없는 방」(이상 장편)
　　　　「늪은 허우적거리는 자를 더 깊이 끌어들인다」
　　　　「집 따먹기」(이상 중 · 단편) 외 다수

메두사의 머리

차는 올림픽 대로를 질주하고 있었다. 낮에는 주차장마냥 차들이 꽉 들어차 있던 올림픽 대로는 밤 12시가 넘자 도시 고속화도로의 구실을 제대로 수행해내고 있다.

언제 무더위가 기승을 부렸더냐싶게 머리카락을 휘날리며 지나가는 밤공기가 서늘하기만 했다. 에어콘 바람과는 견줄 수 없이 상쾌한 바람이었다.

차창 밖으로 올려다보이는 서울 하늘은 공해 때문에 여전히 뿌옇긴 하지만, 그 희뿌연 하늘에 별이 몇 개 떠서 희미하게 빛을 내고 있었다.

희영은 그 가운데 가장 빛이 흐리고 가물가물한 별을 보며 갑자기 '어린 왕자'가 생각났다.

B612라는 이상한 이름이 붙은 별에서 왔다는 생떽쥐베리의 어린 왕자.

자기 별에서 가꾸던 장미 한 송이가 이 세상에서 유일한 건 줄 알고 자부심을 갖고 있었던 어린 왕자는 지구의 장미밭에 만발해 있는 수천

송이의 장미를 보고는 실망한다. 그때 꽃밭에 나타난 여우가 어린 왕자에게 '길들인다'는 것에 대한 의미를 말해 준다. 이 세상에는 같은 것들이 무척 많다. 그러나 그 중 하나와 '서로 길들여질 때' 둘은 각별한 의미의 하나가 되는 것이다. 같은 장미꽃이더라도 어린 왕자가 물을 뿌려 주고 바람을 막아주며 돌보아준 장미꽃은 어린 왕자에게 있어서 단 하나의 의미가 있는 장미꽃이 되는 것이다. '길들여졌기' 때문이다.

희영은 차창 밖을 바라보던 시선을 운전석으로 돌렸다.

재국은 진지한 얼굴로 앞을 주시하며 운전하고 있었다.

희영은 재국의 그 진지한 얼굴이 정말 좋았다. 희영과 처음 대면했을 때도 재국은 그 진지한 얼굴을 하고 있었다.

희영이 나이가 서른을 넘도록 결혼을 하지 않은 것은 다른 사람들의 입방아처럼 높은 사람을 모시고 있기 때문에 덩달아 콧대가 세어져서가 결코 아니다. 바로 이 사람이다 하고 마음을 쩡하게 울리는 남자가 나타나지 않았기 때문이다. 가슴이 떨리도록 벅찬 사랑을 느끼지 않고서 어떻게 한 남자와 결합해 복잡한 결혼생활을 한단 말인가. 혼자 살아도 경제적으로 넉넉하고, 문화적으로 풍부하고, 대인 관계에 오히려 이득이 되는데…….

희영은 자신이 회장 비서직에 오래 있음으로써 그만큼 눈이 높아졌음을 부인하지는 않는다.

그러나 어쩌랴. 희영을, 아니 미성 그룹 회장을 찾아오는 사람은 다들 이름만 들었다 하면 알 만한 사람이요, 자기 분야에서는 한 몫 하는 사람이고, 또 그런 사람들만 보고 살아온 희영의 눈이 높아지는 것은 당연한 일로 그 높은 눈에 차지 않는 사람과는 마주 앉아서 차 한 잔도 마시고 싶지 않은데…….

그런데 재국은 안 그랬다. 처음 대면한 순간, 희영은 그와 마주 앉아 밤새도록이라도 이야기하고 싶은 충동을 느꼈다. 그의 진지한 얼굴 때문이었다.

그는 방송국의 신인 아나운서였다. 얼굴도 수려할뿐더러 목소리는 밤 방송의 디스크쟈키처럼 부드럽고 감미로웠다.

그가 희영과 마주하게 된 것은 미성 그룹 회장을 인터뷰할 때였다.

그때까지만 해도 아나운서란 뉴스를 진행하거나 사회를 보는 것이 전부인 줄 알았던 희영은 아나운서가 리포트도 하고 기자들처럼 취재도 한다는 사실을 알았다. 인원은 많은데 방송에 나가는 아나운서는 고참이나 인기 있는 아나운서 몇몇밖에 없어서 다른 아나운서들은 과외 업무를 할 수밖에 없다는 것이었다.

회장과 면담을 하기 위해 기다리는 동안 재국은 희영의 질문에 찬찬히 말해 주었다.

"텔레비전 1분 뉴스만 맡아도 황송할 겁니다."

재국은 명색만 아나운서로서 웃사람들의 눈에 능력 있는 신인으로 뜨이기만을 기다리며 대기 상태로 있는 자신의 처지를 솔직하게 말해 주었다. 1분 뉴스를 맡고 거기서 능력이 인정되면 10분 뉴스도 진행하게 되며, 차차 다른 비중 있는 프로그램도 주어진다는 것이었다.

하루에도 십수명씩 대하는 회장 손님들 가운데 한 사람인, 꽃밭에 지천으로 피어 있는 장미 가운데 한 송이나 마찬가지인 재국은 처음 만난 날부터 희영에게는 '단 하나의' 사람이 되었다.

이걸 보면, 재국과 희영의 만남은 생떽쥐베리가 어린 왕자와 여우를 등장시켜 말했던 것처럼 서로 길들여져서 의미 있게 되는 것이 아닌 듯했다.

'내가 원했기 때문이야. 이런 사람을 만나겠다고 강렬하게 원했기 때문이야. 그래, 그 바램이 이루어진 거야. 나는 간절히 원하면 이루어

내잖아.'

그 생각이 맞는 듯했다. 희영은 간절히 원하는 것은 모두 이루었다. 그러나, 이 '모두'란 단어가 반드시 들어맞는 말은 아니다. 간절히 원했던 것이 모두 이루어졌는가 다 확인하지는 못했기 때문이다.

누군가의 행복을 간절히 소원했더라도, 이 행복이란 것은 오랜 세월이 흘러야 이루어지는 것이기 때문에 그것이 이루어졌는지 어떻는지를 하나하나 추적할 수는 없었기 때문이다. 그리고, 그 행복의 기준이 애매해서 훗날 그가 행복하게 된 건지 아닌지 판단하기가 어렵기도 했다.

그러나 불행한 일은 언제나 갑자기, 일시에 닥치기 때문에 확인하기가 쉬웠다.

그래서 희영이 간절히 원했던 누군가의 불행은 늘 즉시에 그 자리에서 결과를 얻어내곤 했다.

희영이 자신에게 그런 능력, 즉 간절히 원하는 것은 반드시 이루어내고야 만다는 능력을 알아차린 것은 여고 시절이었다.

그날 희영은 중간고사를 끝내고 일찍 귀가하고 있었다.

희영은 기분이 상쾌했다. 시험의 압박에서 벗어났기도 했거니와 시험을 잘 쳤기 때문이었다.

집으로 향하는 골목길에는 대낮이라서 그런지 아무도 없었다. 사람이 늘 북적대던 길에 아무도 없다는 사실도 공연히 어린 소녀 희영의 가슴을 들뜨게 해주었다.

희영은 평소보다 가벼운 가방을 기분 좋게 흔들면서 낮게 소리를 내어 휘파람을 불며 골목길을 걸어갔다.

그때, 옆으로 뻗은 다른 골목길에서 불량기가 흐르는 사내 둘이 나타났다.

"아쭈, 이 조그만 계집애가 휘파람을 다 불어. 고것 참 귀여운데."

사내 가운데 한 녀석이 히죽히죽 웃으면서 말했다.

"그러게 말야."

다른 녀석이 맞장구를 치면서 희영에게 다가왔다. 그리고는 희영의 교복 웃도리 속으로 손을 집어넣더니 젖가슴을 세게 움켜잡고 주물러댔다.

"히야, 보기완 다른데. 제법 여물었어."

교복 속에 넣었던 손을 빼내면서 녀석이 억지 감탄 소리를 했다.

"그래? 그렇다면 입술에도 단맛이 배들었겠는데?"

이번에는 다른 녀석이 입맛을 다시면서 다가와 희영의 입술을 쪽 소리가 나도록 빨았다.

희영은 공포에 질린 채 반항도 못 하고 벽에 기대어 멍하니 서 있었다.

"야, 임마, 여물기는 뭐가 여물어. 젖비린내만 난다. 빨리 가자. 덕자하고 풍자가 기다린다. 그래도 푹 익은 계집이 낫지. 금방 썩을지 몰라두."

희영의 입술을 빤 녀석이 혓바닥을 쑥 내밀어 한 바퀴 돌려 제 입술을 축이면서 낄낄거렸다.

두 녀석은 아무런 일도 없었다는 듯 벽에 기대어 사시나무 떨 듯 떨고 있는 희영을 버려 두고 건들거리는 걸음으로 골목을 걸어갔다.

희영은 그제서야 정신을 가다듬었다.

몸에는 아직도 녀석들의 손과 입술 감촉이 남아서 벌레처럼 스물거리고 있었다.

젖가슴을 주물러대던 녀석의 손은 우악스럽기만 했었고, 입술을 훔쳤던 녀석의 입술은 파충류가 지나간 것처럼 징그러웠다. 게다가 라면을 먹고 나왔는지 녀석의 찌든 입냄새와 섞인 라면국물 냄새가 희영의 오장육부를 확 뒤집어놓을 정도로 역겹게 풍겼다.

희영은 날아갈 듯 행복했던 기분을 짧은 순간에 모조리 망쳐 놓은 녀석들이 혐오스러웠다. 아직 남자 친구 한 번 사귀지 않았고, 아버지 외의 남자와는 손목 한 번 잡아보지 않은 순결한 육체를 유린한 녀석들이 증오스러웠다.

희영은 쪼그리고 앉아 가슴을 양손으로 마구 털어내고 교복 치마로 입술을 싹싹 문질러대며 녀석들을 저주했다. 아주 간절한 마음으로.

'그 녀석 손모가지가 다신 쓰지 못하게 부러져 버려라.'

'그 녀석 입술이 어떤 사람도 가까이 하기 싫어하게 뭉개져 버려라.'

희영이 질금질금 나오는 눈물을 손가락으로 찍어내며 이를 악물고 간절히 원했을 때, 골목 밖 큰길에서 자동차가 삐익 하고 급정거하는 소리가 들려왔다.

희영은 순간적인 직감에 자동차 소리가 났던 큰길로 뛰어갔다.

거기엔 벌써 여러 대의 차가 길을 메우고 있었고, 사람들이 모여서 웅성거리고 있었다. 교통사고가 나 있었던 것이다.

"아니, 이 큰길을 무단 횡단하는 놈들이 어디 있어? 이런 놈들은 죽어도 싸."

구경꾼 가운데 한 사람이 혀를 끌끌 차며 욕을 해댔다.

길바닥에는 피투성이가 된 사내 둘이 뒹굴고 있었다. 그 녀석들이었다. 골목길에서 희영을 희롱했던 두 녀석이 처참한 모습으로 쓰러져 신음하고 있었다.

희영의 젖가슴을 움켜잡았던 녀석은 팔이 부러졌는지 오른팔을 감싼 채 고통을 호소하고 있었고, 입술을 빼앗았던 녀석은 얼굴, 특히 입 언저리가 피투성이가 되어 끙끙거리고 있었다.

그들의 모습을 내려다보며 희영은 속이 시원해짐을 느꼈다. 복수의 쾌감이 온몸의 신경을 타고 찌르르 퍼져나갔다.

'그러면 그렇지. 나쁜 짓을 하는 놈들에게는 어떻게 해서든 나쁜 과보가 돌아가게 되어 있는 거야.'

희영은 혼자 속으로 중얼거렸다.

그렇지만 희영은 당시에 그것이 자신의 저주로 이루어진 직접적인 결과라는 사실은 알아차리지 못했었다. 그들이 당한 끔찍한 상황을 보며 당연한 결과라는 생각만 했을 뿐이었다.

그러나 살아가면서 그와 비슷한 일을 자주 겪게 되자 그런 일들이 모두 자신이 간절히 원했을 때 일어났다는 것을 알 수 있게 되었다.

직장에 발을 들여놓고 첫 월급을 탔을 때였다. 처음으로 자신의 손으로 번 돈을 백 속 깊은 곳에 넣고 백화점에 가기 위해 지하철을 탄 희영의 가슴은 뿌듯하기만 했다. 특히, 여고 시절에 아버지를 여읜 희영이 동생들의 학비를 벌기 위해 대학을 포기하고 직장을 다녀서 받은 귀중한 돈이었다.

첫 월급으로는 어머니의 속옷을 사드려야 한다고 직장 선배들이 대견해하며 해준 말이 생각나 어머니 속옷을 사러 백화점으로 향하는 길이었다.

'기왕이면 색깔 있는 속옷을 사드려야지.'

희영은 속으로 생각하며 쿡쿡 웃었다. 구식으로만 살아온 희영의 어머니는 지금은 재래식 시장에나 가야 구할 수 있는 하얗고 넓적한 팬티를 늘 입었다.

"난 이게 좋다. 넉넉해서 조이지도 않고, 삶아도 색이 변하지 않고, 줄어들지도 않고……."

어머니는 그 헐렁한 구식 속옷 대신 간편하고 예쁜 속옷으로 바꾸어 입으라고 해도 손을 내저어 마다했다. 그러면서도 레이스가 화려하고 색깔과 무늬가 형형색색인 희영의 속옷을 보면서는 항상 감탄하곤 했다.

"아유, 앙징스럽기도 하지. 너무 색깔이 곱고 모양이 이뻐서 속에 입긴 아깝다."

희영은 자신이 작고 예쁜 속옷을 사다 주면 어머니는 이런 걸 어떻게 입느냐고 쑥스러워할지도 모른다고 생각했다. 그러나 기왕 사왔으니까 딸의 성의를 보아서라도 입겠다고 마지못해서 입는 척할 것이다. 내심으로는 좋아하면서도.

자신도 모르게 입가에 미소를 머금고 어머니 속옷 생각에 몰두하고 있던 희영은 이상한 예감이 들어 핸드백을 내려다보았다.

수상한 손이 희영의 핸드백 지퍼를 잡고 반쯤 열고 있었다. 소매치기였다.

희영은 몸을 옆으로 빼면서 핸드백을 앞으로 잡아당겼다.

그러자, 그 손이 더 센 힘으로 희영의 핸드백을 잡아당겼다. 그와 함께 희영의 귀에 뜨거운 입김이 불어오면서 음침한 음성이 들려왔다.

"찍 소리 마. 소리치면 이 고운 얼굴을 확 그어 놓을 거야."

어느새 희영의 목에서 예리한 칼날의 차가운 감촉이 전해져 왔다.

희영은 고개도 돌리지 못한 채 꼼짝도 못하고 서 있었다.

녀석은 여유 있는 희영의 핸드백 지퍼를 마저 열고 월급봉투를 꺼냈다. 그리고는 사람들 틈을 헤집고 서서히 다른 쪽으로 옮겨갔다.

희영은 얼굴도 못 본 남자에게 뻔히 아는 상태에서 월급봉투를 송두리째 강탈당하고는 허망한 심정으로 서 있었다.

벌써 한 정거장을 지나왔는지 정거할 역을 알리는 안내 방송이 흘러나왔다.

"이번 역은 곡선 구간이라 열차와 승강장의 간격이 넓으니 유의하시기 바랍니다."

희영은 안내 방송을 들으면서 순간적으로 간절히 원했다.

희영의 염원은 금세 현실로 눈앞에 나타났다.

지하철 문이 열림과 동시에 젊은 여자의 외마디 소리가 들려왔다.

"사람이 끼었어요."

그러나 밀려 나가는 뒷사람들에 의해 여인의 외침은 파묻혀 버렸다. 그리곤 여러 사람이 앞으로 쏠리는가 싶더니 비명 소리가 연달아 들려왔다.

맨먼저 넘어진 사람에 걸려 뒤에 나가던 사람들이 계속 겹쳐서 쓰러졌던 것이다.

"아이구, 사람 살려."

"나, 깔려 죽네.

곧 역무원이 달려오고, 다른 문에서 내린 승객들과 함께 맨위에 있는 사람부터 하나씩 일으켜 세웠다.

그러나 밑에 깔렸던 사람들은 아파서 끙끙거리며 일어서지도 못하고 있었다.

"아저씨, 맨밑에 있는 사람은 소매치기예요. 도망가지 못하게 붙잡아 두세요. 제 월급봉투를 뺏어갔어요."

지하철 문 밖으로 빠져나온 희영이 소리쳤다. 얼굴도 보지 못했지만, 녀석일 거란 확신이 들었기 때문이다.

녀석은 붙잡지 않아도 도망을 가지 못할 지경이 돼 있었다. 승강장과 지하철 사이에 끼인 다리가 부러졌는지 일어서지도 못했던 것이다.

"아가씨, 이 봉투가 맞아요?"

그 와중에도 녀석의 점퍼 주머니를 뒤진 역무원이 희영의 월급봉투를 꺼내면서 물었다.

"저 녀석 천벌을 받았군. 남이 한 달 동안 고생고생하면서 번 돈을 가로채다니. 병원에 보내기 전에 경찰에 먼저 보내야겠어."

승객들이 녀석을 향해 삿대질을 했다.

희영의 염원은 항상 이런 식으로 이루어졌다. 좋게 말해 염원이지, 그건 저주였다. 경찰이나 법의 힘에 의지할 수 없는 종류의 복수, 그것을 희영은 직접 행했던 것이다.

그녀의 머리를 보는 사람은 그 순간 돌로 변해 버렸다는 그리스 신화에 나오는 메두사의 전설처럼, 희영의 저주에 걸려서 벗어난 사람은 하나도 없었다.

희영은 이렇게 억울한 일을 당할 때마다 그에 상응하는 독한 저주를 내렸고, 희영의 저주를 받은 사람은 그대로 당했다.

위 아래로 하얀 옷을 입고, 하얀 구두를 신고 한껏 멋을 내며 외출하던 어느 날, 희영에게 흙탕물을 튀기고 달아났던 버스는 5백 미터도 못 가서 타이어 펑크 나는 소리가 우렁차게 났고, 희영이 모시고 있는 회장을 찾아올 때마다 비서는 인간도 아니라는 듯이 하대하던 정부기관의 고위 공무원은 독직 사건으로 철창 신세를 지기도 했다.

희영이 고졸이라고 자신보다 낮은 학력을 늘 깔보곤 하던 기획실의 미스 강은 집안 좋고 학벌 좋다는 남자와 약혼까지 했으나 그가 국졸 출신의 백수건달이라는 사실을 뒤늦게 알고 파혼을 했으며, 희영이 모녀를 속이고 집 계약금을 떼어먹고 달아났던 악덕 중개업자는 그보다 더 크게 저지른 부동산 사기 사건이 들통나 전격 구속되었다는 기사가 신문에 났다.

그러나 희영은 재국을 만나면서부터 이런 저주를 내리게 되지 않았다.

사랑을 하게 되면 도량이 넓어지는지, 전에는 희영의 가슴을 후벼파던

복수심들이 발동하지 않았다. 웬만한 일은 불쾌한 감정을 느끼지도 않고 무심히 지나쳐 버렸고, 조금 심한 일은 그럴 수도 있지 하는 마음의 여유가 생겼다.

'이게 사랑의 힘인가?'

그렇다. 사랑을 하게 되면서 각박한 마음으로 웅크리고만 살아왔던 희영에게 용서의 미덕이 자라나고 있었던 것이다.

희영은 다시 고개를 돌려 운전을 하고 있는 재국의 옆얼굴을 훔쳐보았다.

언제 보아도 수려한 모습이었다. 희영이 가슴 속에 그려오던 바로 그런 모습의 남자, 옛 전설 속에 나오는 옥빛 도포자락을 휘날리며 찾아온 선비 같은 남자였다.

재국은 희영을 만난 이후로 1분 뉴스를 맡게 되었고, 거기서 더 발전해 10분 뉴스도 무난히 진행했으며, 다음 주부터는 매일 아침 한 시간 동안 생방송되는 여성 프로그램의 진행자로 발탁되었다. 원하던 대로 아나운서로서 제대로 인정받기 시작했던 것이다.

희영은 그것이, 1분 뉴스를 진행하기 위해 두 시간을 연습하는 재국의 노력의 결과이기도 하지만, 희영의 위력 있는 염원이 가세를 한 덕분이기도 할 거라고 생각하면서 속으로 빙긋 웃었다.

희영의 마음을 아는지 모르는지 잠시 옆으로 고개를 돌려 희영을 바라본 재국이 핸들을 잡고 있던 오른손으로 희영의 손을 어루만졌다. 이 세상 무엇보다도 부드럽고 다정한 손길이었다.

차는 노량대교를 지나고 있었다. 평소엔 병목 현상을 빚어 꽉꽉 막히던 노량대교가 한밤중인 지금은 한산하기만 했다.

희영은 꿈 속을 달리고 있는 기분이 들었다. 너무도 행복하여 죽고 싶을 지경이었다. 배불러 죽고, 우스워 죽고, 기뻐 죽고, 즐거워 죽고 싶은 것처럼 너무 행복하여 죽고 싶을 정도였다.

'이대로 죽어 버렸으면, 이대로 죽어 버렸으면……'

자신의 손을 매만지고 있는 재국의 손을 두 손으로 꼬옥 잡으며 희영은 눈을 지그시 감았다.

그때였다.

차체가 기우뚱하더니 무엇인가에 쾅 하고 부딪치는 소리가 들려왔다.

어느새 차가 노량대교의 난간을 부딪치고 다리 밖으로 튀어나가고 있었다. 희영의 눈 위에는 희미하게 별이 떠 있는 하늘이 보였고, 눈 아래에는 시커먼 한강물이 넘실대는 것이 들어왔다.

'아니야, 이건 아니야. 이건 내가 진정으로 원하는 것은 아니야.'

그러나, 희영의 절규는 목 언저리에서만 맴돌고 있었다.

용의자의 귀거리

• 김상헌
충주 출생
양동문학 회원
한국추리작가협회 회원
제5회한국추리문학신인상 수상
주요작품 : 「살인 FM」
　　　　「황홀한 죽음」
　　　　「비밀 사냥」
　　　　「야간 탈옥」 외 다수

용의자의 귀걸이

눈발이 휘날리며 차창을 후려친다. 윈도우 와이퍼가 힘겹게 움직이며 들이치는 눈을 열심히 밀어내고 있다. 차량들은 도로에 쌓이는 눈 때문에 엉거주춤 기어간다.

여느 때의 이 시간 같으면 전혀 막히지 않을 경인고속도로가 지금은 영 엉망이다.

운전기사는 계기판 위에서 푸른색으로 빛을 내고 있는 숫자를 바라본다.

11시 30분.

이렇게 서행을 하다가는 12시까지 서울 영동에 있는 그린하우스에 도착하기는 틀린 노릇이다. 그는 백미러를 통해 뒷좌석에 앉아 있는 젊은 미모의 여인을 흘깃 본다. 여인은 말없이 어두운 창밖을 내다보고 있다. 약간 옆으로 돌린 얼굴이 매혹적이다. 타원형의 갸름한 얼굴, 선명한 콧날, 상큼한 눈, 입술은 도톰한 듯하면서도 조금도 천박하게 보이지 않는다. 여인이 문득 고개를 돌린다. 운전기사는 황급히 시선을 거둔다.

"언제쯤 도착할 수 있을 것 같아요?"

"아무래도 12시30분경은 돼야 할 것 같은데요."

"그럼 큰일이네. 30분이나 지각이니……."

"그린하우스 지배인이 적당히 알아서 할 텐데요 뭐. 그 양반이 그래도 밤무대에서는 요령이 좋기로 소문이 난 사람이 아닙니까? 한 30분쯤 은 다른 가수로 시간을 메꿔 줄 겁니다."

"그건 알고 있지만, 다른 사람도 늦을 거 아녜요?"

"그렇기는 합니다만."

"그렇다고 무리해서 운전을 하지는 마세요."

"염려 마십시오."

이런 날 무리를 하다가는 곧바로 나뒹굴게 된다. 운전기사는 핸들을 꽉 움켜쥐었다.

여인은 다시 창밖에 시선을 준다. 피곤해 보이는 얼굴이다. 운전기사 가 카스테레오에 테이프 한 개를 골라 밀어넣고 볼륨을 약하게 맞춘 다. 차 내에는 빠른 템포의 댄스 뮤직과 함께 여가수의 노래가 흘러 나온다. 여인은 말없이 노래를 듣는다. 만족한 표정이다.

"이번에 나온 음반 반응이 아주 좋다면서요?"

운전기사가 물었다.

"방송도 많이 타고 판매량도 좋다고 하더군요."

여자가 짐짓 대수롭지 않다는 듯이 대답했다.

"들리는 소문에 의하면 이번 주에도 MT-TV의 가요 베스트에서 베스트로 선정되는 건 틀림없다고 하더군요."

"그 얘긴 나도 듣긴 했는데, 어쩐지 요즘은 좀 두려운 생각이 들어 요."

"두렵다뇨?"

"너무 갑자기 인기가 치솟는 게 아닌가 해서요."

"원 별 말씀을 다 하십니다."

"아녜요. 이럴 때일수록 자중하고 몸조심도 해야 되는데 그게 마음대로 안 되는 것 같아요."

"물론 그런 것도 필요하겠지만, 연예인들에게는 인기가 생명인데 한참 주가가 오를 때 밀어붙이셔야죠. 연예계의 인기라는 게 사실 반짝했다가 사라지는 게 대부분 아닙니까? 한참 좋을 때 돈 좀 벌어 놓으셔야죠."

"정씨는 어떻게 나보다 더 잘 아시는 것 같아요."

"다 들은 풍월 아니겠습니까. 제가 전에는 가수 조용수씨 차를 운전했지 않습니까? 그때 좀 귀동냥을 했지요. 그러고 보면 전 가수분들하고 참 인연이 많은 것 같습니다. 저를 채용하는 분들은 대부분 가수분들이니 말입니다. 은수씨도 한 3년은 고생 좀 하셨죠?"

"그래요. 1년 전만 해도 무명가수나 다름이 없었으니까요. 그땐 버스 타고 다니며 식사는 주로 라면으로 해결하고 그럴 때였죠……."

여인은 조금은 감상적인 어조로 말했다.

"아무튼 잘 됐습니다. 더도 말고 은수씨의 '불꽃 바람'이 가요 베스트에서 10주쯤 계속 베스트를 유지해서 우리나라 가요사에 최장수 베스트 노래로 기록이 됐으면 좋겠습니다."

"말이라도 고마와요."

여인은 요즘 한창 가요계에서 주가를 올리고 있는 인기 정상의 가수 이은수였다. 그녀는 주로 빠른 템포의 댄스 뮤직과 늘씬한 팔등신에서 터져나오는 화려한 율동으로 팬들을 사로잡고 있었다. 게다가 웬만한 영화배우나 탤런트들은 서러워할 정도로 뛰어난 미모를 지니고 있어서 그녀의 인기는 하늘 높은 줄 모르고 치솟고 있는 중이었다.

"그런데 참 이상합니다."

운전기사가 다시 혼잣소리처럼 입을 열었다.

"뭐가요?"

"은미씨 말입니다. 용모나 몸매도 은수씨와 똑같고 노래도 잘 부르는데 그렇게 인기를 얻지 못하고 있으니 이상하지 않습니까?"

"그러게 말예요. 우리가 듀엣으로 노래를 부르다가 각각 솔로로 데뷔한 것까지는 좋은데 성공은 나만 했으니, 요즘 언니한테 이만저만 미안한 감이 드는 게 아니에요."

은미는 그녀의 쌍둥이 언니였다.

"은미씨는 노래 선택을 잘못하고 있는 게 아닌가 하는 생각이 들더라구요. 잘은 모르지만 조용한 트로트 계열의 노래보다는 은수씨처럼 빠른 템포의 노래를 부르면 어떨까 싶은데요."

"나도 그렇게 생각은 하고 있는데, 언니가 워낙 얌전해서 나처럼 요란하게 몸을 흔드는 짓은 못해요. 언니는 원래 가수가 될 사람이 아닌데 내가 충동질을 해서 가수로 만들었거든요. 언니는 사실 학교 선생님이나 평범한 회사원이 제격인 사람이에요."

"그래도 이왕 가수로 나섰으면……."

이렇게 말을 하던 운전기사는 전화 소리에 카폰의 수화기를 들었다.

"여보세요, 아, 예……."

그는 여인에게 수화기를 건네주었다.

"은미씨입니다."

"언니가요? 웬일이지…… 여보세요."

"너 지금 어디 있니?"

"지금 막 서울로 들어서고 있어. 눈이 너무 많이 와서……."

"난 지금 그린하우스에 와 있다. 일도 끝나고 해서 너하고 같이 집에 들어가려구."

"한 30분쯤 있으면 그곳에 도착하게 될 거야. 그린하우스 지배인은
아무 말도 하지 않아?"

"눈 때문에 좀 늦을 줄 알고 있던데 뭐……. 얘, 윤기봉씨가 너 바꿔
달란다."

"그 사람이? 안 바꿔 줘도 돼."

은수의 얼굴이 찌푸려졌다. 윤기봉은 은수의 매니저였다.

"받아봐라, 얘……."

굵직한 남자의 음성이 곧 이어졌다.

"나, 윤기봉이야. 그런데 은수 너 어떻게 된 거야?"

"뭐가요?"

은수의 음성이 차갑다.

"뭐라니? 내가 오늘 아침에 전화를 했잖아. 명동에 있는 무랑루즈로
나오라구. 너, 돈 벌기 싫은 거니?"

"깜박 잊었어요."

"잊어? 야, 너, 돈 벌었구나. 업소와 출연 계약을 맺어준다는데 잊어?
너두 많이 컸다 이거냐?"

"아무튼 이제 더 이상 업소와는 계약을 할 수가 없어요."

"왜?"

"지금 뛰는 곳만 해도 많아요. 요즘 너무 너무 피곤해요."

"네가 뛰는 곳이 겨우 세 곳인데 뭐가 많다는 거야? 다른 인기 가수
들은 하루 저녁에 몇 곳이나 뛰는 줄 아냐? 많은 사람은 여덟 곳을
뛰는 사람도 있어. 엄살 부리지 말고 내일 오전에 계약할 생각을 해.
자세한 얘기는 여기 와서 하기로 하구."

"더 이상은 안 되겠어요."

"안 돼? 누구 마음대로? 너 올챙이 적 생각 못 하고 이제 네 마음대로 하겠다 이거냐?"

"……."

"야, 너, 딴 생각하지 마. 네 매니저는 나야. 넌 내가 시키는 대로 해야 된다 이거야. 알아? 끊어."

덜컥, 전화가 끊겼다.

나쁜 자식!

쌍놈의 자식, 죽여버리고 싶어!

그녀의 두 눈은 분노로 인해 차갑게 빛났다. 아름다운 눈이 분노를 띠자 그 눈은 섬찟함을 느끼게 했다. 그녀는 두 손을 꽉 쥐었다가 천천히 폈다. 어떤 결의가 그녀의 얼굴에 일렁였다.

그러나 그건 잠시였다. 운전기사가 그녀의 얼굴을 흘깃 보았을 때는 아무렇지도 않은 표정으로 여전히 흩날리는 눈발을 보고 있었다.

차는 영동으로 접어들고 있었다. 눈발 사이로 흐느적이는 거리의 불빛들이 차창으로 다가왔다가 사라져 갔다. 시계는 이미 12시 30분을 가리키고 있었지만 언제나 그렇듯이 영동의 불빛들은 조금도 수그러들지 않았다. 호텔 한강, 호텔 리버타운, 호텔 영동, 레드우먼 디스코 클럽, 디스코데크 블랙사운드, 룸살롱 여왕, 룸살롱 황실, 그리고 극장식 식당 그린하우스가 있었다.

은수는 대기실로 뛰듯이 올라갔다.

"이제야 나타나셨군."

그녀가 들어서자 윤기봉이 가늘게 눈을 치켜떴다. 그는 40대 중반쯤으로 보이는 거친 인상의 사내다. 실내에서도 끼고 있는 검은 선글라스가 빛을 받아 번뜩인다.

"사람들이 기다리고 있으니까 먼저 무대에 나가서 노래를 해. 그리고 얘기는 천천히 하도록 하자구."

"……."

은수는 아무런 말도 하지 않았다.

"내 말은 말 같지도 않다는 건가?"

그녀는 무대 의상 위에 그대로 입고 있던 코트를 벗어놓고 얼굴을 매만지기 시작했다.

"왔니?"

그녀의 언니 은미였다.

"응."

"난 두 사람을 보면 아직도 누가 언니고 동생인지 구분이 안 되더라."

은미와 함께 대기실로 들어온 그린하우스 여직원인 오경실이 자매를 번갈아 바라보았다.

"게다가 오늘은 이렇게 두 사람이 무대 의상까지 똑같은 걸 입고 있으니 누가 누군지 어떻게 알겠어?"

자매는 허벅지까지 슬릿을 준 은회색 롱드레스 차림이다. 다만 은미는 롱드레스 위에 흰색 파커를 입고 있다.

"그럼 앞으로 우리가 이름표라도 하나씩 달고 다닐까?"

화장을 끝낸 은수가 일어서며 미소를 떠올린다.

"이름표를 달고 다닐 게 아니라 헤어스타일이라도 좀 다르게 해봐 언니가 업스타일로 머리를 올리고 동생은 내리든가. 그렇게 하면 좀 쉽게 알아볼 수 있지 않겠어?"

"그렇지 않아도 앞으로 그렇게 할 생각이야. 남자 친구들도 생기고 하면 어차피 헤어스타일로 구분을 해야 하거든."

오경실의 말에 은미가 대꾸를 했다.

"참, 이러고 있을 때가 아냐. 은수씨, 준비 다 된 거지? 그럼 어서 무대로 가요."

은수와 오경실이 무대 쪽으로 나가자 잠시 대기실에서 윤기봉과 함께 있던 은미는 그와 함께 있는 것이 오늘 따라 거북하게 느껴진 듯 이내 몸을 일으켰다.

피곤하다. 하품이 절로 나온다. 오늘 좀 바쁘게 뛴 탓인지 다리까지 다 아픈 것 같다. 오경실은 무대를 지켜보다가 돌아섰다. 아무래도 대기실에 가서 좀 쉬어야만 할 것 같았다.

그녀는 복도 끝에 있는 화장실에 잠시 들러 용무를 본 다음 대기실 문을 열었다.

그런데 막 걸음을 옮겨 안으로 들어가려던 그녀는 멈칫했다.

"……?"

윤기봉이 바닥에 그대로 배를 깔고 엎드려 있었던 것이다.

"윤 선생님, 왜 그러세요. 어디 아픈 것 아녜요?"

그녀는 윤기봉의 어깨를 조심스럽게 흔들었다.

"윤 선생님…… 아, 아니……!"

그녀가 윤기봉의 가슴 부분으로부터 조금씩 흘러나오고 있는 붉은 액체를 본 것은 바로 그때였다.

"피, 피……?"

그녀의 얼굴이 하얗게 질려서 주춤주춤 뒷걸음질쳤다. 그러고 보니 이미 윤기봉의 주위에는 상당량의 피가 흘러나와 주위의 바닥을 붉게 적시고 있었다.

"윤기봉의 사인은 심장부 손상에 의한 급격한 출혈사로 밝혀졌습니다. 흉기는 한쪽에만 날이 있는 과도 종류로 여겨지는데 범인이 윤기봉의 가슴을 찌른 후 가져갔는지 현장에서는 발견되지 않았습니다. 사망 시간은 16일 새벽 1시에서 1시 30분 사이입니다.”

“흉기 외의 유류물이나 유류품이 발견된 게 있나?”

“전혀 없습니다.”

“용의자는?”

“가수 이은수와 이은미입니다. 지금 신병을 확보해 두었습니다. 참고인으로는 이은수의 운전기사인 정만길과 극장식 식당 그린하우스의 여직원인 오경실을 불러두었습니다. 그리고 이건 피살자 윤기봉의 신상명세서입니다.”

“좋아.”

유대호는 담배 한 대를 꺼내 불을 붙였다. 그는 코 밑과 턱이 더러운 잡초 같은 수염으로 지저분하게 뒤덮인 40대 초반의 사내였다.

그는 안봉원 형사가 건네주는 서류를 받아 펼쳐 보았다. 유대호의 코로, 입으로 담배연기가 굴뚝에서 나오듯 뿜어져 나왔다. 그는 마누라는 없어도 살 수 있지만 담배 없이는 단 하루도 살 수 없다는 지독한 골초였다. 그래서 서울 시경 형사과의 동료들은 그를 굴뚝이라는 별명으로 부르고 있었다.

“……이 친구 전과가 두 개나 있군…….”

“폭력과 사기 전과입니다.”

“직업은 가수 이은수의 매니저고…… 됐어. 먼저 참고인 중에서 운전기사부터 들여 보내.”

“알겠습니다.”

안봉원이 인터폰에 대고 무어라고 하자 정복 경찰관이 정만길을 데리고 들어왔다.

　정만길은 30대 중반으로 보이는 사내인데 운전기사치고는 제법 얼굴
이 미끈했다. 그는 약간 겁먹은 얼굴을 한 채 엉거주춤한 자세로 유대호
앞에 앉았다.

"이렇게 협조를 해주셔서 감사합니다. 곧 끝내도록 할 테니까 편한
마음으로 대답을 해주십시오."

"그러죠……."

"정만길씨는 이은수씨의 운전기사로 일하고 있죠?"

"그렇습니다."

"언제부터 이은수씨 차를 운전했습니까?"

"가만 있자, 그러니까 이제 여덟 달이 돼 가나봅니다."

"그럼 이은수씨나 매니저 윤기봉씨에 대해서는 잘 알겠군요?"

"잘은 모릅니다."

"그 두 사람의 관계는 어땠습니까?"

"제가 보기에는 별로 사이가 좋지 않았습니다."

"왜 사이가 안 좋았을까요?"

"아마…… 돈 문제 때문이었을 겁니다."

"좀 자세히 얘기해 보십시오."

"저도 귀동냥으로 주워 들은 것이라서 확실한 얘기인지는 모르겠습니
다만, 은수씨의 수입 중에서 매니저 몫이 너무 많이 나간다는 것 같았
습니다. 얼핏 듣기에는 거의 반 이상을 매니저가 갖고 간 모양입니
다."

"반 이상이나? 이은수씨의 월수입이 얼마나 되는데요?"

"모르겠습니다. 저 같은 운전기사가 그걸 알 리가 없죠."

"좋습니다. 16일 새벽 1시에서 1시 30분 사이에 정만길씨는 어디에
있었습니까?"

"그 시간이라면 저는 차 안에 있었습니다."

"16일 몇시경에 은수씨와 함께 그린하우스를 떠났습니까?"

"아마 1시 30분경이었을 겁니다."

"그때 이은수씨에게서 이상하다 싶은 걸 못 느끼셨습니까? 가령 서두르는 감이 있다거나 당황하는 것 같다거나……."

"글쎄요…… 설마 그런 기미가 있었다 해도 아마 그때는 은수씨의 쌍동이 언니인 은미씨도 같이 차를 타고 집으로 갔기 때문에 그런 건 못 느꼈을 겁니다."

"이은미씨도 그린하우스에 출연을 합니까?"

"아닙니다. 다른 업소에서 먼저 일이 끝난 은미씨가 그린하우스에서 동생을 기다렸다가 같이 간 거죠."

"그런 일이 자주 있는 편입니까?"

"아닙니다. 처음입니다. 두 사람이 일하는 시간도 다르고 출연하는 곳도 다르니까 같이 집으로 돌아가는 일은 거의 없다고 보아야 합니다."

유대호는 이마를 접었다. 굵게 패이는 주름살이 노련한 수사관으로서의 관록을 엿보이게 한다.

모처럼 자매가 같이 행동한 날 윤기봉이 죽었다. 윤기봉과 이은수는 사이가 안 좋았다. 만약 자매가 모의를 해서 윤기봉을 죽였다면……? 이건 골치 아픈 사건이 될지도 모른다. 두 여자는 쌍동이가 아닌가?

"혹시 정만길씨는 이은수씨와 이은미씨를 구분할 수 있습니까?"

"이제 웬만큼은 구분을 합니다만 아직도 가끔 깜박 속을 때가 있습니다. 언니인 은미씨는 자세히 보면 은수씨보다 이마가 좀 넓은 편이고 은수씨는 언니보다 턱이 약간 큰 편이거든요."

"두 사람이 의상은 어떻게 입는 편입니까?"

"노래 스타일이나 성격에 맞게 동생은 발랄한 것, 언니는 점잖은 것을 주로 입는 편이죠."

"무대 의상은 어떻습니까?"

"마찬가집니다."

"두 사람이 윤기봉씨가 피살되던 날 입은 의상은 어땠습니까?"

"똑같은 은회색 롱드레스를 입고 있었습니다."

"똑같은?"

"그렇습니다. 두 사람은 쌍둥이라 그런지 가끔 똑같은 옷을 입을 때도 있습니다."

유대호는 머리를 끄덕였다.

"알겠습니다. 수고하셨습니다. 돌아가셔도 좋습니다."

"그럼……."

정만길이 고개를 꾸벅 숙이고 나가자, 정복 경찰관이 이번에는 오경실을 데리고 들어왔다.

그녀는 27, 8세 가량의 여자인데 좀 지친 것 같았다.

"피곤해 보이시는데 커피 한 잔 하시겠습니까?"

다정한 큰오빠라도 되듯이 유대호가 물었다.

"그렇지 않아도 방금 자판기에서 빼 마셨어요."

"맛이 어떻든가요?"

유대호가 빙긋 웃었다.

"그게 어디 커피예요? 다방에서 커피잔 씻고 버린 물이지요."

안봉원이 그녀의 말에 킬킬킬 웃었다.

"대신 값이 싸지 않습니까?"

"싸기는 싸대요. 100원이니까."

"우리는 늘 그런 걸 홀짝이며 삽니다. 주머니가 늘 비어서 말입니다."

"참, 안됐네요. 언제 한 번 우리 그린하우스로 오세요. 제가 진짜 커피 한 잔 사드릴 테니까요."

"감사합니다……. 자, 그럼 질문 좀 해볼까요. 아시는 대로만 편안하게 대답해 주시면 됩니다. 오경실씨는 그린하우스에서 일하고 있지요?"

"네."

"16일 새벽 1시에서 1시 30분 사이에 어디에 계셨습니까?"

"그 시간이라면 무대 뒤하고 대기실에 있었어요."

"은수씨가 무대에서 노래를 부른 시간은 어떻게 됩니까?"

"정확히 1시에 나가서 20분간 무대에 있었어요."

"그 시간에 윤기봉씨는 대기실에 죽 있었습니까?"

"제가 오가며 보니까 대기실에 그대로 있더군요."

"그때 윤기봉씨는 대기실에 혼자 있었습니까?"

"주로 혼자였던 것 같아요."

"은수씨의 언니인 은미씨는 어디에 있었습니까?"

"여기저기를 왔다갔다 한 것 같아요. 저하고 같이 있기도 했구요."

"그렇다면 대기실에도 은미씨가 들어갔겠군요."

"그래요. 1시 20분경인가 은미씨가 대기실에서 나오는 걸 보았으니까요."

"그때 은미씨를 보고 무얼 느끼셨습니까?"

"글쎄요. 뭐…… 잘은 모르겠지만……."

오경실은 갑자기 말꼬리를 사렸다.

"뭡니까? 아시는 게 있으면 사실 그대로 말씀해 주십시오."

"제가 잘못 본 건지는 모르겠지만 은미씨가 좀 서두른다 하는 느낌을 받았어요."

"그때 본 사람이 틀림없는 은미씨였습니까?"

"네?"

"말하자면 그때 대기실에서 나온 사람이 은미씨가 아니고 은수씨일 수도 있지 않느냐 이겁니다."

"은수씨는 그때 무대에 있을 시간인데요."

"아니죠. 무대에서 내려올 시간이죠."

유대호가 정정을 했다.

"그 말이 그 말이죠 뭐."

"아, 알겠습니다. 혹시 오경실씨는 은미씨와 은수씨를 구분할 수 있습니까?"

"못해요. 그 사람이 그 사람 같고 해서……."

"그렇겠죠. 대기실에서 나오는 은미씨가 어떤 차림을 하고 있었습니까?"

"은수씨와 똑같은 은회색 롱드레스를 입고 있었어요."

"헤어스타일은 어땠습니까?"

"은수씨와 똑같았어요."

"목걸이와 반지 등 악세사리는 어땠습니까?"

오경실이 피씩 실소를 지었다.

"제가 그런 것까지 어떻게 알겠어요?"

"물론 알고 있습니다. 하지만 잘 좀 생각해 보십시오. 이건 중요한 일입니다. 만약 은미씨나 은수씨 둘 중의 한 사람이 범인이라면 누가 범인인가를 확실히 알아야 합니다. 잘못하면 아무 죄도 없는 두 사람 중에 한 사람이 억울하게 형을 살게 되거든요."

"알겠어요……."

그녀는 마지못해 대답을 했다. 그리고 그녀는 천천히 중얼거리면서 기억을 더듬어냈다.

"팔찌를 차고 있었던 것 같기도 하고…… 목걸이는 가는 것 같기도 하고…… 귀걸이는 귓밥에 그대로 붙이는 작은 것…… 그래요…… 맞아요. 다른 건 몰라도 귀걸이는 아주 작은 것이었어요. 집게처럼 되어 있어서 귓밥에서 잘 빠지지 않는 것 말예요. 틀림없어요. 그때 그 귀걸이가 하도 작고 깜찍해서 기억에 남아요."

오경실은 자신 있는 어조로 대답했다.

"감사합니다. 큰 도움이 될 겁니다. 몇 가지만 더 묻고 곧 질문을 끝내 도록 하겠습니다. 그때 무대에서 은수씨는 무슨 노래를 불렀습니까?"

"여러 가지 노래를 섞어서 불렀어요. 빠른 템포의 노래와 조용한 템포 의 노래 이렇게요."

"은수씨가 제일 마지막에 부른 노래는 어떤 것이었습니까?"

"조용한 노래인데 아마 안개여인이란 노래를 불렀을 거예요."

"만약에 말입니다, 이 안개여인을 은수씨가 아닌 은미씨가 불렀다면 오경실씨는 그걸 구분할 수 있겠습니까?"

"자세히 들어보면 알 수도 있을 것 같아요."

"그럼 그냥 무심코 들으면 구분을 못 한다 이런 얘기군요?"

"그런 셈이지요."

유대호는 천천히 지저분한 턱을 손바닥으로 쓸었다. 그가 생각에 잠길 때면 하는 버릇이었다.

오경실이 돌아가고 나자 늘씬한 팔등신의 두 여인이 들어왔는데 그녀 들은 이은미와 이은수 자매였다.

그녀들은 가끔 텔레비전을 통해서 본 것보다 실물이 훨씬 아름다운 눈부신 미인들이었다.

"어느 분이 이은수씨입니까?"

두 여자를 유심히 살펴보던 유대호가 입을 열었다.

"저예요."

검정색 롱코트를 걸치고 있는 여자였다.

"그러니까 요즘 한참 인기를 얻고 있는 유명한 가수분이시군요…….
어쨌든 좋습니다. 이은수씨는 이번에 피살된 매니저 윤기봉씨와는
사이가 안 좋았다면서요?"

"사실이에요."

그녀는 망설이는 기색도 없이 간단하게 대답했다.

"왜 사이가 안 좋았습니까?"

"말하기가 좀 뭣하지만 돈 문제가 얽혀 있어서요."

"듣기에는 이은수씨가 벌어들이는 돈에서 너무 많은 액수가 매니저
몫으로 나갔기 때문에 사이가 나빠진 것이라고 하는데 사실입니까?"

"맞아요."

"매니저 몫이 얼마나 됐습니까?"

"요즘 같으면 제 월수입이 약 2천만원 정도가 되는데 그 중에서 반이
매니저 몫으로 지출이 되었던 거예요."

"천만원이나 말입니까?"

"말하자면 전 돈을 매니저에게 강제로 빼앗기고 있었던 거나 다름이
없었어요."

"그렇다면 이은수씨는 윤기봉씨가 죽이고 싶도록 미웠겠군요?"

"제게 무슨 말을 묻고 싶은 거지요?"

오히려 그녀가 반문했다.

"전 윤기봉씨를 죽이지 않았어요. 저는 사람을 죽일 정도로 바보 멍청
이가 아니에요."

"이은수씨가 사람을 죽였다고 하지는 않았습니다. 조금도 흥분하실

필요 없습니다……. 이은미씨에게 좀 물어보겠습니다. 이은미씨는 16일 새벽 1시 20분경에 그린하우스의 대기실에서 나왔죠?"

"잘 모르겠는데요."

"이은미씨가 그 시간에 그곳에서 나오는 걸 본 사람이 있습니다."

"그럼 맞겠죠 뭐."

"그때 대기실에는 누가 있었습니까?"

"윤기봉씨가 있었어요."

"윤기봉씨 혼자 있었습니까?"

"네."

"그때 윤기봉씨는 살아 있었습니까?"

"물론이에요."

"이건 다른 질문이 될지도 모르겠습니다만, 은미씨는 평소에 어떤 스타일의 귀걸이를 이용하시는 편입니까?"

"여러 가지를 이용하기는 하지만 이상한 질문이네요."

"그 귀걸이들을 좀 볼 수 있겠습니까?"

"뭐, 어렵지 않아요."

은미는 핸드백을 열어 그 속에서 여러 가지 모양의 귀걸이들을 꺼내 늘어놓았다.

"은수씨 것도 좀 보여주시겠습니까?"

"그러죠."

그녀도 핸드백에서 귀걸이를 꺼내 늘어놓았다.

"귀걸이들이 참 많군요."

"아무래도 치장을 많이 하는 직업이다 보니까 여러 종류를 갖고 다니게 되죠."

그녀들은 각자 대여섯 가지 정도의 귀걸이들을 갖고 있었는데 크기와 소재가 다양한 것들이었다.

　유대호는 오경실이 말한 집게처럼 생긴 아주 작은 귀걸이를 찾아보았지만 그것은 둘 모두에게 있었다.

　"은미씨는 16일 새벽 1시경에 어떤 귀걸이를 하고 있었습니까?"

　"기억이 안 나는데요."

　"한 번 잘 생각해 보십시오."

　"큰 귀걸이를 했던 것 같기도 하고…… 잘 모르겠어요."

　"은수씨는 어떤 귀걸이를 하고 있었습니까?"

　"저도 잘 모르겠어요."

　"은수씨는 혹시 이런 귀걸이를 하고 있지 않았습니까?"

　유대호가 금속제 링으로 만들어진 커다란 귀걸이를 들어보였다.

　"맞아요. 큰 금속제 귀걸이를 했던 것 같아요."

　은수가 고개를 끄덕이자, 유대호는 알 듯 모를 듯한 미소를 떠올렸다.

　"이번에는 언니에게 묻겠습니다. 은미씨는 이런 귀걸이를 하고 있지 않았습니까?"

　유대호는 하트형의 플라스틱 귀걸이를 은미에게 들어보였다.

　"큰 것을 하긴 한 것 같은데 잘 모르겠어요."

　은미는 좀전과 똑같은 대답을 했다.

　"그 정도면 됐습니다…… 질문의 방향을 좀 바꾸어 보겠습니다. 은수씨는 새벽 1시에서 1시 20분까지 그린하우스에서 노래를 불렀죠?"

　"맞아요."

　"마지막 곡으로 부른 노래는 안개여인이란 조용한 노래죠?"

　"네."

　"그런데 말입니다, 어떤 음악 전문가 얘기로는 그 마지막 안개여인을 은수씨의 언니인 은미씨가 부른 것이라고 하더군요?"

물론 이것은 유대호의 거짓말이었다.

"아, 아녜요. 아무리 수사관의 질문이라고 하지만 그런 무책임한 말을 함부로 하시면 안 되죠. 잘못하면 제 인기에 큰 영향이 미친다구요."

"그럼 그 전문가가 잘못 들은 걸까요?"

"그건 제가 알 바 아니죠. 그 노래는 제가 부른 것이니까요."

"좋습니다. 흥분하지 마십시오. 이제부터 시작이니까요."

"네?"

"은수씨는 지금 거짓말을 하고 있습니다. 은수씨는 16일 1시경에 귀걸이를 하고 있지 않았습니다."

유대호는 다시 커다란 금속제 링으로 만들어진 귀걸이를 들어보였다.

"우습군요. 무슨 근거로 그런 말씀을 하시는 거죠?"

은수는 조소하듯 말했다.

"다 아는 수가 있습니다. 이제 은미씨는 댁으로 돌아가셔도 좋습니다. 우리는 용의자가 쌍둥이라서 진짜 용의자를 찾느라고 이렇게 신중을 기했던 겁니다. 은수씨는 여기 남아서 더 조사를 받아야겠습니다."

"말도 되지 않는 소리 마세요. 그럼 내가 윤기봉씨를 죽인 범인이란 말인가요?"

"더 조사를 하면 밝혀지겠지만 은수씨를 범인이라고는 아직 말하지 않았습니다."

"그럼 왜 내가 더 조사를 받아야 하죠?"

"은수씨가 거짓말을 했기 때문입니다. 은수씨는 이 커다란 금속제 귀걸이가 아닌 바로 이 작은 귀걸이를 하고 있었습니다."

유대호는 오경실이 말한 작고 깜찍한 집게처럼 생긴 귀걸이를 들었다.

"그때 내 귀걸이를 보기라도 한 사람처럼 말을 하고 있군요. 나보다
더 잘 알게요."

그녀는 여전히 비웃고 있었다.

"좋습니다. 그럼 설명을 해드리죠. 은수씨는 빠른 템포의 댄스풍 가요
를 주로 부르고 있지요?"

"그래요."

"그때마다 온몸으로 요란한 춤을 추죠?"

"맞아요."

"그런데 그때 이렇게 무거운 귀걸이를 달고 춤을 추었다는 겁니까?
은수씨처럼 춤을 추면 말입니다, 이 귀걸이는 마구 흔들려서 금방
귀에서 떨어지고 맙니다. 아시겠습니까? 은수씨는 그때 이 작은 집게
처럼 생긴 귀걸이를 달고 있었던 겁니다."

3시간 후, 그녀는 유대호의 집요한 추궁에 윤기봉을 그녀가 죽였다고
자백했다. 그리고 그녀는 그린하우스에서 마지막으로 부른 노래는 언니
인 은미에게 부탁을 해서 은미가 부른 것이고, 그 시간에 그녀는 윤기봉
을 죽였다고 했다.

피아노 소나타
제14번 〈월광〉

● 노 원

함남 풍남 출생
연세대 영문과 중퇴
한국추리작가협회 부회장
제4회한국추리문학대상 수상
주요작품 :「배신의 계절」
　　　　「위험한 외출」「죽음의 멜로디」
　　　　「오리엔탈 호텔의 살인」
　　　　「야간항로」 외 다수

피아노 소나타 제14번 〈월광〉

어쩜! 이럴 수가 있을까!

내가 가정부로 들어간 청평 호반의 그 저택은 샬럿 브론테의 '제인 에어'의 무대와 너무나 흡사했다. 저택의 주인도 에드워드 로체스터처럼 거무틱틱한 얼굴에 당당한 체격의 사나이였고, 백신애(白信愛)라는 이름의 그의 아내는 불쌍하게도 정신착란으로 위층 독방에 갇혀 있었다. 그리고 진수경(陳秀卿)이라는 이름의 제인 에어와도 같은 창백하고 청순한 이미지의 가정교사의 존재……

올드 팬이면 오손 웰즈와 존 폰테인이 열연한 제인 에어를 기억하리라.

나는 지금은 남의 가정부 노릇이나 하는 중년이지만 어렸을 적엔 내딴엔 문학 지망생이었고, '폭풍의 언덕'에 '제인 에어' 같은 책들을 탐독했었다.

"지난 번에 마님께서 집에 불을 질러 큰일날 뻔했어요."

운전기사 박씨가 나한테 살짝 일러준 말이었다. 불을 지르다니! 그럼 부인에게 방화벽도 있는 걸까.

"어머, 그래요?"

나는 여러 모로 엇비슷한 상황이라는 느낌을 지우지 못했다. 주인 어른과 아름다운 마음씨를 지닌 가정교사 사이에 사랑이 싹트고 있는 것도 비슷했다. 두 사람이 나란히 호반의 산책로를 걷는 모습도 보았다. 나만이 본 것이 아니었다. 위층의 닫혀진 창문에서도 커튼을 헤집고 가만히 응시하는 여인의 음침한 눈길이 있었다.

그런데 부인의 병세는 생각보다 심하지 않은 듯했다. 아니면 내가 발작을 하지 않을 때 드나들어서인지도 몰랐다. 부인은 대낮에도 두꺼운 커튼을 내리고 어둠 속에 홀로 잠겨 있었다.

"식사를 드세요."

나는 처음엔 어둠 속의 빛나는 눈길에 겁을 먹었다.

"두고 가세요."

그녀의 말씨는 비록 힘이 없었으나 정확했다.

"새로 온 아줌마예요."

"……."

"뭐 심부름할 거라도 있으면……."

"……."

그러나 더는 그녀에게서 대꾸는 돌아오지 않았다. 그나저나 어떤 모습을 하고 있을까? 머리는 풀어헤치고 옷은 갈기갈기 찢겨져 있을까? 그리고 어떻게 해서 이 지경이 되었을까?

어느 날 밤 나는 피아노 소리에 문득 눈을 떴다. 그건 거실에서 들려오는 소리였다. 나는 처음엔 어린 따님이 치는 피아노 소리이거니 했다. 그런데 그 솜씨가 보통은 넘었다. 그래서 나는 진수경이 치는 것이려니 했다. 가정교사가 말이다. 그런데 다음 순간 나는 그녀가 오늘 화려한 꽃무늬의 옷을 걸치고 주인 어른과 함께 서울 나들이 갔다는 생각을 떠올렸다.

그렇다면 이 한밤중에 누구일까?

지금 집안에 광기에 고통받고 있는 부인밖엔 없다. 나는 잠시 어리둥절했다. 나는 물리칠 수 없는 호기심에 끌려 거실로 발걸음을 옮겼다. 나는 그 곳에서 피아노를 치는 백신애를, 부인을 발견했다. 달빛이 스며든 거실에서 베토벤의 피아노 소나타 제14번 〈월광(月光)〉을 미친 듯이 반주하는 부인을 발견한 것이다.

그녀의 어깨 위에 넘실대는 머리카락은 어둠보다도 더 검었고 그녀의 갸름한 얼굴은 그녀가 걸친 하얀 네글리제보다 더 창백했다. 나는 그 소름끼치는 광경을 지금도 잊지 못한다. 그리고 그 선율도, 고통받는 영혼의 오열과도 같은 그 선율도 잊지 못하고 있다. 게다가 그녀는 고도의 테크닉과 완숙미를 나타냈었다. 나는 한때 클래식에도 탐닉한 시절이 있어서 웬만한 감상력은 지니고 있었다.

"어젯밤에 부인께서 피아노를 치는 걸 봤어요. 베토벤의 피아노 소나타 〈월광〉을요."

나는 이튿날 가정교사 진수경에게 말했다.

"어머, 그래요?"

그녀도 놀라워했다. 그리고 못 미더워했다.

"난 처음엔 수경씨가 치는 줄 알았어요."

"난 못 쳐요. 내 전공은 미술인걸요. 난 지금까지 피아노 앞엔 앉아보지도 못했어요."

"네에……."

"부인께서 음대를 나오셨나? 피아노를 전공하시고……."

"아마, 그런가 보죠."

내가 나중에 안 것이지만 부인은 미국까지 가서, 그게 줄리어드라고

했던가, 음악 공부를 했었다고 했다.

그리고 며칠 후 그 끔찍한 사건이 발생했다. 부인이 한밤중에 집에 또다시 불을 지른 것이다. 그날 밤은 유난히 달빛이 밝았었다. 불은 위층에서 번졌는데, 바로 부인의 침실에서다.

부인은 물론 그녀의 침실에서 검게 불타 죽었고, 부인의 침실에 뛰쳐 올라간 주인 어른은 중상을 입었다. 그리고 가정교사도 얼굴에 화상을 입고 병원 신세를 지게 되었다.

아래층에서 잠을 자던 어린 따님은 박씨의 민첩한 행동으로 아무 탈이 없었고, 나도 무사했다. 아무튼 '제인 에어'와 비슷한 결말이었다. 다른 점이라면 주인 어른이 끝내는 목숨을 잃었다는 사실이었다. 불행한 결혼을 한 가정의 비극적인 종말이라고 말할 수밖엔 없었다. 세상 사람들도, 그리고 경찰마저도 크게 동정했다.

그나마 다행스러웠던 것은 가정교사인 진수경이 목숨을 부지했다는 점이었다. 물론 얼굴에 화상을 입고 몇번인가 성형수술을 받는 고통을 감내하기는 했었다. 그녀의 얼굴에서 예전의 그녀의 모습을 찾을 수 없는 것이 안타까움이었다. 그런데 주인 어른이 오늘의 사태를 예감해서인지 그녀를 어린 딸의 후견인으로 지정하고 적지 않은 재산을, 호반의 저택을 포함해서 그녀에게 남겨주었다.

우린 청평호반의 그 집에 그 후에도 오랫동안 머물렀다. 그것은 가정교사가 그 곳에 머물러 있었기 때문이다. 그녀는 몹시 쓸쓸해 보였다. 그러나 용케 감내하고 있었다.

그리고 어느 여름의 무더운 날 밤이었다. 그날 밤도 달빛은 밝았다. 나는 다시금 그 피아노 소리를 들었던 것이다. 베토벤이 그의 구원의 연인 줄리에타에게 바친 피아노 소나타 〈월광〉을!

이건 어떻게 된 걸까?

나는 거실에서 다시금 달빛을 등에 지고 월광을 미친 듯이 연주하는
한 여인의 모습을 보았다. 바로 가정교사인 진수경이었다. 꽃무늬의
화려한 원피스를 걸친……. 하지만 진수경은 피아노를 칠 줄 모르지
않는가. 한번도 피아노 앞에 앉아 보지도 못했다고 했었다. 줄리어드를
나온 부인이라면 또 모를 일이었다.

그렇담 이건 뭐라 설명해야 할까?

나는 한순간 극도의 혼란 속에 빠졌다. 그러나 다음 순간 나는 해답을
얻었다.

"맙소사."

鳳 雲 洞

● 문윤성

철원 출생
월간 신천지에 「빵」(단편)으로 등단
주간한국에 추리소설 「완전사회」 당선
한국추리작가협회 회원
주요작품 : 「일본 심판」(SF)
　　　　　「작은 마라섬의 큰 경사」
　　　　　「하우 로드의 두번째 죽음」 외 다수

鳳 雲 洞

머 리 말

이 이야기는 6·25 사변이 일어나기 전전해에 내가 몸소 체험한 사실담인데, 그해 봄에 나는 모 외국 광업회사의 탐광기사로 해외 어느 곳을 여행중이었다.

어느 곳이라고 할 것이 아니라 실은 모국 모처라고 명백히 해놓아야 내 속도 시원하고 또 지명을 밝혀야만 이야기는 조리가 맞아들어가는 것인데, 지금 내 형편으론 그렇게 할 수가 없다. 좀 델리키트한 점이 있어서다.

만약 지명을 제대로 댔다가는 당장 문제가 생길 것이다. 지명이 밝혀진 그 나라 또는 그 고장에서 항의가 나올 게 뻔한데, 나는 이에 대한 답변이 난처하다. 이 점 독자는 이야길 듣고 나면 동감일 줄 믿는다. 또 한 가지, 지명을 밝히지 않는 이유는 순전히 내 자신의 심리 조건 때문이다. 나는 아직 모국 모처의 소재를 비밀의 베일로 덮어두고 싶다.

그렇다고 그냥 ×국 ×처라든지 A국 B지방 운운하기는 좀 어색하고 또 이야기의 진행상 거북한 노릇이다. 그래서 나는 편의상 지명을 우리나라 강원도 인제군에 있는 장수산으로 바꿔 보기로 한다.

무대를 우리나라로 한 것은 국제적 분규를 회피하고자 함이요, 하필 인제땅으로 지정한 까닭은 그곳이 내 고향이므로 이름 빌리기가 편해서다.

그야 애당초 딴 나라에서 있었던 일이라고 말했으니 인제땅이라 하든 딴 곳 지명을 빌리든 상관이야 없겠으나, 내가 겪은 사실이 하도 유별나고 기묘하여 엉뚱한 오해가 나올 염려가 없지 않으므로 아예 미리 방패막이를 해두는 바다.

장소를 인제군 장수산으로 지정한 데는 또 하나의 이유가 있다. 그것은 장수산 일대의 지질이 바로 모국 모처의 그곳과 아주 흡사하기 때문이다.

이 방면에 조예가 있는 사람이면 잘 알고 있듯이 장수산 지방의 지질은 시생대(始生代) 지층(地層)을 본바탕으로 하고 보다 나중에 발생한 화성암층(火成岩層)과 중간중간에 끼인 중생기(中生紀) 수성암층(水成岩層)이 뒤섞여 복잡한 접촉교대광상(接觸交代鑛床)을 이루고 있다.

이 지방에 들어서서 먼 발치로 봐도 어느 산봉우리는 백옥같이 희어 그곳 토질이 규산성(硅酸性)임을 알리는가 하면, 그 너머 봉우리는 검붉은 염기성(鹽基性) 토양을 나타내고, 근처 평평한 고원은 푸릇푸릇한 휘석암(揮石岩)으로 되어 있음을 알게 된다.

이러한 곳에는 반드시 여러 가지 광물이 매장되어 있어 탐광객들의 주의를 이끈다.

내가 본 모국 모처의 지질도 바로 이와 같다. 그래서 나는 핑계삼아 내가 실제로 답사한 그곳을 장수산으로 바꿔 놓고 이야길 진행하는 바니, 독자 여러분은 착각 없길 바란다.

1

제2차세계대전이 끝나자마자 우리들 광업계에 종사하는 사람들 사이에 선풍을 일으킨 것은 우라늄이다.

일부 물리학자들의 연구실에서만 논의되던 이 광물이 지닌 위력이 실제로 일본 광도시 상공에서 상상 이상의 무서운 결과를 나타낸 이후 전세계 광업인의 관심은 우라늄으로 쏠린 것이다.

자기가 살고 있는 지방에 이 귀중한 광석이 없다고 단언할 수 없고, 혹시 있다고 한다면 자기가 행운의 발견자가 되지 말라는 법도 없다.

요는 가이거 계기(計器)를 앞가슴에 매달고 산이고 들이고 간에 두루 다녀볼 노릇이다.

가이거 계기 하면 원자력 시대인 지금은 모를 사람이 없겠으나 그 당시에는 일반 대중에게겐 아직 인식이 서투른 과학기계다. 방사물질이 포함된 광석을 발견하는 데 있어 유일의 길잡이인 이 계기는 전문적 탐광 기사들에게겐 갈망의 보물이다.

그 시절 가이거 계기는 우리나라에 단 두 대가 있었을 뿐인데, 그 중 한 대가 우리나라 주둔 미군 사령부에 있었고 다른 한 대가 요행이도 내가 근무하던 회사 금고 속에 소중히 간직되어 있었다. 우리 정부 기관에는 아직 한 대도 마련돼 있지 않았던 것이다.

나는 이것을 써 보고 싶어 몸살이 날 지경이었다. 이 계기를 어깨에 메고 가볼 곳이 마음 속에 있었기 때문이다.

강원도 중부지방 장수산 일대의 광상지대(鑛床地帶)에 모르긴 몰라도 그 어떤 희귀한 지하 보물이 있으리란 짐작이 오래 전부터 내 머리 속에

엉켜 있었는데, 그것이 아마 우라늄일지도 모르겠다는 유혹이 나를 들볶는 것이다.

나는 전쟁이 진행되던 시기에 인제군 내에서 유망한 시라이드(灰重石) 광맥을 발견해낸 실적이 있었고, 또 장수산 근방을 수차 지나다니면서 망원경을 통하여 서두에서 말했듯이 이 지대의 특수한 지질학적 현상을 목격한 바도 있다. 그때는 시간 여유가 없어 실지 답사는 후일의 숙제로 가슴 속에 치부해 둔 바다.

기회를 노리던 나는 몇 해를 두고 장수산을 중심으로 한 중부 강원도 일대의 광석 표본을 수집 조사한 결과 장수산을 기점으로 각종 광상이 사방으로 뻗어 있다는 걸 알게 되었다.

광산과(鑛山課)에 접수된 광산출원(鑛山出願)도 수천 수백건을 헤아려 과연 이곳이 저명한 광산지대임을 여실히 웅변하고 있었다.

그런데 이상한 것은 이 지방의 핵심 지역인 장수산 구역만은 어떤 광종이건간에 단 한 건의 출원조차 없어 문자 그대로 처녀지를 이루고 있는 것이다.

그 원인은 간단히 알 수 있었다. 지세가 너무나 험난해서다. 한반도를 동서로 갈라 놓은 태백산맥이 바로 이곳을 발상지로 삼고 있으며, 장수산만 하더라도 표고 1천7백 미터가 넘는 험준한 산악이다.

나는 혼자서 고개를 끄덕이고 기뻐했다.

'지하의 비밀이여, 부디 나의 방문이 있을 그때까지 규방의 문고리를 단단히 잠그고 있어다오.'

지긋지긋하던 2차대전이 끝났다. 조국은 광복의 기쁨이 넘쳤고, 광업계에는 우라늄 선풍이 불었으며, 내가 있는 회사에는 가이거 게기가 마련되었다. 나는 장수산 탐광의 시기가 무르익었음을 자신하고 그 준비에 착수하였다.

먼저 나는 회사에 한 달 기한의 휴가원을 내놓았다. 재정이 넉넉치 못한 나로서는 물론 회사 비용으로 탐광 여행에 나서고 싶긴 하나 전후(戰後)의 불경기로 허덕이는 회사가 이러한 막연한 탐광 여행을 인정해 줄 리 없겠고, 한편 나는 자비 여행으로 신광종을 찾아내어 기염을 토하고 싶은 야심도 없지 않았다.

지배인은 나의 휴가원을 받아들고 휴가의 목적을 물었다. 나는 솔직이 장수산 탐광 계획을 말했다. 무슨 단서라도 얻었느냐는 질문에, 나는 그간의 나의 예비 지식을 털어놓았다.

우리나라 지하자원의 가장 큰 보고(寶庫)로 알려진 중부 강원도의 광산 핵심지가 바로 장수산이란 것을 지도를 펼쳐 놓고 설명하면서, 그 부근에는 내 자신이 발견한 시라이드를 비롯하여 수천 종목의 광산 등록이 있다는 것, 그러함에도 불구하고 핵심지는 처녀지대로 남아 있다는 것 등을 열심히 늘어놓았다. 지배인은 나의 열성에 감염되었는지 그렇게 유망한 거라면 정식 출장으로 해도 괜찮다는 눈치를 보였다.

나는 나의 야심은 오히려 자비 탐광을 바란다고 말하고, 지배인에게 한 가지 큰 청탁이 있으니 꼭 좀 들어달라고 매달렸다.

"무엇이냐?"기에 "가이거 계기"라고 말하자, 지배인은 두 눈을 휘둥거리며 고개를 내저었다.

거절할 줄은 예기한 바지만, 나는 실망 않고 꾸준히 졸라댔다. 기어이 나는 지배인을 내 편으로 넣는 데 성공하여, 열흘 기한으로 이 진기한 계기를 회사로부터 빌어쓸 권리를 획득하였다.

2

예정 코스대로 강릉행 버스를 유천리에서 작별하고, 북으로 60리

鳳雲洞　79

산길을 해질 무렵에 주파하였다.

초여름의 산 속은 아직도 냉기가 돌았다. 나는 잡동사니가 든 배낭이며 가이거 계기의 무게에 눌려 땀을 뻘뻘 흘려야 했다.

첫날은 산골 이름도 없는 주막집에서 쉬었다.

여기서부터는 이미 장수산 경내다. 오는 길에서 바라다보이는 장수산이며 둘레의 첩첩한 연봉이 몇해 전 이곳을 지나다가 본 바 그대로의 모습이라, 나에게는 몹시 다정하고 대견하였다.

이튿날 아침.

나는 안내인 한 사람 얻기를 주막집 주인 영감에게 청했다.

"삯은 후히 내리다. 하루 이틀이 아니라 적어도 5, 6일 이상 걸릴 거요."

나는 이런 산골에서 이런 좋은 벌이가 쉽지 않으리란 자부심에서 말을 걸었더니, 의외로 영감은 고개를 외로 꼬고 좋지 않은 안색을 하며 내게 묻는다.

"거긴 왜 가시려 하오?"

"탐광이죠. 좋은 금광이라도 발견하면 영감님께 한턱 톡톡히 내리다."

"탐광?"

영감이 뇌까린다. 이때까지도 나는 눈치를 못 채고 내 기분대로,

"탐광은 내가 하는 거고, 안내인은 그저 길잡이만 해주면 됩니다. 좀 튼튼한 사람이라야 하겠는데."

"아마 갈 사람 없을 거요."

영감은 냉정히 거절한다. 나는 뜻밖의 일에 놀라,

"아니, 왜요? 젊은 사람이 이 고장에는 없소?"

"사람이야 있지만 이곳 사람들은 저 산에 들어가길 꺼리지요."

"왜 그렇죠? 산이 너무 험해서요?"

"산도 험하긴 합니다만, 산 속에 묻혀 사는 우리들이 험한 것쯤 가릴 것은 아니구요……."

"……."

주인 영감은 입맛을 다실 뿐 시원스레 대답을 않는다. 나는 조급증이 나서,

"산짐승 때문인가요?"

"산짐승도 많기야 하지요. 그러나 그것보다 저 산은 영검한 산이라서 함부로 잡인이 못 들어가게 돼 있어요."

옳아, 미신이로구나 하고 속으로 나는 웃었다. 산골 사람들의 산악 숭배는 알아줘야 한다.

"알겠습니다. 그럼 산치성이라도 지내고 들어가도록 할까요?"

나는 그런 미신과는 담쌓은 터이나, 동네 사람들의 힘을 빌자면 비위를 덧들이지 말아야 한다.

"산치성은 매년 가을마다 꼬박 지내고 있습네다. 장수산에는 타고장 사냥꾼도 얼씬 못해요. 이곳 사람들이 못 하게 하지요."

"난 살생이 아니라 지하자원 개발이니깐 다르잖아요?"

"그야 그렇죠. 하지만 아무도 손님 길잡이로 나설 사람은 없을 거요."

주막 영감은 잘라 말한다.

"정 그렇다면 나 혼자 가는 수밖에 없겠군."

나도 화가 나서 퉁명조로 말했다.

"웬만하면 그만두시는 게 좋을 거요."

영감은 한술 더 떠 내 행동마저 간섭하려는 투다.

나는 정말 화가 뻗쳐,

"아니 왜요? 산에 못 들어가게 하는 법이라도 있소?"

하고 영감장이를 쏘아보았다.

영감은 강경한 나의 태도에 민망을 느꼈는지 스르르 시선을 돌리며,

"거, 법이 있기야 하겠소만……."

말끝을 흐리고 입맛을 쩝쩝 다신다.

아마 장수산은 굉장한 영산으로 이 고장 사람들에겐 신성불가침의 존재인 모양이다.

그럴 수도 있는 일이라고 나는 생각하였다. 하지만 주인 영감 한 사람만의 말만 듣고 결론을 내리는 것도 쑥스러운 노릇이므로, 나는 조반을 마친 후 여장을 단단히 갖추고 이 집을 나섰다.

다행히 날씨가 맑아 장수산 연봉이 파란 하늘 아래 선명하게 치솟아 있는 것이 바라보인다. 산 중턱 아래는 안개가 담뿍 끼어 이걸로 해서 커다란 산덩이가 마치 공중에 떠 있는 것 같아 참으로 장관이다.

나는 정신이 황홀하여 한참은 이 산에 온 목적마저 잊고 있다가, 다시 마음을 가다듬고 산골의 이집 저집을 다니며 안내인을 구해 보았다.

10리 가량 산길을 돌아다니며 띄엄띄엄 있는 인가들을 방문한 결과, 나는 안내인 얻기는 영영 틀린 것을 깨닫지 않으면 안 되었다.

주민들의 말은 주막의 영감 말보다 더 엄숙하고 절대적이었다. 더욱 놀라운 사실은 이곳 사람치고 장수산 속에 들어가 본 사람이 한 사람도 없다는 거다.

아마도 몇 십년, 아니 몇 백년을 두고 지켜온 금률(禁律)인 모양이다. 어쩌다가 사냥꾼 따위의 타고장 사람들이 침범을 하였다간 그자는 다시는 이 세상 구경을 못 한다는 그들의 말이다.

엄숙한 이 규칙은 산 속 사람들의 장수산에 대한 신앙심으로 해서 지켜졌을뿐더러, 그보다 더 절대적인 요소는 장수산 스스로가 지니고 있는 영검한 조화의 힘이라고 한다.

조화란 장수산 허리 아래를 두루고 있는 안개의 두터운 띠를 말함이다. 나는 맨처음 저 안개는 아침 나절의 일시적 기온 현상이거니 하였는데, 여러 사람의 말은 나에게 수수께기를 제공하는 거다.

"저 안개가 어제 오늘의 것인 줄 알면 큰 잘못입니다. 1년 열두 달 내내 저 상태라우. 몇 해에 한두번씩 잠시 안개가 걷힐 적도 있긴 하지만 뭐 금세 도로 자욱해지고 마는걸. 임자두 탐광이구 뭐구 그만두고 서울로 되돌아가시는 게 좋겠소. 어디 인력으로 될 노릇이어야지."

어느 골짜기 숯막에서 만난 80 노인의 친절한 설명이다.

나는 사람들의 설명을 듣고 나서 어지간히 마음이 동요되었다. 장수산이 여지껏 처녀지로 남아 있는 까닭을 깨달았기 때문이다.

나는 장수산이 쳐다보이는 마을 밖 언덕 위에 앉아서 여기까지 왔다가 그냥 과거의 모든 탐광꾼모양 되돌아설 것인가, 그렇지 않으면 내친걸음으로 신비스런 안개의 장막 안으로 돌입할 것인가를 신중히 생각해 보았다.

나는 궁리를 하면서 손에 든 피켓으로 눈앞의 바위를 톡톡 두드리고 있었다. 별뜻없는 손놀림이었다. 그 돌은 자줏빛 석류석의 일종이었는데, 쇠 끝에 맞아 떨어지면서 우연히 내 눈에 띈 검정빛이 있었다.

떨어져나간 돌 부수러기를 주워 자세히 보니 검정빛은 분명 월프럼산(狼石酸) 특유의 진하고 윤택이 있었다. 이는 이 근처에 중석이 매장돼 있다는 표시다. 동시에 이는 나로 하여금 무의미한 퇴각을 허락치 않는 엄숙한 교시(敎示)이기도 하다.

나는 전진할 것을 결심하였다. 아무리 안개가 끼었더라도 광석 표본 채취마저 불가능하다든지 가이거 계기의 바늘조차 안 보일 일은 없을 거라 생각되었다. 그리고 항상 안개가 끼어 있는 곳이면 소동물은 몰라도 맹수 같은 큰 짐승은 없을 것이 분명했다.

나의 가슴 한 구석엔 혹시 꿈 같은 애기이긴 하나 저 안개는 오늘날까지 나를 위하여 큰 보물을 간직해 준 고마운 장막이 아닐까 하는 생각이 든다.

나는 마귀성(魔鬼城)에 갇힌 어여쁜 공주를 구해낼 운명을 지닌 기사라도 된양 가슴이 설레었다.

해는 이미 내 머리 위에 닿아 있었다. 나는 어제 유숙했던 주막집에 다시 들러 물병에 식수를 채우고 주인에게 큼직한 도시락 하나를 만들어 달래 배낭에 넣고는 장수산을 향하여 발을 내디뎠다.

나의 등뒤에선 주막이며 근처 인가의 근심스런 얼굴들이 나를 전송하고 있었다. 그러나 그것은 나의 발걸음과는 아무 상관없는 일이다.

3

주막집을 나와 2킬로 가량 약간 가파른 언덕길을 걸으니 눈 아래 큰 계곡이 나타났다. 계곡 바닥에는 맑은 시내가 제법 콸콸 소리를 내며 달리고 있다.

봐하니 이 계곡이 속세와 성역(聖域)과의 분계선을 이루고 있는 모양으로 물줄기의 이쪽과 저쪽의 풍경이 판이하게 다르다.

내가 서 있는 언덕에는 잡목과 빈약한 소나무가 여기저기 흩어져 있는데, 대조적으로 냇물 건너편에는 10여길 넘는 납엽송들이 쭉쭉 뻗어 있고, 그 너머에는 전나무숲이 안 보일 정도로 울창하다. 그리고 그곳에서부터 안개의 장막이 시작된다.

나는 계곡 아래로 내려갔다. 냇물은 폭이 6, 7미터, 깊이는 발목에 찰 정도였다. 손을 담가 보니 뼈가 저리도록 차갑다.

아마 산중에는 아직도 눈이 남아 있어 눈 녹은 물이기에 이다지 차가운 걸까.

나는 신발을 벗어들고 바지를 추켜올린 후 물 속으로 들어섰다. 어찌나 차가운지 머리 끝까지 시려온다. 물살도 대단히 세다.

그건 그렇다 하더라도 가운데까지 와 보니 수심이 무릎을 넘는 데는 질색이었다. 처음에 발목 정도로 얕본 것은 물이 워낙 맑기 때문이었다.

좀 얕은 곳을 찾으려고 두리번거렸으나 별로 얕은 곳도 보이지 않고, 차가운 물은 금세 두 다리를 저며내는 것 같아 더 참을 수가 없었다.

어쩔 수 없이 도로 물가로 나와 냇물의 아래위를 다녀보았으나 수월히 건널 만한 곳이 뵈지 않는다. 다리는 물론이고 징검돌 따위마저 보이지 않는다.

이번엔 바지를 벗어 배낭에 얹고 팬티 바람으로 건너기로 했다. 냇물은 팬티의 반 이상을 적시도록 깊었고 거기다가 물살이 몹시 빨라 피켓을 이용하면서 조심스레 발을 옮기지 않으면 떠내려갈 지경이다.

1분 내에 건널 줄 알았던 것이 10분 이상 소비하고 간신히 건넜다. 건너고 나선 온몸을 달달 떨어야 했다. 만약 물 가운데서 넘어지기라도 했더라면 큰일날 뻔했다.

입산 제일 관문에서 기합을 당한 나는 어지간히 사기가 떨어졌다. 그러나 마른 나뭇가지로 불을 괄하게 피어 몸을 말리고 준비해 온 브랜디로 기분을 새로 한 나는 건너온 시내 양켠 언덕의 지형과 목표를 눈익혀 놓은 다음 안개가 흐르는 전나무숲으로 들어갔다.

내가 여기서 안개가 흐른다고 표현한 것은 단순한 수식사가 아니라 실제로 내가 당한 그 안개는 일정한 방향으로 잔잔히 흐르고 있음을 잠시 후에 알았기 때문이다.

안개 속에 들어서자, 나는 거의 완전한 장님이 되고 말았다. 가슴에 단 가이거 계기의 바늘이 겨우 보일 정도니 암석의 분포 상황을 살피기는 당치도 않은 노릇이다.

나는 무턱대고 안개 속으로 기어들기를 주저하다가 한 꾀를 내어 휴대용 담요의 한 끝을 풀어 적당한 나무밑둥에 잡아매놓고 담요를 슬슬 풀면서 안개 속으로 들어가기로 하였다.

나는 담요 털실이 바람에 날리거나 헝클어지지 않도록 군데군데 나무에 짜매놓든지, 큼직한 돌덩이에 감아놓든지 하면서 안개 속을 조심조심 산 속으로 들어섰다.

나는 도중 몇 차례 담요를 풀어 나무나 돌에 감다가 털먼지와 실오라기가 안개를 타고 일정한 속도와 방향으로 날아가는 것을 발견하였다.

나는 바람이 있을진대 반드시 안개는 걷힐 것이라 생각하고 빨리 안개 속을 모면할 궁리를 해보았다.

기류가 흐르는 반대 방향으로 안고 가든지 90도 각도로 건너지르든지 하는 수도 있지만, 먼지나 털오라기가 지면을 기어서 나는 걸 보고 나는 높은 지형을 찾는 것이 가장 효과가 있으리라 짐작하고 무턱대고 절벽 같은 비탈을 기어오르기 시작했다.

안개 속에 잠긴 나는 한동안 등반 운동에 기를 썼으나 맑은 공기는 좀체 나타나지 않고 바위로 된 벽은 무한정인 듯 끝이 없다.

나는 기진맥진하여 조그마한 바위 틈에 몸을 의지하고 휴식을 취하였다. 담요는 거의 다 풀리고 한 줌밖에 안 남았다. 털먼지를 날려보니 전과 마찬가지 현상이다.

부득이 전진을 포기하고 배낭 속에서 망치와 정을 꺼내 발붙이고 있는 바위의 한 모서리를 때려내어 샘플 주머니에 넣었다. 도로 내려가면서 암석 견본이나 몇 군데 캐 갖고 갈 생각이었다.

그러나 짙은 안개 속에서 절벽을 타고 내려가기가 용이한 일이 아님을 알게 되자, 나는 당황하기 시작하였다.

올라올 때는 손으로 더듬어 단단한 나무등치나 바위 모서리를 붙잡고 오를 수 있었지만 내려갈 때는 전혀 딴판이다.

물론 담요의 털실을 길잡이로 삼긴 했으나 나는 불과 10미터도 못 내려가다 그만 언덕 아래로 미끄러져 떨어지고 말았다.

다행히 한 길 가량 바로 밑에 싸리 덩굴이 나를 받아주었기에 나는 무한정한 추락을 면하긴 했으나, 이제는 털실도 끊겨지고 안개 속에서 오도가도 못 하게 되었다.

나는 비로소 주막 영감의 충고를 받아들이지 않은 것을 후회하였다.

안개가 걷히길 기다리자니 영원히 걷히지 않는 안개라 안 될 말이고, 소리를 질러 구원을 청해 보자니 무인공산 금단의 성역이니 인기척이 있을 리 없다.

그래도 나는 한참 동안 큰 소리로,

"사람 살류! 사람 살류!"

하고 목청을 돋구어 보긴 했으나 이내 지치고 말았다.

팔목시계는 추락하는 통에 깨져 오후 세시 반을 가리킨 채다. 아직 해야 남았겠으나 어름어름하다가 지쳐 쓰러지면 그걸로 나의 인생은 종말을 고하는 거다.

갑자기 공포가 엄습해 왔다. 신성불가침의 영산에 함부로 덤빈 죄를 받는 게 아닌가?

이 산이 여지껏 우리 광업계에 처녀지로 남아 있는 것이 조금도 이상할 게 없다는 걸 절실히 깨달았다.

여태 무수한 탐광객이 이 산 속에서 소식도 전하지 못한 채 최후를 보냈을 것이 상상된다.

　나는 용기를 회복하고자 배낭에서 브랜디병을 꺼냈으나, 공포에 짓눌린 나는 나도 모르게 술병이며 배낭이며를 몽땅 바위 아래로 떨어뜨리고 말았다.

　두어 시간 가량 갈팡질팡하다가 나는 결말을 내기 위하여 싸리나무가지를 휘어잡고 몸을 아래로 축 늘어뜨렸다. 발이 허공에 떴다. 그러나 나는 눈을 딱 감고 잡고 있던 싸리가지를 놓아버렸다.

　쭈르르, 잔돌멩이 사태와 함께 나는 한참 내리굴렀다. 그리고 의식을 잃었다.

4

　의식이 다시 들었을 때 나는 출렁대는 물 속에 잠겨 있었다.

　다시 자세히 살펴보니 출렁대는 것은 물이 아니고 하늘이다. 흰 구름이 너울너울 춤춘다.

　그러나 나는 하늘이 출렁거리는 게 아니라 내 몸뚱이가 전후좌우로 흔들리는 것임을 깨달았다.

　고개를 쳐들어 보니 나는 들것에 담겨 운반되어 가는 중이다. 전신이 아프다. 그 중에도 이마가 쓰라려 손바닥을 대보니 수건이 만져지고 그 위로 축축한 액체의 촉감이 온다. 눈 가까이 가져다 보니 뻘겋다.

　이리하여 차츰 정신이 들어서자 여기가 어디고 지금이 어느 땐가 알고 싶어졌다.

　다시 고개를 쳐들어 가능한 대로 휘둘러보니 좌우는 보리밭이요, 앞뒤는 나를 운반하는 두 사나이의 등판과 무표정한 얼굴이다. 올려다뵈는 하늘 한켠에 노을이 물들어 있다.

다음으로 나는 빌려온 가이거 계기가 걱정되어 시선을 가슴팍으로 옮기니 그건 내 목에 걸린 채 있다.

면판 유리는 깨졌으나 몸체는 그대로다. 나는 우선 안심할 수 있었다.

좀더 자세히 보니 들것 위 내 발치에는 피켓과 배낭도 얹혀 있다.

나를 담은 들것은 밭둑길을 지나 마을로 들어섰다.

마을이래야 집은 몇 채 안 되는 모양이고, 그중 한 집 앞마당으로 쑥 들어서더니 한 곳에 내려놓는다.

널찍한 마당 건너 안채가 바라보이는 걸로 봐서 나는 사랑채 뒷마루 위에 올려놓인 것 같았다.

이 집 사람들로 보이는 서너 사람이 문밖에서부터 따라 들어와서 나를 인계받아 방안으로 옮겨 뉘고, 웃옷을 벗기는 사람, 상처를 냉수로 씻어주는 사람 등 모두들 법석이다.

나는 눈을 지그시 감고 여러 사람의 친절에 맡겨 두었다.

나를 구원한 사람들은 필시 어젯밤——오늘이 내가 산에서 떨어진 날이라 가정하고——묵고 온 주막집 동네 사람들일 텐데 사람들 모습이며 동네 풍경이. 전혀 딴판인 것이 이상하다.

눈에 띄는 것이 모두 낯설다. 혹, 나는 아주 먼 지방에 옮겨진 게 아닌가 하는 의심이 들었다. 그것은 사람이나 들판이나 집이나가 모두 눈에 익지 않은 모습이기 때문이다.

사람들은 모두 흰 무명옷으로 차리고 있다. 어제 본 주막집이며 그 근처 사람들은 거의 전부가 미군의 헌 작업복을 걸치고 있었다.

비단 어제의 그 산골뿐만이 아니라 우리나라는 지금 어딜 가나 백의 동포라 하기엔 어색한 옷차림들뿐인데, 지금 이곳 사람들은 모두가 흰 옷으로 일매졌다.

나는 어린 시절에 송도에 가본 기억이 되살아났다. 송도는 우리나라에서 가장 최근까지 겨레 고유의 풍습을 지녀온 고장이다. 그때도 그곳 사람들은 대개 흰 옷을 입었고 거리나 집 안팎이 깔끔하였는데, 지금 내가 들것에 담겨오는 도중에 본 풍물이 추억의 송도를 방불케 한다. 이 집 대문가에 있는 달구지도 바로 송도에서 본 그것이다. 길에 티 하나 없이 깨끗한 것도 그렇고.

더욱 들것 위에서 본 바로는, 좌우에 펼쳐진 밭 모양은 네모가 반듯반듯한 우물정자형으로 규격이 정연하다.

나의 경험으론 이런 전답 모양은 우리나라에선 전라도 김제벌이나 경상도 김해뜰, 황해도 연백평야 외엔 없는 것인데, 지금 내 눈에 이것이 보이다니 이상한 일이 아닌가.

나는 혹시 내가 아직 추락 현장에 누워 있어 혼미 상태를 못 벗어난 건 아닌가 하고 간간이 눈을 떠보았다.

분명 나는 제정신이 들었고 지금 여러 사람의 따뜻한 구원을 받고 있는 중이다.

살았다는 확신이 서자, 나는 온몸이 녹는 듯한 피로감에 감겨 잠이 들어버렸다.

얼마 후 눈을 떠보니 천장에 등잔불이 어른거린다. 전신이 뻐근하긴 하나 그리 큰 부상은 없는 성싶다. 이 정도면 기동을 해봐야겠다고 마음먹고 상반신을 일으켰다.

"아, 왜 일어나세요?"

15, 6세쯤 돼 보이는 소년이 옆에 있다가 나를 부축한다. 소년도 깨끗한 무명 고의적삼을 입고 있었다.

정신이 든 나는 눈을 두리번거리며 실내 모습을 훑어보았다.

도배장판이 과히 낡지 않았고, 윤이 반지르르 흐르는 한 쌍의 탁자와

찻장이 놓여 있는데, 박물관이나 골동품점에서 보는 물건처럼 형태가
우아하다.

"여기가 어딘가?"

나의 첫 질문이다.

"봉운동이에요."

처음 듣는 지명이다.

"장수산은 어디지?"

"여기가 장수산 봉운동인데요."

나는 납득이 채 안 갔으나 고개를 끄덕였다.

"오늘이 며칠인가?"

"네? 보름날이죠."

"뭐?"

나는 소년의 대답을 의심했다. 내가 장수산에 들어온 것이 17일이었
기 때문이다. 소년도 이맛살을 찌푸리며 이상한 눈치다.

"보름이라니, 몇월 보름이란 말인가?"

또 물었다.

"5월 보름이죠."

5월이라니? 옳아, 이 소년은 음력을 말하는구나 하고 다시 물었다.

"그건 음력이구, 양력으론 며칠인가?"

소년은 어리둥절한 얼굴을 하더니 안채를 향하여,

"할아버지, 손님이 양력으로 며칠이냐고 물어요."

하고 소릴 지른다.

이 소년은 똑똑하게 생겼는데 왜 날짜도 모르는 걸까. 그러자 안채에
서,

"양력?"

하고 노인의 되묻는 소리가 나더니, 잠시 말이 끊긴 채 대꾸가 없다.

나는 양복 주머니에 있는 수첩을 보면 양력과 음력 대조표가 있으니 알 수 있겠기에, 이 집 사람들이 내게서 벗겨 벽에 걸어둔 웃옷을 소년더러 가져오래서 수첩을 들춰 봤다. 음력 5월 보름이 바로 6월 17일이다. 역시 나는 오늘 낮에 장수산에 들어온 것이다.

이때 소년의 할아버지가 방에 들어왔다. 머리에 탕건을 얹고 턱수염이 탐스러운 풍채 좋은 노인이다.

"어떻게 일어나셨소?"

노인은 반가이 말을 건다. 나는 일어서려 하였으나 몸이 말을 안 들어 앉은 채로 허리를 구부려 경의를 표하였다.

"아니, 편히 하시오. 누우셔야 할걸."

노인이 눕기를 권한다.

"이렇게 신세를 져서 죄송합니다."

나는 또 한번 굽실하였다.

"온 천만에. 좌우간 이만하니 다행이요. 젊은이라 다르구료. 10여길이나 되는 절벽에서 떨어지고도 이만하니."

나는 노인의 10여길이나 되는 데서 떨어졌다는 말을 듣고 새삼스레 등골이 오싹해졌다.

"저를 구해 주신 분은 누구십니까?"

우선 알아야 할 중요한 일이겠기로 노인에게 물었다.

"이 동네 사는 박서방하고 김서방이요. 이따 임잘 보러 올 거요."

아까 들을 것을 들었던 그 두 사람인 모양이다. 고맙기 한량없다.

"석희야, 손님 입술이 몹시 탔구나. 냉차를 드리렴."

석희란 소년은 조부의 지시를 받자 찻장 안에 미리 준비해 두었던지 냉차 대접을 꺼내 나에게 권한다.

그러지 않아도 조갈을 느끼고 있던 나는 얼른 그릇을 받아 입을 대었다.

시원하고 달콤한 맛이란 생후 처음으로 맛보는 진미다.

나는 맛보다 먼저 콧속을 다스려 주는 그 향기를 말해야겠다. 대접을 받을 때 노르스름한 액체에서 풍기는 향내는 나의 정신을 황홀케 하였다. 나는 이제껏 이런 진기한 향내를 맡아본 적이 없다.

이어 그 물이 입안에 들면서 온 몸의 피곤과 아픔이 일시에 걷히는 듯한 쾌감을 느꼈다.

나는 단숨에 한 대접을 들이키고는 홀린 듯 빈 그릇에 남은 향에 도취되었다.

조부와 손자는 물끄러미 나의 이런 짓을 보고 있었다. 나는 면괴스러워 슬며시 빈 대접을 소년 앞으로 내밀며,

"무슨 차이기에 이다지 훌륭합니까?"

하고 찬사를 드리자, 노인은 만족한 듯 껄껄 웃는다.

"차맛이 손님 비위에 맞는 모양이구료. 그럼 이따 다시 한 그릇 드리도록 하리다."

"아니올씨다. 이런 귀중한 진미를 어찌 함부로 더 마시겠습니까?"

나는 황망히 사절하였다. 사실 그 냉차는 벌컥벌컥 켜넘기기에는 너무나 아까운 생각이 든다.

노인은 다시 껄껄 웃는다.

"귀중하달 거야 없소이다. 우리집에선 항용 쓰는 것이니깐."

항용 사용한다는 데 나는 다소 놀랐다. 그런즉 나의 귀중하다는 인사는 좀 어색한 표현이 돼 버렸으나 나의 실감이 그러하니 어찌하리.

노인은 어쩌다가 그런 절벽에서 떨어지게 된 거냐고 물었다. 내가 탐광하러 온 것을 말하자, 노인은

"안개 속에서 탐광이라니 될 말인가?"

하고 어이없다는 듯 내 얼굴을 바라본다. 나는 안개가 땅 위에서 얄이 흐르기에 높은 곳으로 올라가면 될 것으로 알았노라 했더니,

"허참, 젊은이라 용감하오만 무모한 짓이오."

하고 노인은 탓하듯 말한다.

이때 동네의 젊은 측들이 한패 몰려왔다. 나를 들것에 메고 온 박서방과 김서방이란 사람도 있었다.

이들은 위문을 겸하여 타고장 사람인 나를 보러 온 것인데, 친절하게도 각자는 계란이나 꿀단지 등을 들고 왔다. 그 중에도 박서방은

"낙상에는 쇠골이 제일이랍니다. 연전에 내가 효험 봤거든요. 그래서 내가 상도리까지 가서 갖고 왔지 뭐유."

하고 말했다. 대문 밖에서부터 떠들어대며 쇠골이 담긴 큰 바가지를 내미는데, 말투나 행동거지가 좀 우스꽝스러워 사람들의 웃음을 산다.

"박서방이 사람은 진국이거든. 상도리가 내왕 30린데 빠르기도 하이."

주인장이 치하하니, 박서방이 덧붙인다.

"글쎄 낙상에는 쇠골이 제일이라지 않아요."

나는 고마와 어찌할 바를 모를 지경이다.

노인은 젊은이들과 나와의 수작이 대강 끝남을 기다렸다가,

"다친 분이 편히 쉬어야 할 테니 이야긴 나중에 또 하고 일쩍 물러들 가게나."

하고 말꾼들을 보내 놓고는 손자를 시켜 죽과 차를 쟁반에 받쳐 내오도록 이른다.

죽은 맛있는 깨죽이고, 차는 조금 전에 나의 신경을 황홀케 한 그 차였다.

차가 끝나니 석회 소년은 나의 옆자리에 조부와 자기 침구를 마련한
다.

이리하여 나는 생명의 은혜를 가슴 깊이 느끼면서 봉운동에서의 첫밤
을 지내게 되었다.

5

내가 봉운동에 머문 것이 1주일간이었다.

나의 상처는 대단한 것이 아니어서 백노인댁——내가 신세진 집의
성씨가 백씨다——사랑방에서 사흘간 자리 보전을 하고 나니 마당을
디딜 수 있었고, 닷새째부터는 몸을 전처럼 쓸 수 있게 되었다.

나는 석회 소년의 인도를 받아 동네 안팎을 구경 다닐 수도 있었다.
내가 본 봉운동은 인가가 50여채 되고 이에 알맞은 전답이 이미 말한
것처럼 깨끗하고 아담하게 딸려 있었다.

장수산 산중에는 이외에도 이곳과 비슷한 규모의 동네가 세 군데
더 있다는 석회 소년의 이야기다.

동네 살림살이는 언뜻 보기에도 풍족하고 사람들의 안색에는 즐거움
이 나타나 있어 가히 평화경이라 할 수 있었다.

다만 그들은 산 속에 묻혀 사는 관계로 현대문명의 혜택을 입지 못하
여 신문, 라디오, 전기 등의 설비가 없었고, 농사에 쓰이는 연장이며
기타 살림의 연모가 모두 이조 중엽 이전의 낡은 유물을 그냥 그대로
이어갖고 있어 보기에 어색하기 짝이 없다.

그들은 학교도 갖고 있지 않아 글방을 꾸며 초등 교육을 가르치고
있는 모양이고, 행정제도도 부락 단위의 자치 생활을 겨우 유지하는
정도로, 내가 묵고 있는 집이 동장 구실을 하고 있는 눈치였다. 아마

이것이 이곳의 최고 행정 기관인 것도 같았다. 자세히 알아보진 못했지만 세납 같은 것은 없는 모양이다.

말하자면 별천지다. 외부 세계와 완전 격리된 딴 나라를 이루고 있는 거다.

무엇이 이 동네를 바깥 세상과 절연시키고 있는 것일까?

이 의문은 쉽사리 풀렸다. 내가 경험한 의문의 안개가 바로 그 절연체라는 걸 나는 이내 알게 되었다.

봉운동 동네 밖 높은 언덕에 올라서 보면 이 안개의 띠가 한없이 뻗쳐 장수산을 휘감고 있는 것이 보인다. 실로 천연의 방위선이다. 이것으로 해서 봉운동은 이 세상에서 문명 개화가 침범 못 한 처녀지로 남아 있는 것이다.

현대 문명사회와 절연된 이곳의 여러 가지 풍물은 나의 눈에 색다른 것투성이다.

남자들은 삭발은 하였을망정 갓이나 건을 쓰고 있고, 남녀간의 신은 모두 미투리나 짚신뿐이다.

이 밖에도 나의 1주일간의 견문은 모두가 신기하고 괴벽한 것이 많았지만, 여기 그것들을 낱낱이 기록하면 지루하기도 하고 또 내가 이야기하려는 골자와는 딴 것이니 다른 기회로 밀고, 내가 봉운동에서 마지막 날 겪은 사건만 여기 피로하기로 한다.

내가 봉운동에 들어온 지 1주일 되는 날, 주인집 노인의 아들이 먼 곳에 여행 갔다 돌아오는 모습으로 나타났다.

나이는 40 정도이고 신수나 체격이 제법 준수한 편인데, 그의 옷차림에는 긴 나그넷길의 고달픔을 말하는 군때가 끼었고 안색도 피곤해 보였다.

나는 백노인의 소개로 돌아온 아들과 인사를 하고 동네축과도 어울려 주식의 대접을 받았다.

이 집에선 외지에 나갔던 사람이 오늘 돌아올 것을 예기했던 모양으로 2, 3일 전부터 색다른 음식 준비가 눈에 띈 바 있었는데, 이날 차려나온 음식은 내 눈이 놀랄 만큼 갖가지로 풍부하였으며 이웃집들의 부조도 번거러울 정도였다.

일면식 없는 내가 들것에 담겨와도 계란 꾸러미며 쇠골을 들고 오는 사람들이라 제각기 정성어린 선물을 지고 이고 동장님댁 축하연에 모이는 건 당연지사라 하겠다.

하여튼 나도 떡 벌어진 잔치상을 받고, 또 동민 몇 사람이 어울려 연주하는 풍악에 곁들어 즐길 수가 있었다. 첫날 냉차 한 그릇 풍미에도 경탄한 나는 이날은 더욱 구미의 호강을 누렸다.

그런데 더욱 가관이라 할지 놀랄 일이라 할지, 아무튼 별난 장면이 이날 저녁 후에 나를 당황하게 만들었다.

저녁때 손님들도 거의 파해 갈 무렵 백노인이 나보고,

"손님은 몸이 아주 쾌하시렸다?"

하고 반짐작 반질문조로 말하기에, 나는

"네, 덕분에 이젠 아주 괜찮습니다."

하니,

"그럼, 손님이 객지에서 여러 날 무료가 많을 것이라 생각되어 동네서 오늘 저녁 따로 접대가 있을 거니 그리 아시오."

한다.

"온 별말씀을 다 하십니다. 동네 여러분의 은혜로 목숨을 구하고, 귀댁에서 여러 날 폐가 많아 송구스럽기 짝이 없습니다. 그런 말씀 하시면 더욱 미안합니다."

내가 이렇게 사례하니 노인은 빙그레 웃는다.

"입향(入鄕)이면 종향(從鄕)이라, 우리 고장 풍습대로 손님을 모시는 거니 가만 계시오."

나는 노인의 말뜻이 뭣인지도 모르고 그저 덤덤히 있었다. 그러자 조금 후에 이웃의 최서방이란 젊은 친구가 내 앞으로 와서,

"우리 동네에 오신 귀한 손님을 진작 저희가 번갈아 모셔야 했을 텐데 잠자코 있어서 죄송합니다."

하고 깍듯이 인사를 한다.

"천만의 말씀이십니다."

"오늘 저녁은 저의 집에서 손님을 모실 예정이었는데, 동장님이 손님께선 그냥 내 집에 계시는 게 편하게 여기실 거라 말씀하셔서 모셔가진 않겠습니다."

"고마우신 말씀입니다."

"그래서 저의 처가 이 댁에 와서 손님 시중을 들기로 했습니다. 본시 배운 게 없고 미거한 사람이라 오히려 손님에게 실수가 있을지 걱정입니다. 널리 양해하십시오."

나는 이 친구가 무슨 이야길 하는지 납득이 안 갔으나 그의 얼굴에 약간 취기가 있기에 그저 어물어물하고 말았다.

"너무 염려해 주셔서 고맙습니다."

최서방이란 사람은 이런 인사를 한 후 가버리고, 나는 별뜻을 알아채지 못한 채 무심히 있었다.

어두워지자 석희 소년이 사랑방에 내려오더니 방에 있는 자기 침구와 조부의 것을 들고 안채로 옮겨간다. 그것도 나는 별뜻없이 무심히 보았다.

나도 약간 취기가 돌고 하여 일찍 눕고 싶어, 사랑방에 들어가 이부자

리도 펴지 않은 채 시원한 장판 위에 벌렁 누워버렸다. 그리고 이내 잠이 들었던 모양이다.

누가 내 곁에서 부시럭거리는 기척에 눈을 뜬 것은 한참 잘 자고 난 후였으리라. 방에 들어왔을 때는 해가 아직 있어 밖이 훤했었는데 지금은 창밖이 캄캄하고, 방안에는 기름 등잔이 타고 있었다. 물론 내가 켠게 아니다. 더욱이 나는 맨방바닥에 쓰러졌었는데, 눈이 뜨이자 요 위에 누워 있는 나를 발견하였다.

그러나 보다 더욱 큰 발견은 내 옆에 난데없는 젊은 여인이 앉아 있다는 사실이다.

너무나 뜻밖의 일이라 나는 깜짝 놀랐다. 여인은 나와 시선이 마주치자 엷은 미소를 짓더니 이내 부끄러운 듯 고개를 숙인다.

나는 얼핏 이 여인이 낮에 이 집에서 음식 조리를 거들던 이웃집 아낙네라는 걸 알았다. 그러나 왜 아닌 밤중에 내 방에 와 있는 건지는 모를 일이다. 더군다나 생면부지의 젊은 외간 남자가 혼자 자는 방에.

여우에게 홀린다는 말이 생각나 나는 정신을 바짝 차렸다.

우선 이것이 생시인지 꿈인지 판별하기 위하여 내 살을 꼬집어 봤다. 아프다. 나는 침을 꿀꺽 삼키고 여인에게 물었다.

"이부자리를 당신이 까셨소?"

"네."

여자는 나지막히 맑고 고운 음성으로 대답한다. 그러면서 나에게 고개를 돌리며 또 한번 생긋이 웃는 거다. 등잔불에 비친 간판이 밉지 않다. 나이는 20을 약간 넘겼을 정도일까.

나는 다음 계속할 말문이 막혀 자리 위에 반허리를 일으킨 채 덤덤히 있을 뿐이다.

여인은 다시 고개를 떨어뜨리고 조용히 앉아 있다.

수 3분이 지났다.

나는 비록 몸은 가만히 두고 있었지만 가슴 속은 적지 않이 설레었다. 생전 처음 겪는 이 현실을 어찌 처리해야 할 것인지 자못 난감하다.

피차 아무 말도 없이 있다가 여자가 입을 떼었다.

"불을 꺼 드릴까요?"

궁리에 빠져 있던 나는 얼른 말귀를 못 알아듣고,

"네? ……네, 네. 아니 아니, 끄지 마세요."

하고 얼떤 대꾸를 하였다.

여인은 내 말에 따라 불을 끄러 일어나려다가 다시 주저앉는다. 그리고 내 얼굴을 말끄러미 바라본다.

"손님 고단하시겠어요."

나이는 나보다 아래나 태도는 나보다 신중하고 어색함이 적다. 이에 나도 숙기를 내어 웃는 얼굴을 하며 말을 붙인다.

"여긴 어찌 오셨소?"

"……."

여자는 대답 대신 또 한번 살며시 웃고 고개를 숙인다.

"누가 이 방에 들어가라 하던가요?"

"네, 동장님하고 집에서 시켰어요."

나는 이때 이미 술기가 다 가신 판이라 아까 저녁때 백노인이 한 말과 이웃집 최서방의 인사가 생각났다. 그리고 석회 소년이 조부와 제 침구를 날라간 뜻이 터득되었다. 나는 잔뜩 긴장되었던 신경이 풀리면서 절로 웃음이 터져나왔다.

나의 웃는 걸 보고 젊은 여자도 덩달아 빙그레 웃으며 정다운 눈매로 나를 바라본다.

매력 있는 얼굴이다. 아무 거리낌없이 쳐다보는 그 얼굴에는 순진한 아릿따움이 가득하다. 거기에는 조금도 불순한 빛이 나타나 있지 않다. 아마 시집간 누이가 반가운 친정 오라버니라도 맞이하는 그런 표정 같다.

6

심심산촌 깊은 밤, 외떨어진 사랑방의 아련한 등잔 아래, 허락된 젊은 남녀의 몸과 마음은 달궈질 대로 달궈졌다.

허나, 이러한 분위기를 묘사하기에는 나는 너무 재간이 없고 또 이 이야기의 본 방향도 아니기에 나는 그저 이 밤에 겪은 사연을 대강 서술하기로 하겠다.

여자의 이름은 정순이. 나이는 첫 인상대로 스물셋. 이웃집 최씨의 아내로 시집온 지 5년이 됐고, 아들 하나 딸 하나의 소생이 있다 한다.

이 밤에 나에게 온 것은 순전히 봉운동 관습에 의하여 동장과 남편의 요청 때문이었고, 물론 이 밤을 이 방에서 자고 내일 아침에 자기 집으로 돌아가기로 돼 있다는 거다.

봉운동의 관습은 먼 곳에서 온 귀한 손님이 닷새를 넘기게 되면 적당한 상대자를 선택하여 밤시중을 들도록 한다는 거다.

이 기이한 풍속이 더욱 놀라운 것은 밤시중에 남녀의 구별이 없다는 점이다. 남자 손님에겐 여자가 시중들 듯이 여자 손님에게는 남자가 든다는 것이다.

규칙은 이러하나 다만 실제에 있어서 여자의 외박이란 별로 있지 않기 때문에 남자들의 시중을 받는 경우는 아주 드물다는 거다.

남자 손님에 대한 여자의 시중 역시 좁은 봉운동 구역 안에서 좀체로 보기 힘든 노릇으로, 이 동네에 손님 들기가 몇해만에 내가 처음 일이고 정순이로서도 생후 처음 남자 손님의 시중을 이 밤에 들게 되었다고 한다.

그럼 정순이는 여태 일부종사의 기록을 간직하였느냐 하면 그렇지 않음을 본인이 이야기한다.

그것은 이 동네의 홀아비나 과부에 대한 봐주기 잼새란 법이 있기 때문이다. 봐주기 잼새란, 아직 나이가 풍부한 사람이 홀아비나 과부가 되었을 때 3년상을 치르고 난 후 부득이한 사정으로 재혼을 못하였을 경우 보름만에 한 차례씩 동네에서 상의하여 적당한 상대자를 그 사람에게 보내 하룻밤의 위로를 하는 법도라 한다.

봉운동 사람들은 원래가 무병장수하여 좀체 요절하는 예가 없어 홀아비나 과부가 나지 않고, 설사 그런 불행이 있더라도 3년상을 겪는 동안에 동네에서 재혼의 알선을 하므로, 봐주기 잼새가 있으나 마나한 법도이긴 하지만, 예외의 예외가 지금 이 동네에 사는 박서방이라는 홀아비다.

전날 나에게 쇠골을 얻어다 먹인 바로 그 박서방으로, 원래 이 사람이 마음은 무한 좋으나 됨됨이가 미련하여 바보축에 드는 인물이다. 처음엔 그에게 알맞는 배필로 이웃 동네의 처분 안 되는 칠푼 처녀가 차례 갔었는데, 몇해 전에 찰떡을 무지하게 먹은 탓으로 죽고 박서방이 홀아비가 돼 버렸으나, 후처로 가겠다는 여자가 나서지 않아 오래도록 홀몸으로 지내왔다.

박서방은 당연히 봐주기 잼새를 받을 해당자이고, 또 이웃 사는 정리로 봐서도 보름에 한번씩 동네 아낙네들이 번을 들어야 하긴 했으나, 박서방 됨됨이가 워낙 천치라 누구나 봐주기 잼새를 하길 싫어해서 마지못해 인사성으로 가줄 따름이라 한다.

정순이도 꼭 한번 작년에 봐준 일이 있고 다른 집에서도 그 정도라, 박서방은 이게 불평이어서 가끔 술이 취하면 투정을 부린다는 것이다.

요 며칠 전에는 지난 석 달 동안 공을 쳤다고 야단치는 바람에 할 수 없이 석희 엄마, 즉 백노인 동장님의 며느님이 부역을 치렀다는 이야기다.

이야기를 들으니 기가 막힌다. 천하에 못생긴 덕이 이다지 후한 세상도 있단 말인가!

미개한 원시시대라면 혹 몰라도 20세기 오늘날 내가 살고 있는 땅 위에 이런 일이 있음을 어찌 상상인들 했으랴.

"그럼, 이곳에선 여자의 정조란 조금도 소중히 안 여기는구료."

내가 이렇게 불평 비슷이 말하니 정순이는 정색한다.

"왜요, 소중히 여기니깐 그런 마련을 한 거 아니겠어요."

사고방식이 아주 딴판이다. 정순이의 설명을 들으니, 봉운동에서는 정조를 음식물과 함께 생명 다음으로 소중히 여긴다는 거다. 그래서 여러 가지 법도를 마련하여 소홀함이 없도록 한다는 거다.

이곳에선 기아에 허덕이는 사람에게 음식을 제공하듯, 성에 옹색한 사람에게 정조를 나누어 준다는 거다. 이것을 경우에 따라 밤시중이라고도 하고 봐주기 잼새라고도 한단다.

이 두 가지는 어디까지나 대접을 베푸는 사람의 선심에 속하는 문제로 스스로 우러나오는 인정에 따라 처리되는 것이지 누구라도 억지를 쓰지는 못하는 거라 한다.

선심이고 인심이고 간에 아무튼 이다지도 타인에게 헤푼 성의 규칙도 자기 자신에 대해선 엄격한 데가 있다.

지킴이란 것이 그것이다. 그것은 내외간의 접촉에 있어 닷새에 한번의 선을 넘어야 된다는 지킴이다.

소중하고 대견한 행위이기에 비록 자기 자신에 속하는 일이지만 이런
제한을 붙인다는 거다.

그게 될 말이냐고 나는 냉소했다. 그러나 정순이는 의심하는 나를
왜 안 그렇겠느냐고 이상하게 본다.

여인의 자세한 이야기인즉, 봉운동의 생활은 거의 완전한 단체생활로
짜여 있었다. 논일이고 들일이고 공동 작업으로 이루어지며 어른들은
누구나 닷새에 하루씩 노는 날을 타게 마련이니까, 자연히 이 지킴이란
것이 지켜지게 되고 지킴을 어길 때는 저절로 탄로가 나서 여러 사람의
눈총을 받게 된다는 것이다.

이곳 사람들은 지킴을 어기는 걸 창피로 알뿐더러 지킴을 범하는
걸 큰 병으로 알아, 혹시 그런 증세가 나면 이 동네 등 너머 산골에서
약원을 다스리고 있는 채주부 영감한테 가서 약을 지어다 먹어야 한
다.

이 지킴은 곧잘 봐주기 잼새나 손님 시중의 부역을 기피하는 핑계거
리로 삼을 수 있어, 이 동네 홀아비 박서방이 왕왕 골방을 치르는 것도
이 때문이란다.

나는 왜 정순이도 지킴 핑계를 쓰지 않고 수고스럽게 나에게 밤시중
을 드느냐고 물어봤다.

정순의 대답은 이번 시중은 동네에서 특별히 중히 여겨 어제 동회를
열고 적당한 상대를 뽑기로 했는데, 중론이 자기를 지목하기 때문에
남편도 지킴을 한 차례 희생을 해가며 동의를 했고 자기도 손님을 그만
몇번 봤기에 거절을 안 했노라고 생긋 웃는다.

우리 두 사람은 이런 이야기를 오래도록 하느라고 한 자리에 나란히
누워 있었다.

여자는 진기한 패물이라도 다루듯 나의 손을 어루만진다. 나도 마찬가

지였다.

정순이는 날씨도 더웠지만 꺼릴 것도 없다는 듯 속옷 바람이었다. 겉옷은 무명인데 속옷은 명주임에 나는 놀랐다.

정순이 말인즉, 이곳에선 남녀노소가 대개 명주로 속옷을 해입는다 한다. 여름 밤의 낭만을 위해서도 적합한 의상이다.

나는 여자를 끌어당기며 나를 위한 수고를 치하하였다. 나의 몸과 마음은 달궈질 대로 뜨겁게 달아올랐다.

그러나 나는 무척 고심하면서 나의 본능을 억제하기에 참담한 투쟁을 하지 않으면 안 될 이유가 있었다.

그것은 유감스럽게도 나는 이곳에 오기 수일 전에 좀 행실이 좋지 않아 혈액검사에 양성 반응을 받은 사실이 있다.

나 혼자만 아는 비밀이지만, 나 스스로가 자제하지 않으면 이 방면에 있어선 전혀 무방비 상태일 것이 틀림없는 이 고장은 아마 겉잡을 수 없는 혼란에 휩쓸리고 말 것이다.

나의 품안에 있는 정순의 천진스런 얼굴을 볼 때 나의 양심은 나의 육체의 자유를 용서 않는 것이다.

여인은 오랜 시간의 경과와 나의 포옹에도 불구하고 여성다운 인내성을 발휘하고 있는 모양이었다.

나는 그럴 듯한 거짓말을 해야만 하게 되었다.

"정순씨의 호의 앞에 물불을 가리지 말아야 하겠지만, 우리 사회에선 남녀간의 접촉은 결혼이 따르지 않는 한 죄악이 되는 거예요. 나는 그런 죄인이 될 수는 없구료."

그녀는 깜짝 놀라며 그런 거짓말은 하지 말라고 펄쩍 뛴다.

"속이지 마세요. 우린 이런 산 속에 살아도 바깥 세상이 어떻다는 걸 잘 알고 있답니다. 그곳에는 정조도 없고 참된 부부생활도 드문걸요."

어떻게 아느냐고 물으니, 그저 안다고만 하면서 내가 아는 정도로 우리 사회의 성생활의 문란상을 여러 가지로 꼬집어낸다. 나는 부정할 도리가 없었다.

"그건 그렇지만 그런 건 부패한 일부의 현상이고, 원칙은 어디까지나 일부일처제로 돼 있소. 정조를 생명 이상으로 소중히 여기는 기풍이 사회질서의 바탕이며, 이러한 부류의 인간들이 지도층을 이루어 우리 사회를 이끌어왔고 앞으로도 진보향상을 유지하는 거요. 나는 지도층에 서고 싶지 부패한 족속에 빠지고 싶지는 않아요."

나의 이 엉터리 강의에 정순은 분명히 감명을 느끼는 눈치였다. 여자는 나에게 매달리며,

"손님은 정말 훌륭한 분예요. 어제 회의에서도 동장님이 '그 손님을 상대할 사람은 최서방댁밖에 없을 거라'고 말씀하셨어요. 동장님과 우리 그이도 저더러 꼭 손님이 산에서 나가지 말고 우리와 함께 사시도록 잘 권해 보라고 했어요."

사랑과 애원이 섞인 정순의 말에 나는 문득 어떤 충격을 느꼈다.

이 여자는 나를 위로하느니보다 나를 회유하도록 동네에서 뽑힌 것이 아닐까?

7

본능과 양심의 갈등에서 헤매던 나는 비로소 내가 처해 있는 입장을 살필 기회를 얻었다.

안개 속에서 추락하여 구사일생을 얻은 나는 이 동네에 관하여 너무나 아는 것이 없는 채 이곳 분위기에 빠져가고 있는 것이 아닌가.

나는 여인의 볼에 입술을 대며 속삭였다.

"정순씨는 어떻게 바깥 사회의 사정을 잘 알죠? 가본 적이 있소?"

여자는 말끄러미 내 얼굴을 바라보며 고개를 끄덕인다. 어디까지나 거짓을 모르는 순결의 눈동자다.

"언제? 어떻게?

나의 질문에 정순이는 이것은 절대 비밀이라고 전제하고 나서, 봉운동 사람들은 누구나 바깥 세상을 구경하고프면 동장의 허가를 얻어 열흘을 넘기지 않는 기한으로 나돌다 온다고 말한다.

이 구경을 통하여 동네 사람들은 바깥 사회가 얼마나 살기 고생스러우며, 살풍경하며, 지저분하며, 비록 겉은 휘번드르르 해도 속은 시궁창처럼 구리다는 걸 알게 된다는 거다.

자기도 재작년 춘천으로, 서울로, 사흘 동안 갔다왔다고 말한다. 하도 그곳이 시끄럽고 어지러워 더 구경할 생각이 안 나 일찍 돌아오고 말았다고 한다.

동네 사람들로서 구경 나갔다가 제날짜 안에 안 돌아오는 사람은 여태 한 사람도 없다 한다.

정순이는 이곳 장수산 안이 얼마나 살기 좋은가를 수다스레 바깥 사회와 비교해 가며 늘어놓는다.

봉운동엔 도둑이 없다. 물이 좋고 산이 좋아 누구나 장수한다. 그래서 어린아이가 죽는 걸 못 본다. 살림의 군색을 모른다.

정순이는 제발 나더러 이곳에서 영원히 함께 살자고 졸라댔다.

비다웃결과 그보다 더 곱고 보드러운 여성의 살결이 나를 어루만졌으나, 나는 확대돼 가는 의문으로 신경이 날카로워졌다.

이 사람들은 무슨 수단으로 저 안개 속을 넘나드는 걸까. 나를 산 속에서 구해낸 방법은? 동장 아들은 어딜 갔다온 걸까?

"그럼, 동장 자제도 바깥 세상에 나갔다 온 건가?"

"그럼요. 산 속에는 어디나 하루면 다 내왕할 수 있어요. 이번에 그 분은 한 달이나 걸려 온 세상을 두루 다녀오셨대요."

"무슨 볼일로?"

"우리 동네 살림 마련 때문이죠. 우리 그이가 그러는데, 자세한 것은 내일 모레 사이에 모여서 상의하겠지만 바깥 세상은 멀지 않아 천지 개벽의 큰 전쟁이 생긴다나 봐요. 아마 그때는 이 세상에서 우리들이나 견뎌내지 다른 곳들은 모두 불구덩이가 된데요. 그러니 손님도 이곳에 계시는 게 좋지 않으시겠어요?"

"천지개벽을 하면 이곳인들 별수 있겠소?"

"우린 지금 5년 먹고도 남을 양식이 있어요. 그걸 아마 땅 속에 감춰 놓아야 한다죠? 어제 우리 그이가 그러는데, 백서방이 이번에 알아 갖고 온 이야기로는 지난번 전쟁이 끝난 것은 새로 발명된 신식 폭탄이 터졌기 때문이래요. 이 폭탄이 자꾸 터지면 땅 위의 것은 모두 없어진데요. 그래서 우리 동네도 아마 산허리를 뚫고 그 속에서 살아야 한다나 봐요. 손님도 그런 얘기 아시겠죠?"

나의 의혹은 점차 더해 갔다. 도대체 이곳 사람들은 엄청난 일을 하고 있는 패들이 아닐까?

"무슨 수로 산허리를 뚫는단 말이오? 어마어마한 기계가 있어야 할 텐데."

"우린 할 수 있어요."

"어떻게?"

"손님은 모르셔요. 하지만 이곳에 사시면 차차 아실 수 있어요."

"이 산 속에 혹시 나같이 들어왔다가 나가는 사람도 있었소?"

"……"

정순이는 나의 안색을 살피며 주저하더니 고개를 좌우로 젓는다.

"나처럼 광산하는 사람이라든지 또는 사냥꾼들이 잘못하다가 들어오는 수도 있을 텐데."

"가끔 있어요."

"그 사람들은 어찌 되오?"

"모두 안개 속에서 죽었어요. 그런 무덤이 뒷산에 많아요. 아이 무서워."

여인은 내 가슴에 얼굴을 파묻고 무서운 상념을 뿌리치기라도 하는 듯 고개를 도리도리한다.

"외방 사람들은 안개 속에서 헤어나지 못하는데, 이곳 사람들은 무슨 수로 자유롭게 내왕하나요? 안개 없는 길이라도 있소?"

"안개는 언제나 이 산둘레를 겹겹이 싸돌고 있답니다. 그래도……."

"그래도?"

정순이는 입을 다물고 대답 않는다. 나는 이제는 관능 따위는 문제가 아니었다. 끌어안은 여자의 육체는 나무토막만큼도 나를 자극 안 한다. 외방 사람과 뒷산에 많다는 무덤이 내 머리 속에서 뒤엉켰다.

이곳이 비록 불로장생하는 도원경일지라도 우선 나 살던 사회로 나가 놓고 봐야겠다고 마음먹었다.

"안개가 겹겹이 싸돌고 있는데 드나드는 수가 뭐요?"

여자는 사르르 눈을 감고 생각에 잠긴다. 비밀을 누설하기 싫은 눈치다. 그러나 마음 약한 정순이는 이내 다물었던 입을 열고 내 귓전에 속삭였다.

"안경이 있어요. 안개 속에서도 잘 보이는 안경이 있으니깐 마음대로 다닐 수 있어요."

안경은 물론 특수한 안경일 거다. 정순의 말인즉, 이 안경은 주민들이

다 갖고 있는 것이 아니라 동장이 소관하고 있는데 자기 남편인 최서방
은 이곳에서 동장 대리를 보고 있기 때문에 그 안경을 두 개 집에 두고
있다 한다.

나는 무슨 수단을 써서라도 이 안경을 손에 넣어야겠다고 마음 먹었
다. 다행히 정순이란 여자는 거짓을 모르는 순진한 여자였고 마음이
약해서, 나는 과히 힘 안 들이고 꾀를 부릴 수 있었다.

나는 정순이의 말대로 이곳에서 살겠다고 맹세하고, 우리집에 노모
한 분이 외로이 나를 기다리고 계시므로 한 번 밖에 나갔다가 어머님을
모시고 다시 돌아왔으면 좋겠다고 능청을 떤 것이다.

정순이는 정말 그렇다면 자기가 남편 몰래 자기집에 있는 안경 한
개를 꺼내 줄 테니 틀림없이 되돌아오겠느냐고 다짐한다.

만약 내가 곧 돌아오지 않는다든지 아주 안 돌아오든지 하면 정순이
는 남편에게 책망을 듣는 건 물론 동네 사람들한테서 호된 형벌을 받게
된다는 거다.

나는 틀림없이 돌아오마고 굳게 약속한 것은 물론이다.

나는 여자를 달래서 곧 그 안경을 갖다 주길 청하였다.

정순이는 나를 신용했다. 정상적인 남성으로서 외간 여자와 한 자리에
서 한밤을 지새우면서도 자기의 신념을 지켜 모처럼의 시중도 받지
않는 나의 행동에 감동한 것이다.

정순이는 속옷 바람으로 살며시 사랑방을 나가더니 한참만에 긴장한
얼굴로 돌아왔다. 그녀의 손은 사시나무 떨듯 떨리고, 두근거리는 가슴
을 진정시키고자 한참 동안 내 가슴팍에 상반신을 의지하고 있었다.
나는 어찌 됐나 하고 조바심하다가 정순이가 허리춤에서 안경을 꺼내
는 걸 보고 비로소 마음을 놓았다.

"생전 처음 도둑질하느라고 혼났어요."

정순이는 숨을 할딱인다.

안경은 보통 흔히 보는 모양의 것인데, 등잔에 비친 유리알이 약간 검푸르고 다리가 없는 대신 굵은 고무줄이 달려 있었다.

나는 정순에게 이 방에서 모르는 척하고 잠자고 있으라고 일렀다. 들창 너머로 별의 위치를 보니 멀지 않아 동이 틀 것 같아 나는 서둘러야 했다.

정순이는 서글픈 표정으로 떠날 준비를 하는 나를 바라보고 있다.

1주일 전에 건너온 계곡의 방향을 대강 여자에게서 들은 뒤에, 나는 안전을 도모하여 방문으로 안 나가고 들창을 넘기로 하였다.

정순이는 거듭거듭 약속을 어기지 말라고 당부한다. 그녀는 나를 따라 동구 밖까지 전송해 주겠다는 걸 가까스로 타일러 방안에 가만히 누워 있도록 하였다. 같이 행동하는 것이 위험할뿐더러 나중에 정순의 입장을 덜 거북하게 하고 싶어서다. 다행히도 나의 배낭이나 가이거 계기는 모두 사랑방에 있었다. 그러나 나는 무거운 배낭은 방에 둔 채 가이거 계기만 목에 걸고 나서기로 하였다.

우리는 뜨거운 마지막 포옹을 나누고는 그녀는 방안에, 나는 들창 너머로 헤어졌다. 근처에서 첫홰 울음이 울려온다. 개 짖는 소리도 난다. 나는 걸음아 나 살려라 하고 목적한 방향으로 내달렸다. 캄캄한 어둠 속이긴 하나 별빛이 있어 어림짐작은 할 수 있었다.

언덕을 두엇 넘으니 문제의 안개 지대가 앞을 가로막는다. 나는 반신 반의로 안경을 썼다.

과연 정순이의 말이 거짓은 아니었다. 지척을 분간 못 하던 안개 속에서 뿌연 연막을 통하여 하늘의 별과 장수산의 능선이 보인다.

이게 밤이니깐 그렇지 낮이었다면 더욱 환하게 투시될 건 틀림없을 거다.

나는 산 속을 더듬더듬 전진을 계속하였다. 마음이 조급했던 탓인진 몰라도 안개의 폭은 생각한 것보다 사뭇 두꺼웠다. 시계가 없어서 정확한 건 알 수 없으나 아무튼 여러 시간 고생하는 중에 먼동이 트고 드디어 나는 내가 건너왔던 계곡 냇물가에 나오는 데 성공하였다.

물이 차가운 것도 감각에 없이 신발도 빼지 않은 채 그대로 텀벙거리며 건넜다.

건너편 기슭에 오른 다음에야 비로소 나는 한숨을 내쉬었다. 그래도 나는 쉬지 않고 내쳐 걸었다.

낯익은 주막집 싸리문을 흔들 때에는 나는 기진맥진한 상태였다.

주막집 영감이 눈을 휘둥그리며 나를 보자, 나는 그만 땅에 주저앉고 말았다.

뒷 이야기

나는 이 이야기를 누구에게도 안 하고 몇해를 지냈다. 어쩐지 영원한 비밀로 해두고 싶었다.

내가 봉운동에 다녀온 지 2년만에 6·25 동란이 터졌고, 나는 전쟁중 여러 차례 생사의 고비를 넘나들었다.

갖은 경험을 다 하는 사이 나의 인생관도 몇 차례 변화되었으나 봉운동을 회상하는 감정은 점차 진해만졌다.

내 친구에 송 모라는 사람이 있어 피차 숨김없이 지내는 다정한 사인데, 작년 봄에 우연히 충남 도고온천에서 사흘 동안 함께 묵게 된 적이 있었다.

그곳에서 어느 날 야밤에 송군과 나는 밤잠이 깨어 이런저런 이야기 끝에 나는 그때까지 아무에게도 말 안해 오던 봉운동 경험담을 털어놨다.

왜 그때 내가 그 비밀을 끄집어냈는지 지금 생각하여도 알 수 없는 노릇이나, 아마 항상 마음 속에 품고 있던 봉운동에 대한 복잡한 나의 심사가 우연히 터지고 만 모양이다.

그 당시 송군은 내 얘길 듣고 나서,

"멀쩡한 거짓말 말게."

하고 일소에 붙이고 만다. 나는 군이 반박하기도 싫어 묵묵부답으로 넘기고 말았다.

그 후 두어 달 지나 송군이 서울 우리집에 놀러와 딴 이야기 끝에,

"도고온천에서 한 이야기 말야, 그거 정말인가?"

하고 새삼스레 묻는다.

"거짓말이래두 상관없지."

"정말이거든 그때 갖고 왔다는 안경 좀 보세 그려."

그 안경은 봉운동에서 갖고 온 그 당시 안경점에 가서 봐달라고 했었는데, 전문가 말이 천연 흑수정으로 만든 알로 과히 귀한 것도 아니라는 감정이었다.

그래도 나는 안경집을 사서 간직하여 피난 중에도 봇다리 속에 끼고 다녔던 거다.

송군의 요청에 어찌할까 망설이다가 거짓말장이가 되기도 싫어 책상 서랍에 넣어둔 안경을 꺼내 보였다.

송군은 고무줄 달린 테를 자신이 써본다.

"뭐 별것도 아닌데 그래."

그는 흥미없다는 듯 도로 내놓는다.

이것으로 송군과의 봉운동에 관한 문답은 끝을 맺었다.

그런데 지난 여름 어느 날 나는 다른 물건을 챙기다가 그 안경이 생각

나 서랍을 열어보니 안경이 간 곳 없다.

나는 가슴이 섬뜩함을 느꼈다. 소용 닿는 곳도 없고 누구에게 자랑할 것도 안 되는 물건이긴 하나 나는 가끔 그 안경을 꺼내 보는 버릇이 있었는데, 간 곳을 모르게 되니 여간 서운한 게 아니다.

나는 곰곰 생각한 끝에 그 안경의 존재를 아는 사람이 나 외에는 송군 한 사람이라는 점을 상기하여 혹시나 하고 송군에게 채근해 보기로 하였다.

그 당시 송군은 그의 근무처가 대전으로 옮겨져 있던 참이라, 나는 주저없이 장거리 전화로 그를 불러냈다.

그런데 뜻밖에도 전화받은 사람 말이, 송군은 한 달 전에 휴가로 자기 집에서 쉰다고 하더니 2, 3일 전에 난데없이 춘천 도립병원에서 통지가 와 송군이 입원치료중 생명이 위독하다고 해서 가족들이 달려갔다는 이야기다.

나는 번갯불처럼 생각 가는 게 있었다. 곧 춘천으로 달려갔다.

도립병원에 가보니 송군은 외과 중환자실 병상 위에서 이미 기울어진 육체를 가누지 못하고 있는 판이었다.

그는 흐려진 정신상태에서 나를 보자 무슨 뜻인지 의미 모를 손짓과 중얼거림을 한다.

그의 부인의 말인즉, 닷새 전에 인제 경찰서 어느 순경이 장수산 근방 산중에서 중상을 입고 쓰러져 있는 남자를 발견하여 이곳 도립병원으로 후송하였는데 회중품을 조사한 결과 신원을 알아내어 가족에게 통지하였다는 거다. 부인은 자기 남편이 왜 그곳에 갔었는지 전혀 짐작이 안 된다고 울먹이고 있었다.

내가 도착한 날 밤에 송군은 운명하고 말았다. 그의 굳어진 입으로부터 아무런 설명도 들을 수가 없게 되었다. 그는 안경도 지니고 있지 않았다.

 이제 나는 봉운동에 관한 나의 경험담을 말하려 해도 제시할 아무런
증거물도 없게 되었다. 그렇긴 하나 그냥 이대로 침묵 속에 매장하기도
허전한 감이 있어 서두에서 말한 바대로 지명을 바꿔서 여기 이 글을
남겨놓는다.

밤 낚시터에서

● 박양호

48년 강원도 출생
서라벌예술대학 문창과, 중대대학원 졸업
74년 현대문학 추천완료로 데뷔
현재 서울신문에 「붕어빵에는 붕어가 없다」 연재중
한국추리작가협회 회원
주요작품 : 「새벽의 춤」
　　　　　「늑대를 찾아서」 「도끼와 바늘」
　　　　　「지방대학 교수」
　　　　　「슬픈 새들의 사회」(이상 창작집)
　　　　　「서울 홍길동」
　　　　　「흔들릴 때마다 한잔」(이상 장편소설)

밤 낚시터에서

"향어 낚시는 조용히 해야 하는데……."

그렇게 얘기하면 그때뿐이었다. 향어 낚시뿐만이 아니라 모든 낚시의 기본이 바로 그 '고요함'에 있었다.

낚시를 무슨 기다림의 철학, 허탕의 미학 운운하면서 수염 허옇게 기른 도사가 산 맑고 물 좋은 바위 위에 가부좌 틀고 앉아서 도 닦는 것처럼 말하는 사람이라 할지라도 낚싯대 펴놓고 대여섯 시간 공을 치고 나면 은근히 짜증이 나게 마련이었다.

그럴 때 낚시꾼들은 불가항력적인 일에다가 핑계를 대기 마련이다. 바람이 많이 분다거나 물이 너무 차다거나 그 호수에 고기가 씨가 말랐다거나, 하다 못해 집 나설 때 잔소리 끓여대던 마누라 핑계를 대기도 한다.

그런데 그 경우는 순전히 시끄러움 때문이었다.

특급 정보를 얻어내어서 김선생과 함께 토요일 퇴근을 하자마자 두 시간여 차를 몰고 달려와 보니 조그마한 호수에 머리 허연 중년 신사 하나가 먼저 와 앉아 있었다.

이리저리 말을 물어보니까 근처 읍내 사람이었고 바로 저번 토요일
에도 그 자리에 와서 힘 좋은 향어를 댓 마리 해 갔노라고 했다. 호수
를 둘러보아야 이른바 계곡형(溪谷型) 저수지인 그곳에는 그 중년의
머리 허연 점잖은 사람이 앉아 있는 곳을 제외하고는 별로 앉을 자리
가 없었다.

그래서 바로 그 옆에다 김선생과 나란히 낚싯대를 차렸는데, 오후
네시쯤 되자 꾼들이 꾸역꾸역 들어오고 해질 무렵이 되면서 반트럭을
몰고 다섯 명의 젊은 청년들이 떠들썩하게 도착을 해서 안하무인격으로
떠들어대기 시작하더니 내둥 그 꼴이었다.

"어이, 좀 조용히 합시다."

나도 한번, 김선생도 두어번 그렇게 얘기했으나 그때뿐이었다. 그
청년들이 얘기하는 것으로 봐서 그 호수에서 제일 가까운 읍내에 살고
있는 듯했고, 뭐 정상적인 낚시꾼은 아니었다.

진짜 낚시꾼이란 진짜 등산객처럼 척하면 알 수 있게 마련이었다.

청년들은 끊임없이 소주를 마셔댔고, 입만 열면 쌍욕으로 말을 이었으
며, 소리를 지르곤 했다.

그렇다고 해서 이미 해는 져서 어두운데 1박 2일의 그 많은 짐들을
싸고 정리를 해서 다른 곳으로 옮길 수도 없었다.

텐트가 나란히 쳐져 있었고, 사람들은 어두워졌는데도 불구하고 하나
둘씩 그 골짜기 호수의 우리가 앉아 있는 곳으로 들어와 낚싯대를 펴는
바람에 옆으로 낚싯대를 옮길 자리조차 없었다.

좌우지간에…… 그렇다, 상황이야 어떻든간에 고기라도 잡히면, 아니
다른 사람이 고기를 잡는 것이라도 보면 그나마 덜하겠는데 술 먹은
젊은 청년들은 떠들지, 고기는 안 잡히지, 불빛은 번뜩거리지…… 에
이, 내 참 더러워서…….

"어이, 총각들 좀 조용히 합시다."

새로 도착한 두 사람이 또 그렇게 말했다.

"씨발것, 고기 안 잡히기는 마찬가진데 더럽게 구박하네…… 이거 오늘 또 사고치고 깜방 가는 거 아니겠나 모르겠네……."

젊은 청년들이 그렇게 말했다.

말하자면 조용히 하라고 또 그러면 가만히 안 있겠다, 우리는 보통 사람들이 아니다, 뭐 그런 태도였다.

그런 식이니 나란히 앉아 있는 나머지 열 명의 낚시꾼들은 그때부터 속으로 중얼거리거나, 아예 에이 오늘은 틀렸네…… 하고 밤 열시가 넘자마자 텐트 속으로 기어들어가거나 그런 식이었다.

요컨대 젊은 청년들에게 더 이상 말을 않겠다는 태도였고, 그러자 술에 취한 그 청년들은 노래까지 불러제키기 시작했다.

낚시터에서 노래라니…….

그것은 일껀 밀밥을 주고 공을 들여서 미끼 옆으로 오려고 허던 고기도 모조리 건너편으로 쫓아내는 일이나 다름이 없었다.

그러니 그 다섯 명의 총각들 때문에 일껀 거기까지 설레는 가슴을 안고 온 낚시꾼들은 일찍 잠자리에 들 수밖에 없는 비참한 지경에 처할 수밖에 없었다.

흔한 말로 소리 안 나는 총이 있으면 꽉 쏴죽이고 싶었다.

그러나 호수 근처 동네 청년들하고 시비해 봤자 이익될 것이 없는 일, 모두 쭝얼거리면서 텐트 안으로들 들어가자, 그 청년들은 더 기고만 장들이었다.

그때였다.

"어이, 총각들 이리 좀 나와봐!"

낮게 그렇게 말하는 소리가 들렸다. 나와 김선생이 가만히 들어보니까 제일 먼저 그 호수에 자리 펴고 앉았던 머리 허연 중년 사내였다.

"왜요…… 뭐 잘못 됐어요?"

텐트 안에서 노래부르던 총각 중의 하나가 도전적으로 그렇게 말을 받았다.

"이새끼들, 잘못 돼두 한참 잘못 됐지. 어서 모조리 기어나오지 못하겠어?"

머리 허연 사람이 낮게…… 그러나 으르렁거리듯 그렇게 말하자, 텐트 속에서 노래를 부르면서 소란을 떨던 총각들이 슬금슬금 기어나왔다.

"왜요, 우리도 놀러 와서 노래 좀 하는데 뭐 법에 걸려요?"

먼저 텐트 속에서 나온 총각 하나가 그렇게 머리 허연 중년에게 대들었다.

"너희들 나 좀 따라와……."

"왜요, 어디루요?"

"야, 여기서 너희들하고 치구 박기는 너무 좁잖아. 다른 사람들 물건들두 다치게 되구 말이야…… 그러니 요 위에 길가로 모두 올라오라 그 말이야, 알아듣겠어? 너희들 오늘 저녁에 사고치구 다시 깜방에 가구 싶다고 말했잖아. 내가 그렇게 해줄 테니까 모두 올라와!"

머리 허연 중년 신사가 그렇게 말하더니 플래시를 들고 휘적휘적 작은 언덕을 올라갔다.

그러자 젊은 총각들이 씨팔…… 할 수 없네…… 어쩌구 하면서 언덕 위로 따라 올라갔다.

그리고 고요함.

아무런 소리도 들리지 않았다. 폭풍전야의 고요함이란 그런 것일까.

그런 잠시 후 총각들은 아주 얌전하게 언덕에서 내려와서는 다시 텐트 속으로 들어가고 조용히 잠을 자기 시작했다.

캄캄한 밤중에 그들 사이에 무슨 일이 있었는지 알 수가 없었다.

다음날 신새벽에 청년들은 주섬주섬 짐을 챙겨 도망치듯 그곳을 떠났고, 햇발이 솟을 때쯤 찌자 움직였고, 고기들이 잡히기 시작했다.

열한시쯤 철수를 하는데 그 머리 허연 중년 사내가 읍내까지만 우리 차 신세를 질 수 없느냐고 해서 그러마 했다. 그래 결국은 읍내까지 동행, 다방에 들러 차를 한 잔 하면서 나는 참지 못하고 물어보았다. 어제 저녁에 그 청년들을 어떻게 조용하게 만들었느냐고…….

그러자 그가 말했다.

"제가 실은 경찰에 몸담고 있는 사람입니다, 낚시를 좋아해서요."

그 말에 나와 김선생은 비로소 정답을 알아낸 것 같은 기분이었다.

따   거

● 안광수
소설가 · 방송작가
한국추리작가협회 회원
제6회한국추리문학신인상 수상
주요작품 : 「미녀군단」
　　　　　「사형특급」「지옥의 휘파람」
　　　　　「케르베로스의 이빨」
　　　　　「트리플 케이」「칼과 장미」
　　　　　「사망유희」(이상 장편) 외 다수

따   거

〈1990년 12월 31일, 밤 11시 45분, 홍콩.〉

당미정(唐美靜)은 으슥한 길가에 재빨리 차를 세웠다. 그리고는 운전석 옆자리에 앉아 있는 왕은지(王恩智)를 억세게 끌어안더니 미친 듯 그녀의 입술을 빨아대기 시작했다.

바로 그 순간이었다. 은지가 그녀의 앞가슴을 밀어제치며 입을 열어 허공에 뻐끔댄 것은.

(저 사람들…… 지금 누군가를 납치해다 죽이려 하고 있어요.)

은지는 분명 그렇게 말하고 있었다. 그럼에도 불구하고 그녀의 음성이 미정의 귀에 들려오지 않은 것은 은지가 선천적으로 타고난 농아자였기 때문이다.

"어디서? 누가?"

미정은 두 눈을 크게 뜨며 은지의 얼굴을 들여다보았다. 이때 은지의 시선은 길 건너 횡단보도 옆 가로등 밑을 향해 빤히 굳어 있었다. 가로등 불빛 아래는 두툼한 파카 차림의 꺽다리와 땅딸보 사내 둘이 잔뜩 굳은 얼굴로 마주선 채 뭔가 대화를 나누고 있었다. 물론 사내들의 음성은 여기까지 들려오지 않는다. 그럼에도 불구하고 은지가 그들의 대화 내용을 도청(?)할 수 있었던 것은 그녀 자신이 고도로 숙달된 립리딩 (Lip Reading)을 구사할 수 있었기 때문이다.

립리딩, 즉 독순술은 상대방의 입술 움직임을 눈으로 읽어 그 말뜻을 이해하는 방법으로써 수화와 더불어 농아자들의 중요한 의사 교환 방법 가운데 하나다.

"분명 사람을 납치해다 죽인다고 했단 말이지?"

미정의 다짐에 은지는 대답 대신 고개만 끄덕거렸다.

바로 그때 반대편 차선으로부터 경광등을 번뜩이는 랜드로바 한 대가 모습을 나타냈다. 랜드로바 차체에는 「홍콩왕립경찰」(皇家香港警察) 표지가 선명히 붙어 있었다.

그러자 돌연 꺽다리 사내가 차도로 뛰어들더니 몸체로 경찰 랜드로바 를 막아세웠다. 차체는 날카로운 금속성을 일으키면서 앞으로 고꾸라질 듯 급정거했다.

"뭐야……?"

운전 경관이 인상을 잔뜩 찌푸리면서 차창 밖으로 고개를 내밀려는 순간, 땅딸보는 공처럼 튕겨 차체 후미로 돌아가더니 도어를 활짝 열어 제꼈다. 이를 신호로 두 사내는 동시에 파카 주머니 속에서 다연발 가스 총을 꺼내들었다. 그리고는 차 안의 정복 경관 세 명을 향해 마치 확인 사살이라도 하듯 차례차례 방아쇠를 당겨 최루 가스를 격발시켰다.

(갱들인가 봐요…… 무서워요!)

은지는 두 눈을 질끈 내리감으며 미정의 가슴에 깊이 파고들었다.

매캐한 최루 가스 속에서 정복 경관 세 명이 물 좋은 생선처럼 팔딱팔 딱 몸부림을 치는 동안, 땅딸보는 진작부터 길가에 대기시켜 놓았던 스포츠카 한 대를 재빨리 몰고 와 경찰 랜드로바 뒤꽁무니에 바짝 들이

댔다. 그러자 꺽다리 사내는 경관들이 호송 중이던 민간인 복장의 딸기코 사내를 거칠게 차 밖으로 끌어내 자신들의 스포츠카 뒷 트렁크에 짐짝처럼 쑤셔넣었다. 꺽다리가 조수석에 뛰어오르기 무섭게 그들이 탄 차는 쏜살 같은 속도로 몽콕(旺角) 방면을 향해 사라져 갔다. 스포츠카는 불덩이처럼 새빨간 이태리제 알파 로메오 스파이더(Alfa Romeo Spider)로 「CR3593」 번호판을 달고 있었다.

불과 1분여만에 모든 상황은 깨끗이 끝났다. 그제서야 너구리굴 같은 경찰 랜드로바 탑승석 안에서 토실토실 살이 찐 저팔계 상판의 경관 하나가 엉금엉금 기어나왔다. 그의 눈자위는 시뻘겋게 부르터 있었고 얼굴은 눈물 콧물로 범벅이 되어 있었다.

"나는 경찰번호 PC23427의 형사경찰(刑警) 황금보(黃金寶)다······ 캑캑! 범죄조직 용문방(龍門幇)에서 전향해 왔던 고위 조직원 팽공달(彭孔達)이 역시 과거의 일당이었던 사내들로 보이는 2인조로부터 습격을 받고 방금 끌려갔다····· 캑캑, 콜록콜록! 그러나 강제 납치인지 재변심한 끝에 일당과 공모하여 탈주한 것인지는 아직 확실치 않다! 본서의 지원을 급히 요청한다······ 캑캑······ 씨이팔!"

가까스로 무전보고를 마친 황금보는 알파 로메오가 사라진 몽콕 방향을 향해 무려 일곱번씩이나 주먹감자를 먹여댔다.

알파 로메오의 급발진과 거의 동시에 사건 현장을 떠난 또 한 대의 차량이 있었다. 그것은 바로 은지와 미정을 태운 허름한 승용차였다. 그녀들이 탄 차는 대략 백여 미터의 거리를 두고 앞차를 미행하기 시작했다. 허름한 승용차는 비록 싼 맛에 구입한 소련제 볼가제품 GAZ-24-10이었을망정 92마력짜리 강력한 엔진을 탑재하고 있었던 까닭에 비교적 수월히 알파 로메오의 꽁무니에 따라붙을 수 있었다.

"무서워하지 마! 내가 곁에 있으니까."

　이렇게 말하면서 미정은 한쪽 손으로 은지를 꼬옥 감싸안았다.

　1990년을 아쉬워하는 망년의 밤이었음에도 불구하고 홍콩의 변두리인 이곳 거리는 엄청나게 한적했다.

　(무서워요. 차를 돌려요. 그리고 우리 둘만의 장소로 가요.)

　미정의 앞가슴을 손가락 끝으로 만지작거리면서 은지는 이렇게 뻥끗거렸다.

　왕은지와 당미정. 그녀들은 네이잔 로드에 있는 레즈비언 클럽 「유혹」의 호스티스였다. 여성 동성 연애자들을 위해 개점된 업소인 만큼 「유혹」의 종사원들 역시 모두가 레즈비언들이었다. 은지와 미정은 연인의 관계에 있었다. 은지는 여자 역할을, 미정은 남성역을 맡아하고 있었다. 어쨌거나 그들은 한 쌍의 금술 좋은 남녀 사이(?)였다.

　알파 로메오는 돌연 불빛이 한 점도 없는 신계(新界) 방면 야산지대 쪽으로 방향을 바꾸고 있었다. 저만치 오른쪽 계곡 아래에 중국어와 영문으로 쓰어진 「홍콩국립시체공시소」(香港公衆殮房 · HONG KONG PUBLIC MORTUARY)의 희미한 아크릴 간판이 나타났다.

　알파 로메오는 급속히 스피드를 떨구더니 자욱한 먼지를 일으키며 길 옆 공터에 정차했다. 땅딸보가 핸드 브레이크를 당겨 세우는 동안 꺽다리는 뒷 트렁크를 열고 딸기코 사내를 끄집어냈다.

　"사…… 살려줘!"

　딸기코는 온몸을 사시나무 떨듯 하면서 무릎을 꿇고 두 손 모아 애원했다.

　"배신자!"

　꺽다리는 차가운 눈빛으로 딸기코를 노려보았다. 그러더니 딸기코의 양팔을 거칠게 뒤로 꺾어 자신의 몸 앞에 방패처럼 일으켜 세웠다.

"그대로 있어!"

땅딸보가 주먹 마디를 우드득우드득 꺾어대며 이쪽으로 걸어왔다.

"살려줘! 한 번만 용서해 준다면 목숨을 걸고 「따거」(大哥)와 조직을 위해 충성하겠어."

딸기코는 두 눈을 허옇게 까뒤집으며 입에 거품을 물었다.

"너를 제거하라고 엄명을 내리신 어른이 바로 「따거」야."

땅딸보는 입가에 으시시한 미소를 흘리며 오른손을 천천히 치켜올렸다.

"나를 죽이면 안 돼!"

획——바람을 가르며 내리쳐진 땅딸보의 관수(貫手)가 딸기코의 목젖 밑에 칼 끝처럼 쑤셔박혔다. 처절한 비명과 함께 딸기코는 피를 뿜었다. 그리고 그것으로 이승과는 마지막이었다.

"더러운 새끼!"

땅딸보는 손 끝에 묻은 피를 입과 혀로 쭉쭉 빨았다. 그러면서 아직 채 식지 않은 딸기코의 시신을 산 아래 계곡으로 뻥 걷어차 버렸다.

"내일 아침이면 시체공시소에 새로운 입소자로 등록하게 되겠군."

땅딸보와 꺽다리는 알파 로메오에 올라타면서 깔깔대고 웃었다.

어두운 그늘에 차를 세운 은지와 미정 두 사람은 숨 한 번 제대로 쉬지 못하며 그 자리에 얼어붙은 채 이 무서운 광경을 지켜보고 있었다. 알파 로메오는 거칠게 앞으로 발진해 갔다.

"후후후……!"

땅딸보는 백미러를 통해 음지에 숨어 있는 소련제 볼가 승용차를 노려보았다. 볼가는 헤드라이트를 끈 채 천천히 속도를 올리더니 알파 로메오를 미행해 오기 시작했다.

〈1991년 1월 1일, 새벽 2시 14분, 홍콩.〉

왕은지와 당미정 그리고 레즈비언 클럽 「유혹」의 마담 전금화(全錦華)는 삼각관계로 얽혀 있었다. 즉 남자 역할인 미정을 사이에 두고 은지와 금화 두 여자가 질투와 시새움의 역겨운 사랑 싸움을 벌이고 있는 사이였던 것이다.

오늘, 금화는 은지 몰래 미정의 품에 안기기 위해 미정의 아파트를 방문했다. 아파트 열쇠는 금화와 은지 두 사람 모두가 복제품 한 벌씩을 갖고 있는 터였다. 미정의 아파트는 침사추이(尖沙咀) 남쪽 구석에 자리 잡고 있었다.

딸깍 하는 소리와 함께 방문이 열린 게 아니라——도어는 그저 건성으로 닫혀만 있었다. 금화가 그저 손 끝으로 슬쩍 건드렸을 뿐인데도 문짝은 미끄러지듯 안쪽으로 활짝 열려졌다.

방안엔 불이 환히 켜져 있었다. 침대 위에는 상체를 홀딱 벗은 은지와 미정 두 사람이 허리께까지 이불을 덮은 채 꼭 끌어안은 자세로 잠들어 있었다.

(저 년이……?)

은지를 노려보는 금화의 눈동자에 새파란 독기가 피어올랐다.

"은지 이년, 너 죽고 나 죽자!"

금화는 두 사람이 덮고 있는 한국산 모피 담요를 거칠게 잡아당겼다. 그 순간 그녀의 입에서 터져나온 것은 처절한 비명이었다.

"아악!"

은지와 미정 두 여자의 하반신은 온통 피로 얼룩져 있었고 시이트에도 역시 질펀한 혈액이 홍건히 고여 있었다. 그녀들의 치모(恥毛) 바로 위에는 찻숫갈만한 크기의 살상용 비수가 칼자루 끝까지 깊숙이 박혀 있었다.

강력계 형사 경찰인 황금보가 사건 현장에 도착한 것은 그로부터 10여 분이 경과한 다음의 일이었다.

〈1991년 1월 1일, 새벽 4시 18분, 서울.〉

나는 추리작가다. 별로 히트작이 없는 무명작가이기는 해도 언젠가 베스트셀러 한 권쯤은 내놓아야겠다는 음모(?)를 강박관념처럼 지니고 살아가고 있는 존재다. 나는 평소 용문방(龍門幇)이란 중국계 암흑조직에 깊은 관심을 가져오고 있었다. 용문방은 일본의 야쿠자를 제외하면 아시아에서 제일 큰 조직범죄단이다. 1989년의 경우 일본 야쿠자 조직들이 합법적 혹은 범죄적 사업을 통해 벌어들인 총수입이 6조3천7백억 원에 달하는 데 대해 용문방의 연간 총수입은 그보다 약 1조원이 모자라는 5조4천억원을 기록하고 있었다.

세계의 3대 암흑조직을 꼽는다면 그 첫째가 이탈리안 마피아요, 두번째가 일본의 야쿠자이며, 세번째가 바로 중국계 용문방이라 할 수 있다.

두 달 전, 온 세계를 떠들썩하게 한 치열한 총격 시가전으로 많은 사람들의 가슴을 서늘하게 만든 존재 또한 용문방이었던 것이다. 1990년 10월 18일 오후 2시, 홍콩의 중심가인 센트럴 디스트릭트(中環)에서는 마치 알 카포네의 갱시대를 연상케 하는 처절한 총격전이 벌어졌다. 두 파벌의 암흑조직 간에 벌어진 생사의 공방전이었다. 기관총까지 동원된 이 난사전에서 양파의 조직원 38명을 포함한 행인 13명, 경관 7명 등 도합 58명이 총격사망하고 백여명이 중상을 입은 사상 최대의 범죄전쟁이었던 것이다. 이 날의 전투를 통해 용문방은 업계 최대의 라이벌 조직인 천산방(天山幇)을 흡수통합하고 동남아 흑사회(黑社會)를 하나로 만드는 데 성공했다.

나는 바로 이 용문방 최고의 지존(至尊)이자 비밀의 핵심 인물인 「따거」의 정체를 밝히는 일종의 폭로소설을 쓸 계획을 갖고 있었다. 「따거」란 영어로 빅보스(Big Boss) 또는 빅브라더(Big Brother)를 뜻하는 말로 우리식으로 할 때 큰형님, 즉 최고 두목을 의미하는 그들의 용어다. 그 때문에 현지 친구인 홍콩의 중문대학(中文大學) 교수 장화 (張華)에게 취재의 기회를 마련해 달라고 이미 오래 전부터 부탁을 해놓고 있던 중이었다.

전날의 숙취로 인해 깊은 새벽잠에 빠져 있던 내게 요란스런 국제전화를 걸어온 것은 바로 그 친구였다.

"큰일났어!"

장화의 첫 말이었다.

"꼭두새벽부터 무슨 난리 브루스야?"

"용문방의 제2인자였다가 며칠 전 경찰측에 전향한 일명 딸기코란 사내 알지?"

"그런데?"

"조금 전 경찰 호송 도중 강제납치를 당한 뒤 시체공시소 뒷산 계곡에서 인후가 꿰뚫린 처참한 시체로 발견됐어."

"뭣?"

"곧 이리로 와 봐. 앞으로 뭔가 재미있는 일들이 발생할 것 같은 예감야."

"알았어. 날이 밝는 즉시 그리 가도록 하겠네."

나는 전화를 끊자마자 곧이어 두 군데로 전화를 걸었다. 그 하나는 내 애인이며 모 월간잡지 기자인 이현숙(李賢淑)에게 동반 여행을 청한 것이었으며, 또 다른 하나는 치안본부 최창남(崔昌南) 총경에게 해외취재 여행시의 신변안전을 원격 지원해 주도록 요청한 일이었다. 최창남

총경과는 작년에 발표한 추리소설 『사형특급』 취재중 우연찮게 알게
된 사이였는데, 그는 현재 치안본부 내의 극비부서인 대외조직범죄전담
반 팀장을 맡고 있었다.

이렇게 해서 「따거」의 정체를 파헤치기 위한 나의 수렵·여행은 시작
되었다.

〈1991년 1월 1일, 오후 2시 7분.〉

서울발 CPA 여객기는 정확한 시간에 홍콩의 관문 카이탁 공항에
착륙했다.

"새해 첫날부터 다급한 해외 여행이라니 정말 기가 막혀요. 난 아직
엄마 아빠께 세배도 못 드렸단 말예요."

세관 검사대를 빠져나오면서 현숙이 내게 종알댄 말이었다. 물론 그것
은 애교어린 투정이었다. 나는 공항 로비에서 장화의 집으로 전화를
걸었다. 그렇게 하기로 약속이 되어 있었기 때문이다. 헌데 어찌된 셈인
지 아무리 신호벨을 넣어도 전화를 받지 않았다.

(이상한데……?)

문득 뇌리를 스치고 지나가는 불길한 상념이었다. 우리는 급히 택시를
잡아타고 오션파크(해양 공원) 옆에 있는 장화의 아파트로 향했다.

벨을 막 누르려는 순간 문이 홱 안으로 열리면서 돼지처럼 디룩디룩
살이 찐 낯선 사내 하나가 모습을 드러냈다.

"어떻게 오셨소?"

내가 외국인이란 생각을 미처 못 했던 때문인지 돼지는 다짜고짜
광동어(廣東語)로 씨부렁대기 시작했다.

"난 한국서 온 추리작간데, 이 집 주인과 여기서 만나기로 약속이
돼 있단 말이오."

나는 더듬더듬 영어로 답변했다.

"아, 그래요?"

돼지는 나와 현숙의 위아래를 번갈아가며 기분 나쁘게 훑어보았다.

"미안하지만 당신은 친구와의 약속을 지킬 수 없게 되고 말았소."

"그건 무슨 뜻이죠?"

"바로 몇 시간 전, 자신의 침대 위에서 목졸려 죽은 피살체가 되어 버렸으니까."

"뭐라구요?"

"범인이라 자처하는 어떤 녀석이 경찰청으로 전화를 걸어왔더군. 빨리 출동해야 채 식지 않은 따끈따끈한 시체를 만나게 될 수 있을 거라면서……. 아참! 내 이름은 황금보. 홍콩 경찰청 강력계 소속의 형사 경찰이오."

나는 방안에 들어가 이미 싸늘한 물체로 변해 버린 친구 장화와 대면했다. 시신은 길게 혀를 빼물고 있었으며 퀭한 두 눈을 천정에 고정시키고 있었다.

"어떤 자식이……!"

나는 두 주먹을 부르쥐며 친구의 죽음을 애통해했다. 현장엔 대여섯 명의 감식계원과 정복복 경관들이 지문 채취, 사진 촬영 등의 초동수사를 진행하고 있었다.

그때 문득 전화벨이 울렸다. 감식계원 한 사람이 녹음 장치를 작동시키자 돼지——아니, 황금보는 수화기를 집어들었다. 수화기를 통해 굵은 남자 목소리가 흘러나오는 동안 황금보는 그저 묵묵히 듣고만 있었다. 그러다가 갑자기 불쑥 수화기를 내게로 건네주었다.

"당신 친구를 죽인 범인이래. 당신에게도 한 마디 해줄 얘기가 있다는 구만."

심장에 강한 동계를 느끼면서 나는 수화기를 귀에다 댔다.

"여보세요?"

"이봐, 당신 추리소설 나부랭이를 쓰는 글쟁이지? 한 마디 경고해 두겠는데, 당장 이 일에서 손을 떼. 용문방 「따거」의 정체를 캐려는 취재를 즉각 포기하란 말야. 그렇지 않으면 너는 물론 네 곁에 서 있는 그 곱상한 계집애마저도 피걸레를 만들어 버리겠어. 내 말 알아 듣겠어?"

자초지종 내 입장을 설명할 만한 영어 회화 실력이 내겐 없었으므로 불행하게도 난 결론만을 간단히 답변할 도리밖에 없었다.

"노우!"

"뭐, 뭐? 너 지금 노우라고 했니?"

상대방은 머리 꼭대기까지 화를 내며 씩씩대고 있었다.

"그렇다니까!"

"좋아, 너 각오해 두라구."

사내는 지독한 욕설과 함께 부드득 이를 갈며 전화를 끊어버렸다.

"협박받아도 싸. 함부로 겁없이 굴어댔으니까……."

황금보는 킬킬대고 웃으면서 또다시 위아래로 나를 훑어보는 거였다.

"생명에 위협을 경고받은 이상 당신네 두 사람은 당분간 우리 경찰의 보호 아래 있어 줘야만 되겠어."

"보호를 받다니?"

"놈들은 죽인다면 진짜로 죽여. 사건이 해결될 때까지 우리 경찰이 제공하는 호텔에 묵으면서 경호를 받지 않으면 안 돼. 안 그랬다간 두 사람 역시 장화 교수처럼 피떡이 돼!"

우리는 페닌슐러 호텔 1208호실에 강제로 구금되는 신세가 되고 말았다.

황금보는 우리에게 통역 한 사람을 붙여 주었다. 홍콩에서 조그만 무역상을 경영하고 있는 한인 교포인 이강석(李剛石)이란 사내였다.

경찰은 언제 어떤 식으로 불시에 들이닥칠지 모르는 조직원들의 테러로부터 우리 둘을 보호하기 위해 이중삼중의 안전조치를 강구해 주었다. 호텔 내외엔 사복경관 30명이 호시탐탐 감시의 눈길을 잠시도 늦추지 않고 있었다. 아무리 그래도 생명의 위협을 경고받은 이상 하루 이틀 지나는 시간시간이 피를 말리는 긴장과 공포의 연속이었다. 드디어 예감하고 있던 불길한 일이 터진 것은 이틀째 되는 날 오후의 일이었다.

〈1991년 1월 3일, 오후 3시.〉

경호(警護) PC89468의 순경 장국영은 작년 겨울 경찰학교를 갓 졸업하고 본청 강력계에 배속된 신출내기 햇병아리였다. 그도 역시 페닌슐러 호텔 경비팀에 배치된 30명 가운데 하나였다. 장국영은 신문지에 둘둘 말아 숨긴 휴대용 무전기로 상황실과 교신을 마친 뒤 호텔 후문 쪽을 향해 천천히 걸음을 옮기기 시작했다. 그의 그런 모습을 유심히 지켜보고 있는 한 쌍의 눈동자가 있었다. 눈동자의 주인공은 껑다리 사내였다. 사내는 뚜벅뚜벅 이쪽으로 다가왔다. 그리고는 다짜고짜 그의 어깨를 툭 건드렸다.

"어때, 잘돼 가나?"

"네에……."

장국영은 얼떨결에 껑다리에게 경례를 올려붙였다. 본서에서 나온 상관쯤으로 여겼기 때문이다.

"따라와!"

껑다리는 아직껏 얼떨떨하고 있는 장국영을 이끌고 후문 옆 화장실로 들어갔다. 화장실 안에는 땅딸한 사내 하나가 남성을 드러낸 채 당당하게 볼일을 보고 있을 뿐 그 밖에 다른 사람은 아무도 없었다.

"걔네들 몇호실에 투숙 중이지?"

꺽다리의 눈빛이 갑자기 험상궂게 변했다.

"계네들이라뇨?"

"한국서 온 글쟁이 나부랭이 일행 말야."

"1208호실인데요…… 그걸 모르고 계셨습니까?"

"모르니까 묻지."

"당신은…… 경관이 아니군요?"

"이젠 늦었어, 이 어리석은 친구야."

꺽다리는 갑자기 킬킬대며 시니컬한 웃음을 터뜨렸다. 땅딸보가 바지 자크를 올리면서 천천히 이쪽으로 걸어왔다. 그의 눈빛엔 살기가 가득했다. 위험을 느낀 장국영은 화장실 도어를 박차고 밖으로 도망쳐 나가려 했다. 하지만 그보다 꺽다리의 딴지걸이가 한 박자 더 빨랐다. 앞으로 풀썩 거꾸러진 장국영의 등뒤로 땅딸보가 마치 박쥐처럼 덮쳐오고 있었다.

한인 교포인 통역 요원 이강석이 피투성이가 된 채로 내 방에 뛰어든 것은 그로부터 약 20분쯤 지난 다음의 일이었다. 때마침 나는 황금보 형사 경찰과 요담을 나누고 있는 중이었다.

"큰일났습니다. 현숙씨가 놈들에게 납치당했습니다."

"납치되다니! 그게 무슨 소리야?"

황금보가 불끈하며 이강석의 멱살을 움켜잡았다.

"조금 전 자칭 장국영 순경이라는 사람이 현숙씨 방에 나타났습니다. 그때 전 현숙씨에게 홍콩 지리에 관해 설명해 드리고 있었거든요……."

"용건만 추려 말해. 장국영이 뭘 어쨌단 말야?"

"갑자기 칼을 꺼내 절 난자했습니다. 그와 동시에 땅딸한 사내 하나가 역시 방안으로 뛰어들더니 대뜸 현숙씨를 끌고 나갔단 말씀입니다."

"그 얘길 왜 지금 와서야 하는 거야?"

"전 한동안 정신을 잃고 쓰러져 있었거든요."

"장국영이란 경관이 틀림없어?"

"경찰 카드와 무전기를 보여주더군요."

"어떻게 생겼어?"

"키가 크며 눈매가 날카로운 30대 초반의 사내였습니다."

"틀려! 내가 아는 장국영은 작년 말에 경찰학교를 갓 졸업한 영계야."

황금보는 우당탕 밖으로 뛰쳐나갔다.

진짜 장국영 순경은 후문 옆 직원 화장실 타일 바닥에 엎어진 시체로 발견되었다. 그는 후두부를 관수로 꿰뚫려 있었다.

확인 결과 한 패로 짐작되는 꺽다리와 땅딸보의 2인조가 비상계단을 통해 현숙을 끌고 내려와 후문 앞에 대기한 앰뷸런스에 태운 채 스타페리 부두 쪽을 향해 사라져 갔다는 사실이 판명되었다. 목격자는 주방 종업원이었다.

"조금이라도 경찰에 협조하면 현숙씨를 윤간한 뒤 죽여 버리겠다는 경고를 전하라더군요."

신음을 흘리며 이강석은 이를 갈았다.

"이형, 나를 좀 도와주시오."

"예⋯⋯?"

"우선 여기를 빠져나가야겠소. 동서고금의 어떤 예를 보더라도 인질로 잡혀간 사람이 경찰력에 의해 해방된 일은 흔치 않아요. 놈들은 결국 현숙이를 윤간한 뒤 죽여 없앨 겁니다."

"그럼……?"

"지금의 내 처지로썬 경찰에 협조할 수도 그렇다고 놈들의 요구대로 「따거」의 정체를 밝히는 일에서 손을 뗄 수도 없는 입장이오."

"……?"

"경찰과는 별도로 용문방에 침투하여 현숙일 구해내야겠소."

"무리한 말씀인데요."

"부탁합시다. 이 일을 도와줄 수 있는 인물은 이형밖에 없소."

이강석은 잠시 입을 다문 채 아무런 말도 하지 않았다. 그러더니 천천히 고개를 내 쪽으로 돌리고는 오른손을 내밀었다.

"담배 한 개비만 빌려 주십쇼."

그건 협조하겠다는 응낙의 표시였다.

"고맙소, 이형!"

나는 이강석을 힘껏 부둥켜안았다.

그리고 그날 밤, 우리 두 사람은 별다른 어려움 없이 페닌슐러 호텔을 빠져나올 수 있었다. 경찰은 외부로부터의 침입자를 집중적으로 감시하고 있었기 때문에 내부로부터의 탈출은 의외로 쉬웠던 까닭이다.

〈1991년 1월 4일, 새벽 4시, 서울.〉

차가운 강바람을 타고 눈송이가 마치 종이 부스러기처럼 흩뿌려져 날리고 있었다.

최근 홍콩을 거점으로 한 용문방의 수상쩍은 행태와 지난해 연말 망년회를 치르기 위해 72명씩이나 단체로 입국한 야쿠자 중간 보스들의 감시 작전 등으로 치안본부 극비부서인 대외조직범죄전담반 팀장인 최창남 총경은 파김치가 되어 있었다.

수면을 취하기 위해 간신히 시간을 뽑은 최총경은 한강변 88도로를 타고 잠실 2단지에 있는 자신의 집으로 급히 차를 몰았다.

새벽의 강변도로는 을씨년스럽기 그지없었다. 이따금 한 대씩 나타나 교행하는 차량의 모습과 바람결에 흩날리는 휴지조각이 강변 풍경의 전부였다.

최총경은 문득 오른쪽 노견에 시선을 던지더니 갑작스레 차의 속도를 떨궜다. 거기엔 새빨간 스쿠프 승용차 한 대가 테일 라이트를 깜빡이며 멈춰서 있었고, 오너 드라이버인 듯한 밍크코트의 젊은 여인이 애타게 손을 흔들며 지나가는 차량을 불러세우고 있었다.

최총경은 그 옆에 차를 갖다 댔다.

"죄송합니다."

"차가 고장나셨군요."

"롯데 호텔 부근까지만 태워다 주시겠어요?"

"타시죠."

"고맙습니다. 얼어죽는 줄 알았어요."

젊은 여자는 히터의 훈풍에 언 몸을 녹이며 아래턱을 달달 떨었다.

(예쁜 여자로군. 영화배우 황신혜를 쏙 빼닮았어.)

속으로 이렇게 생각하면서 최총경은 흘깃 룸미러를 들여다보았다. 여자의 희고운 예쁜 손이 커피색 핸드백 속으로 흘러들어가고 있었다. 그리고 그 손이 다시금 밖으로 나왔을 때 거기엔 조그만 모젤 권총이 쥐어져 있었다.

뿌옇게 동녘이 밝아올 무렵.

때 마침 강변도로를 순찰 중이던 도로공사 패트롤카는 흰 눈을 잔뜩 뒤집어쓴 채 노견에 불법 주차해 있는 중형차 한 대를 발견했다. 차

안엔 오른쪽 관자놀이를 총탄에 의해 처참히 꿰뚫린 최총경의 시체가 비스듬히 핸들 위에 엎어져 있었다. 살인자의 모습은 이미 연기처럼 사라지고 없었으나, 그 대신 조수석 시이트 위에 조그만 마패 같은 쇳조각 하나가 떨궈져 있었다. 거기에는 두 마리의 교차된 용과 함께 「드래곤 게이트」란 영문이 음각되어 있었다. 그건 바로 용문방의 표지 문장이었다.

〈1991년 1월 6일, 오전 7시, 홍콩.〉

격일로 이틀치가 한꺼번에 우송되는 한국 신문을 펼쳐들었을 때 난 한동안 제 정신을 차릴 수가 없었다. 사회면 전체를 커다랗게 장식하고 있는 최창남 총경의 피살사건 기사, 그리고 그 옆에 떨어져 있었다는 갱조직 용문방의 표지 문장……. 이번 범죄의 목적 역시 자명했다. 이로써 「따거」의 정체를 폭로키 위한 취재 여행에 직간접으로 관련된 인물 모두가——물론 나를 제외한——애꿎은 희생물이 되고 만 셈이었다.

"이게 대체 어찌된 일입니까?"

이강석은 혀를 끌끌 찼다.

"나 역시 귀신에 홀린 듯한 느낌이오. 어떤 의미에서 이번 취재 여행은 극비 사항이었던 셈이니까. 그럼에도 불구하고 용문방은 이미 취재 여행에 대비한 사전 작업을 취하고 있더란 말이오. 어디서 비밀이 새나간 것일까? 누가? 왜?"

"홍콩에서 무역 사업으로 성공하기 위해선 어느 정도 흑사회(黑社會)의 협조가 없이는 곤란합니다. 사업적으로 알게 된 그쪽 멤버들 가운데엔 물론 용문방 조직원도 끼어 있습니다. 지금 그들을 통해 현숙씨를 무사히 되돌려 받는 일에 협력을 구하고 있습니다. 조금만 더 기다려 보십쇼."

"꼭 좀 부탁합시다. 내 취재 목적은 어디까지나 문필 작업에 한하는 일이지 그들과 전면전쟁을 불사하겠다는 게 아니오. 물론 그럴 만한 힘도 내겐 없고……."

"다시 한 번 더 협조를 구해 보고 오겠습니다."

"부탁하오."

이강석은 묵묵히 방을 나갔다.

나는 자꾸만 뒤숭숭해지는 마음을 억제할 도리가 없어 신경을 딴 쪽으로 써볼 겸 텔레비전 스위치를 켰다. 때마침 HKTV에선 아침 뉴스가 방영되고 있었다.

헌데 이게 어찌된 노릇인가. 브라운관 하나 가득 뚱뚱한 돼지——황금보 형사 경찰의 의기양양한 얼굴 모습이 나타나 있지 않은가. 아나운서가 질문을 던졌다.

"한국에서 온 이현숙이란 여기자가 위계에 의해 납치된 직후 동행의 추리작가 역시 호텔로부터 자취를 감추고 말았습니다. 오늘 아침 한국에서 전송돼 온 외신에 의할 것 같으면, 대외조직폭력단 전담의 고위 수사요원이 용문방에서 밀파된 걸로 보이는 살수(殺手)에 의해 피살됐다고 합니다. 여기에 관해 경찰청에선 어떤 대응책을 갖고 계십니까?"

TV 화면은 또다시 황금보를 커다랗게 클로즈업했다.

"에, 또…… 에에…… 거기에 관해서는……."

황금보는 제깐엔 제법 위엄과 매너를 나타내 보이려고 무진 애를 쓰는 모양이었다. 그러나 천성이 워낙 우직스러운 탓에 노력을 하면 할수록 태도와 말투는 더더욱 엉망이 되어만 갔다.

"……물론 이제껏 공식적으로 인정한 바는 없었지만, 용문방 조직 내부에는 사실 경찰측에서 잠입시켜둔 간세(奸細·에어전트)들이 많습니다. 우리는 이들을 최대한으로 활용, 목하 그들의 CP(상황본부)와 몇 군데 포스트 및 안전가옥의 위치를 확인 중에 있습니다. 에……또, 이틀 내로 납치해 간 사람들을 돌려보내지 않을 경우 전경찰력을 동원, 놈들의 조직을 박살, 아니 섬멸해 버리겠습니다."

"그게 가능하다고 보십니까? 도리어 벌집을 건드리는 꼴이 되지 않을는지요?"

"문제없습니다. 경찰청에선 벌써 무술에 뛰어난 특경(特警) 요원들을 차출, 델타포스를 능가하는 결사특공대를 조직했습니다. 에에……여왕 폐하와 경찰의 명예를 걸고 범죄와의 전쟁을 선포하는 바입니다. 헤헷…… 어떻습니까, 괜찮았죠?"

황금보는 아나운서를 바라보며 킬킬 웃었다. 아마도 그 장면은 생중계가 되고 있지 않은 줄로 아는 모양이었다. 아나운서의 마냥 난처해하는 얼굴 표정이 무척이나 희화적인 모습으로 화면 가득 잡히고 있었다.

〈같은 날, 아침 8시.〉

방안은 칠흑같이 어두웠다. 약간 벌어진 커튼 틈새로 희뿌연 아침 햇살 한 줄기가 간신히 스며들고 있었다. 사내는 바로 그 약간의 햇살을 등뒤로 받으며 데스크 앞 회전의자에 돌아앉아 있었다. 문득 전화벨이 뽀르르르──울렸다. 특별한 인물과만 선택적으로 통화가 되는 특수회선 비밀전화였다. 사내는 수화기를 집어들었다.

"「따거」십니까? 저 경찰청 내부에 침투해 있는 고정 에이전트 똥갭니다."

수화기를 통해 흘러나오는 거친 음성이었다.

"오, 똥개! 수고가 많다."

"오늘 아침 TV 뉴스를 보셨습니까?"

"음, 그거 확실한 얘긴가? 혹 확대 과장선전하는 건 아닌가?"

"무슨 말씀이십니까? 오히려 사실을 축소시켜 발표한 겁니다. 특경여단(特警旅團) 결사특공대원의 수만 해도 4백 명입니다."

"뭐라구?"

"그들은 지금 구룡(九龍) 경찰훈련소에 집결해 있습니다. 지금 당장이라도 그쪽을 덮쳐 박살낼 기셉니다."

"이쪽 아지트는 어느 정도나 노출되어 있나?"

"「따거」의 사저(私邸)와 CP를 제외한 모든 포스트 및 안가(安家)가 이미 체크되어 있습니다. 심각한 상황입니다."

"어쨌든 경찰력과의 정면대응은 피하지 않으면 안 돼. 차선의 방도를 택하는 수밖에 없군."

"그 밖에 지시하실 내용은?"

"아직은 없다. 차후 연락을 기다려라."

"쭌밍(尊命)!"

「따거」는 무뚝뚝히 수화기를 내려놓았다. 그리고는 시거에 라이터불을 갖다 붙였다.

〈같은 날, 아침 9시〉

부서질 듯 문짝이 열렸다. 그리로 뛰어든 것은 얼굴이 파랗게 질린 이강석이었다. 나는 자리에서 화들짝 일어나 그를 바라보았다.

"무슨 일이오?"

"조직에서 연락이 왔습니다."

"현숙이는 무사하답니까?"

"취재에서 영원히 손을 떼는 조건이라면 지금 당장이라도 아무 탈없이 돌려 보내겠답니다."

"승낙하겠소. 당장에 그녀를 귀환시켜 달라고 연락을 취해 주시오."

"그럴 필요 없습니다. 용문방 최고의 지존인 「따거」자신이 직접 작가 선생을 만나뵙고 싶다는 요청을 해왔으니까요."

"나를……?"

뜻밖의 요구에 나는 입을 딱 벌리며 어안이벙벙할 수밖에 없었다.

〈그 날 밤 10시, 홍콩, 빅토리아 피크.〉

빅토리아 피크는 중국어로 태평산(太平山)이라 불린다. 해발 554미터의 산정상은 홍콩에서 가장 높은 지점이다. 피크트램이라 불리는 등산용 전차가 398미터 해발의 피크타워 역에 천천히 와 닿고 있었다.

이강석과 난 눈가리개를 착용당하고 양손을 뒤로 묶인 채 BMW 승용차 뒷좌석에 앉혀져 있었다. 나중에 가서야 확인한 사실이지만, 우리를 태운 BMW는 역사(驛舍)를 거쳐 산꼭대기에 이르는 등반차도 위를 맹렬한 스피드로 달려 올라가고 있었다. BMW는 잠시 후 산정상에 위치한 거대한 저택 뜰에 멈춰섰다.

제복제모를 착용한 운전수가 먼저 차에서 내리더니 우리들의 눈가리개와 결박을 풀어주었다. 저택은 서구 스타일과 중국의 전통양식이 예술적으로 조화된 최첨단형 고급 별장이었다.

"안으로 들어가십쇼."

운전수의 퉁명스런 안내에 따라 현관을 들어서자, 이번엔 앞치마를 두른 필리핀인 아마(阿媽·식모)가 우리를 널따란 홀로 인도했다. 홀은 그 자체가 거대한 연회석이었으며 동시에 무도장이었다. 홀 내부엔 「샤이닝 스타」(빛나는 별)가 잔잔한 가락으로 울려퍼지고 있었다.

놀랍게도 창가에 위치한 전망 좋은 테이블에 현숙이 말끔한 자태로 앉아 있었다. 그녀는 내게 생긋 웃음을 지어 보였다. 한시도 빠짐없이 노심초사, 그녀의 안전을 걱정해 온 나로서는 너무나도 뜻밖의 싱거운 해후였지만, 어쨌거나 현숙의 무사한 모습을 보는 것만으로도 무거운 짐을 내려놓는 듯한 가뿐한 심정이었다.

"어디 다친 덴 없어?"

"아녜요. 도리어 정중한 대우를 받았어요. 서비스도 좋았구요."

"다행이군."

"「따거」와 만나기로 하셨다면서요?"

"현숙인 이미 그를 보았겠군?"

"저 역시 아직예요. 하지만 아마가 그러더군요. 밤 10시 정각에 면담 약속이 되어 있다고요."

"그렇군……."

내가 막 시선을 떨궈 손목시계를 들여다보려 하는 순간, 때마침 벽에 걸린 르네상스풍의 거대한 괘종시계가 데엥——데엥——울리기 시작했다. 10시 정각이었다. 나는 저택의 더욱 깊은 안채로 통하는 거대한 장식문이 좌우로 활짝 열리면서 검은 망또를 두른 「따거」가 마치 루팡처럼 나타날 것을 기대하고 있었다. 그러나 시계 소리가 멎었음에도 「따거」는 모습을 나타내지 않았다.

"설마 「따거」쯤 되는 인물이 1분 1초인들 시간 약속을 어길 리는 없을 텐데……."

나는 혼잣말처럼 입속으로 중얼거렸다. 그 순간 피식——하고 웃는 소리가 귓가에 들려왔다. 웃음소리는 분명 이강석의 입에서 흘러나오고 있었다.

"「따거」는 이미 이 자리에 와 있습니다."

이강석은 입가에 야릇한 미소를 띠우고 있었다.

"「따거」가……?"

나와 현숙은 동시에 놀라 홀 내부를 휘둘러보았다. 그러나 홀 안엔 우리 세 사람 이외에 아무도 없었다.

"어디……?"

나는 이강석을 쏘아보았다.

"바로 여기 있잖소."

이강석은 강렬한 눈빛으로 내 눈을 마주 보았다.

"그럼 바로 당신이?"

"그렇소. 당신네들 눈 앞에 멀뚱히 앉아 있는 이강석 이 사람이 바로 세칭「따거」요."

"믿을 수가 없소."

"어쨌거나 틀림없는 사실이니까."

"장화 교수와 최창남 총경 등을 살해하고 현숙이를 납치해 간 것이 바로……?"

"내 지시에 의한 조직원들의 소행이었소."

"솔직히 말해 주시오. 대체 누굽니까? 우리들 가운데 사전에 나의 이 취재여행 비밀계획을 빼돌린 사람은?"

"최창남 총경입니다."

"그럴 리가…… 그는 한국 대외조직범죄전담반의 최고 책임잡니다. 그런 그가 어째서 그런 어리석은 짓을 할 수가 있단 말입니까?"

"최창남은 사실 10여 년 전부터 내 쪽에서 침투시킨 고정 에이전트였소. 다시 말해 용문방의 조직확대를 위해 일하는 국제요원이었는데, 최근 한국에서 경찰로서의 직책이 높아진 것을 기화로 그는 조직과 한국경찰 그리고 ICPO(인터폴)의 삼각지점을 연결하는 삼중첩자로서 독립할 야심을 키우기 시작했던 거요. 나로선 당연히 그를 제거하지 않으면 안 될 위기의식을 느낄 수밖에 없었소."

"난 또 다른 의미에서 당신의 정체를 파헤쳐 세상에 폭로하려는 계획
을 기도하고 있었소. 애초의 근본 원인이랄 수 있는 나를 아직껏 제거
하지 않고 살려둔 이유가 뭔지…… 나로선 아직도 납득하기가 힘들군
요."

"후후후…… 방해물의 즉각 제거란 지극히 저차원적이고도 단세포적
인 발상이오. 한 가지 일을 할 때 이중삼중의 이득을 얻어내야만 한다
는 게 우리들의 철두철미한 사업 방침이오. 그런 의미에서 당신 하나
쯤 없애는 일은 언제든 마음만 먹으면 간단히 해치워 버릴 수 있는
일인데 뭣 때문에 서두를 필요가 있단 말이오?"

"나를 통해 얻으려 했던 목적이 무엇인지 궁금해지는걸……."

"바로 당신의 문필 활동!"

"뭐요?"

"작가인 당신의 취재와 문필 활동을 통해 우리 조직의 엄청난 실체를
세상에 널리 알림으로써 그 누구도 감히 우리를 업수히여기지 못하게
하려는 2차적 홍보와 PR! 그게 바로 우리의 죄종 목적이었소."

"날 홍보요원쯤으로 써먹을 생각이라면 난 그 제의를 단호히 거부하
겠소."

"후후…… 난 당신을 잘 알고 있어. 작가로서의 야심을 뱃속에 감추
고 있는 이상 당신은 결단코 용문방 폭로소설을 쓰지 않고는 못 배길
거요."

"불행하게도…… 그건 맞는 말인 것 같소."

"그런 의미에서 우리들의 의도는 어떻게 해서든 성공하는 셈이니까!"

"무서운 존재로군, 당신이란 사람은."

"후후후…… 그러나 단 하나! 아무리 모진 애를 쓴다 할지라도 끝끝
내 이 사람 「따거」의 정체를 밝혀내진 못할 거요. 그래도 굳이 해보겠

다고 작정을 한다면, 그땐 아마도 이 세상 사람이 아니기를 각오해야
할 거요."

"범죄를 용납할 수는 없으나, 솔직히 말해 난 당신에게 인간 자체의
매력을 느끼오."

"무슨 뜻이지?"

"한국인으로서 세계 제3위, 아시아 제2위의 범죄조직 최고지존의
위치에 우뚝 올라섰다는 일 자체 하나만으로도 어쩌면 전설적 입지전
의 주인공감일 수가 있으니까."

"하하핫…… 정녕 그럴까? 사실 내가 「따거」의 위치를 정복하기까지
엔 그야말로 소설 이상의 파란만장한 과거가 숨겨져 있소. 하지만
지금은 때가 아니오! 아마도 먼 훗날 적당한 시점을 택해 작가 선생
에게 털어놓을 기회가 있을지도 모르지."

"불확실성의 시대로군."

"산다는 것 자체가 원래 그런 거니까."

"이강석이 설마 본명은 아니실 테지?"

"그야 물론이오. 당신의 통역 요원으로 접근키 위한 가장에 지나지
않았소. 어쨌든 우리들의 이번 대면은 이 정도로 그만 막을 내리는
게 좋을 것 같소. 지금 당장이라도 공격해 올지 모르는 로얄 폴리스와
의 전면전에 대비해야만 하니까……."

"우리는 어떤 의미에서 서로를 강렬히 필요로 하고 있으면서도 반면
으로는 상대방을 지극히 경원하고 있는 셈이로군."

"후후훗…… 어쩌면 그럴지도 모르지. 아무튼 우리 애들이 내일 아침
첫 비행기편으로 두 분을 한국에 모실 거요. 다시 한 번 당부드리지만
우리들의 회동 사실은 물론, 나에 관해 아무리 사소한 일일지라도
입을 다물어 주는 게 신상에 이로울 거요. 작가 선생의 절친한 친구

또는 동료, 선후배 가운데 그 어느 누가 우리 측에서 파견된 감시요원
일는지 모르니까. 어쨌든 만나서 반가웠소. 어쩌면 가까운 뒷날 우리
는 다시…… 아니, 지금은 그런 얘길 하지 맙시다. 그럼 두 분 잘
가시오!"

이강석──아니, 「따거」는 자리에서 일어나 불쑥 손을 내밀면서
우리에게 악수를 청해 왔다. 심리적인 탓 때문인지는 몰라도 지금 이
순간의 느낌으로는 「따거」의 키가 평소의 이강석일 때보다도 한 자는
더 커 보였다. 화려한 장식문을 통해 멀어져 가는 「따거」의 구둣발 소리
가 왜 그런지 고독하게만 여겨졌다.

이윽고 우리가 앉아 있는 테이블 라이트를 제외한 모든 부분의 샹들
리에가 일시에 꺼지면서 사방은 어둠과 적막 속으로 무겁게 가라앉고
있었다.

제비 맥주에 빠지다

● 유명우

호남대 영문학과 교수(영소설 전공)
한국외국어대 강사
한국추리작가협회 부회장
주요작품 : 「강변로 살인」
　　「하얀 공이 날으는 침대」(이상 단편소설)
　　「운명의 문」(아가사 크리스트)
　　「Z의 비극」(앨러리 퀸)
　　「열쇠 없는 방」(비거스)(이상 번역)

제비 맥주에 빠지다

야근을 마친 장형사가 조간신문을 사들고 55번 좌석버스에 오른 것은 아침 6시경이었다. 형사의 야근이란 대개가 용의자 미행이나 잠복 근무였다. 이날의 장형사는 답십리 근처에서 발생한 〈목사 살인사건〉의 증거 확보를 위해서 밤새 잠복 근무를 한 것이다.

'목사가 돈 때문에 살인'을 했다는 기사는 며칠 전 시민들의 눈에 분노와 허탈감 같은 것을 자아내면서 각 일간지의 머릿기사가 되었다. 사건 자체가 상식 밖의 것이라서 형사팀 중에서도 민완급의 솜씨라야 쉽게 풀 것이라 생각한 시경 강력계에서는 장필수 형사를 반장으로 해서 범인인 목사를 범행 당일 현장에서 체포했고 자백도 받았으며 몇 가지 증거만 확보하면 공소유지도 확실한 단계였다.

조간의 논조는 거의 범죄가 폭발적으로 발생해도 경찰의 대응 자세는 너무나 안일하다는 것이었다. 뒤늦게 '범죄와의 전쟁' 같은 것을 한다는 자체가 시기를 놓쳤다느니, 놓쳤어도 미국에서처럼 줄기차게 해야 한다느니 해서 갑론을박이었다. 다만, 장형사는 그의 마음을 위로하는 한 귀절 칼럼을 몇 번이나 읽으며 그 글쓴이가 너무나 고마웠다.

"일선 수사관들의 처우를 국영기업체 직원 수준만큼이라도 해주고 콜레라 예방접종 대책만큼이라도 항시적인 범죄예방 자세가 세워진다면 무슨 범죄인들 줄이지 못하겠는가."

하는 마지막 제언의 말이 정말 장형사의 가슴에 와 닿고 있었다. 형사생활 10년이 되었어도 10여평짜리 서민 아파트에 전세 살림 꾸리기 바쁜 자신을 생각하면서, 밤새워 근무하고 몇 천원이 들어 있는지 챙기기도 귀찮은 포켓 사정에 그는 늘 우울했다. "하기야 어떤 공무원이고 돈 생각하면서 일할 수야 있겠나"하며 일에 매달려 신세 타령 같은 망념을 쫓아버리곤 했다.

〈삼각산 호텔에 중년의 자살시체〉또 사건이구먼. 자살이나 타살이나 사건은 매한가지였다. 제 나이 다 먹고 늙어 죽지 않는 한 이런 변사사건은 문제거리이기는 매한가지였다. 확실한 타살 사건이 해결하기가 차라리 쉽다. 어쨌거나 한 건 큰 것을 해결한 뒤라 장형사에게 이 사건이 배당되리라고는 전혀 생각하지 않았다. 그러나 오후에 출근한 그에게 강력계 반장 박상덕은 수사비는 후하게 챙겨 주겠다는 말로 일의 조속한 해결을 당부했다. 수사비라야 챙겨 주나 긁어 주나 뻔한 액수였다. 해장국 몇 그릇에 택시비도 제대로 되지 않는 액수, 그것 가지고도 사건이 해결되는 것이 오히려 신기할 때가 있곤 했다.

삼각산 호텔 305호. 5~6평 됨직한 방에 트윈 베드, 욕실, 화장대, 냉장고, 커튼, 이불장, 옷장, 설비 구조가 어느 호텔이나 비슷하듯이 갖출 것은 다 갖추어져 있었다. 중년의 남자는 마시던 맥주잔을 내동댕이친 채 카펫 위에 큰 대자로 벌렁 자빠져 있었다. 현장은 잘 보존되어 있었다. 마시던 맥주병과 냉장고 속의 모든 내용물, 욕실마저도 샤워한 뒤 치우지 않은 상태 그대로였다. 최초의 현장 목격자는 3층 담당 벨보이 김갑식군(22세)이었다.

"어떤 아주머니가 와서 305호실 손님을 불러 달라 해서 전화로 불러 봤지요."

"본인이 직접 가지 않고 왜 불러 달라고 했나?"

장형사는 슬쩍 물어도 아픈 곳을 찌르고 들었다.

"그야 제가 모르지요. 하여간 좀 불러서 커피숍으로 내려오시게 하래서 전화를 했는데, 전혀 응답이 없지 뭡니까?"

"그래서?"

"그랬더니 아주머니가 심부름을 시켜 미안하다면서 직접 좀 모셔오라고 했어요. 남자가 있는 방에 드나들 수는 없는 것 아니냐고 하시면서."

"그래서?"

"305호실에 쫓아 올라가 도어를 노크했으나 문은 잠긴 채 응답이 없지 뭡니까?"

"그래서?"

"그런 경우 대개 손님이 키를 가진 채 외출했거나, 아니면 안에서 걸어 잠근 채 깊은 잠에 든 경우도 있지요."

"이번 경우는?"

"확인하기 위해서 계속 두들겼으나 인기척이 없었어요. 여자 손님은 꼭 만나야 할 일이 있다고 해서 마스터 키를 찾아 가지고 도어를 열었지요."

"그래서?"

장형사는 간단히 그래서 하며 다음 일어난 일을 채근하고 있지만, 김갑식군의 진술은 빠짐없이 메모되고 있었다. 장형사의 포켓 속에 든 그가 자랑하는 장비 소니 녹음기에 담겨지고 있었던 것이다.

"흔들어 보니 죽은 것 같아서 바로 나와 아주머니한테 연락했지요.

아주머니와 305호실까지 왔다가 나는 경찰에 신고했지요."

"어떤 방식으로 경찰에 신고했나?"

"지배인한테 보고했더니 저에게 직접 신고하라고 해서요. 제가 저기 전화로 113번을 불러서……."

장형사의 할 일은 우선 몇 가지.

첫째 자살인지 타살인지의 확인, 그를 위해서 시체 부검이 필수적이고 다음은 현장감식과 증거 확보, 그것은 자살인 경우 자살의 증거가 있어야 하고 타살인 경우 범인 색출의 단서이기 때문이다. 자살이라면야 유서가 있거나 그만한 동기가 인정되면 쉽게 처리되지만, 그렇지 못할 경우 사건은 갑자기 미궁에 빠질 수도 있는 것이다.

'90년 한 해는 부동산이라고 가진 사람은 모두 횡재하는 해였다. 자고 나면 평당 몇 백만원씩 올랐으니 전세살이 장형사는 상대적으로 거지꼴이 되어가고 있었다. 압구정동 모 아파트는 평당 천만원을 준다 해도 팔 물건이 없다느니, 강북의 단독 주택도 10년을 잠자던 땅값이 2백만원에서 3백, 3백만원에서 4백, 그래 저래 5백만원 안 주면 장위동이고 불광동이고 이야기를 붙이지도 못하게 치솟았다. 언제나 그랬던 것처럼 뭐가 치솟고 터지고 시끌벅적해지면 뒤늦게 나타나 뒷북치는 것이 정부가 하는 일이라고 언론은 또 언론대로 야단이었다. 집값 오른 줄로 믿고 집 팔고 집 잃은 사람이 숱하게 생기고, 여기저기 닥치는 대로 몇 채 잡아 계약금만 걸어놓고 앉아서 몇 억씩 챙기는 사람이 한둘이 아니었다. 서울 부근의 임야도 춤을 추었고, 서해의 무인도에도 투기꾼은 찾아들었다.

정영지는 중소상업은행에 차장으로 있는 장정우와 혼인한 후 물려받

은 전세 아파트를 늘려 30여평의 반포 아파트에 살고 있었다. 반포 아파
트야 헌 구식 아파트이긴 해도 강남 지역의 치솟는 장단에 덩달아 오름
세를 타고 있었다. 앉아서 돈 버는 세상, 세상 참 좋았다. 그러나 내
집이 올랐다 해서 좋아할 일은 못 되었다. 팔고 길바닥에 나가 앉으면야
큰 돈 한번 움켜쥐겠지만 또 오른 값의 살 집을 사야 하니 이래저래
기분만 좋았지 매일반 아닌가. 그러나 누구나 한번 이때 잘 팔아서 어디
잘 골라 옮겨 앉고 싶지 않은 사람이 없었다. 더구나 10년씩이나 한
군데 살면서 다소 새 동네에 대한 호기심이 있는 사람들, 살던 집에
정이 뜬 사람들, 은행 등에 기천만원의 빚이라도 있고 보면 이때가 이동
의 호기라고 유혹을 받기 마련이다.

"우리 아파트도 평당 6백은 받는대요."

"어! 굉장히 올랐잖아. 2억이 넘겠는데."

영지가 남편과 주고 받은 대화 속에는 자기들도 수억대의 졸부 기분
이 들었다. 백여만원의 봉급 생활 속에서 늘 마음 놓고 여행 한번 못해
보고 외식집도 언제나 음식값을 따져가면서 골라야 했기 때문이다. 2
억이라고만 해도 한 달에 1백만원씩 저축해도 10년 동안은 해야 할
거금이었다.

저축을 10년 해도 10년 후에는 2억이 2천만원 꼴밖에 안 된다. 작년
에 고작 1억 남짓 줄까 말까 하던 아파트가 2억이 넘다니 이것은 정말
신나는 일이었다. 아침 출근길에 동작대교가 정체되어 차 안에서 10분,
20분쯤 기다리는 것은 별문제도 아니었다. 동경도 그렇고 뉴욕도 그렇다
는데 서울 같은 대도시가 다소 막히기라도 해야 현대 도시다운 체모를
갖춘 게 아니냐는 생각마저 드는 것이다. 오를 집값이 다른 고된 도시
생활을 보상하고도 남았다.

장정우는 은근히 신이 났다. 2억이라, 이걸 팔아서 그 꿈의 근교 농장

을 사고 그리고 나서도 웬만한 아파트 하나 마련할 수 있다면 뭔가 한 번 움직여야겠다고 내심 마음 먹었다.

"우리 한 번 움직여 봅시다. 우리의 소원은 근교 농장이 아니었소?"

"당신 어디 보아둔 곳 있어요? 통일로 쪽이 전망이 좋다던데요. 앞으로 남북관계가 호전되고 하면 그쪽으로 개발을 많이 한다나요."

"그럼 농장은 내가 알아보고 아파트는 당신이 알아보기로 합시다."

그래서 그들은 분업적으로 이사 갈 아파트와 농장을 물색하러 다녔다. 아파트는 강동구 쪽으로 가 보니 평당 5백선이면 맘 놓고 살 수 있었다. 8학군이 아니면 값이 덜 나가는 한국적 교육병이 작용하고 있었기 때문이다. 장차장 내외는 밤마다 계산에 계산을 거듭했다. 처음에는 신나서 금방 재벌이라도 될 것 같았으나 살려는 아파트와 근교 농장값도 만만치 않음을 알고 그들은 점차 불안해졌다. 전화기 옆에는 무슨 복덕방, 무슨 부동산 하는 명함만도 수십장 쌓였고, 수소문하고 확인하기 위해서 전화해댄 요금만도 수만원 넘게 나왔다.

"오늘 '갑을 복덕방'에서 전화가 왔어요. 우리 집은 위치도 좋고 남향이라서 8백에다 귀를 달아준대요."

"귀는 뭐야, 집에다가 귀를 단다니?"

"8백 몇십만원이라도 달라는 대로 준다는 거 아니겠어요."

"그게 정말이야? 그럼 36×8백20만원만 해도 그렇지. 우리 계산기 어딨어? 그렇지 2억9천5백20만원이구먼."

"그러니까 흥정만 잘하면 그 돈을 그대로 쥐고 소개비나 기타 비용도 사는 사람이 내겠다는 것 같아요."

"살 사람이 있는 모양이구먼."

"그렇다나 봐요. 어디 한 번 내일 구경시켜 볼까요?"

"그럼 우선 우리가 갈 집도 봐야 하지 않아."

"값이 좋을 때 우선 팔고 봐요."

　장형사가 의뢰한 부검 결과는 청산가리 계통의 약물 중독에 의한 사망으로 밝혀졌다. 사망 시간은 낮 2시에서 3시 사이, 시체의 경직도가 확인해 주었다. 자실인지 타살인지는 확인할 길이 없었다. 스스로 맥주에다 약을 타서 마시고 죽었는지, 아니면 누군가가 몰래 타놓은 것을 모르고 마셨는지. 따라서 사건은 생각보다 어렵게 되어 갔다. 신원은 우이동 123~8 박한수(42세)로 밝혀졌다. 주민등록증, 자동차운전면허증 등등의 신원파악을 위해서 필요한 모든 것이 제자리에 모두 있었다. 다만 안으로 문을 걸어 잠근 채 약물이 든 술을 마셨다는 사실이 의문이었다.

　자살과 타살의 구분 중에서도 칼이나 흉기에 의한 살인이라면 그런 대로 현장 감식과 시체 부검으로 쉽게 풀리지만, 약물에 의한 사망의 경우 정말 구분하기 힘든 것이다. 약물을 억지로 먹일 수는 없고 누가 몰래 슬쩍 술병 속에 극약을 넣었다 쳐도 지문 하나 남기지 않고 할 수 있기 때문이다.

　40대 남자가 호텔방에서 자살했다는 것은 심정적으로 믿어지지 않는 사건이다. 장형사의 수사 감각은 타살 쪽으로 잡혀 가고 있었다.

　"그만 자살로 처리하고 말지 그래."

　"아닙니다. 그 사람은 자살할 이유가 없거든요. 그리고 그날이 중도금 건네는 날이라는데요."

　장형사의 보고에 반장 박상덕은 다소 느긋하게 대하고 있었다.

　"그건 그렇군. 집 사기 위해 중도금 갖고 나간 사람이 자살할 리는 없지. 중도금은 주었나?"

　"그러니까 장영지라는 아주머니가 그 중도금 받으러 2시까지 호텔

로비에서 기다리고 있었다는데, 당사자는 호텔방에서 죽어 나자빠졌
다니까요. 요상한 일 아닙니까?"

"돈은 모두 어디 갔어? 돈을 챙겨 보면 알겠구먼."

"그 아주머니는 반포 아파트 1128동 311호에 살고 그의 남편 장정우
는 중소상업은행 효장동 지점 차장이래요."

"그들이 가진 혐의 사실은 없나?"

"남편은 출근해서 근무하고 있었으니 틀림없는 알리바이가 성립되고
요, 정영지는 현장에서 가까이 있었지만 로비에서 사망 시간에 죽은
박한수를 기다리고 있었다고 호텔 보이가 증언하고 있으니 역시 알리
바이가 성립되었어요."

"그럼 호텔 보이는 어떤가?"

"그는 처음 진술과 같이 현장에 최초로 접근했다지만 살해 동기도
없고, 또 사망 시간대에는 다른 동료와 몰래 고스톱을 쳤다고 증언하
고 있어요. 문 잠긴 호텔방을 밖에서 여는 수는 비상 키밖에 없지만
그것도 안에서 걸어 잠그면 열리지 않게 된 장치가 있어요."

"그러나 확실한 것은 몇 가지 있잖아? 첫째 그 날 지불하려던 계약상
의 중도금 1억2천만원이 없어진 것이고, 다음은 중도금 받을 사람이
같은 호텔에 있었다는 말이잖아?"

박반장의 추리에 장형사는 뭔가 짚이는 게 있다는 듯이 낡은 바바리
를 들쳐 입고 다시 현장인 삼각산 호텔로 향했다.

박한수 변사사건은 이래저래 미궁으로 굴러들고 있었다. 시체 부검으
로 나온 물증을 장형사는 하나하나 다시 검토해야겠다고 생각했다.

살인사건에서 가장 확실한 증거는 시체 자체인 것이다.

딴 나라에는 시체도 남기지 않는 사건도 있다지만, 그래도 우리나라의
경우는 마치 범행 수준도 중진국답게 시체만은 남겨 두는 것이 사건을

담당한 형사들에겐 고맙기까지 한 것이다.

박한수는 우이동에서 별 하는 일 없이도 그랜저를 몰고 다니며 쓰임새 좋은 사람으로 알려졌다.

어느 회사인지는 몰라도 부동산 소개업자들은 그가 돈을 꽤 굴린다고 말했다. 그렇다. 박한수가 가장 확실한 물증이다. 죽을 짓을 했는지 아니면 죽고 싶은 짓을 했는지는 그의 생활이 말해 준다. 장형사의 특기 중의 하나인 '피살자 고찰'이 시작되었다.

장형사의 고찰 과정 속에는 정규적으로 여자 관계, 여자는 남자 관계가 일번으로 들어간다. 다음은 돈, 얼마의 수입으로 얼마의 지출을 하며 그 차액은 마이너스냐 플러스냐, 플러스 돈은 은행이냐 술집이냐, 아니면 또 어디로 가느냐 하는 식으로, 그의 고찰의 대상에 오르면 무슨 시체 부검 못지않은 것이었다.

사실 그는 그의 이런 방법을 생활 부검이라고 자랑한다. 시체를 해부해서 죽음에까지 이른 과정과 시간, 방법을 밝혀내는 것이 부검이라면, 그의 생활을 분석해서 죽음에 이르는 이유를 밝히는 것도 분명히 부검일 수밖에 없다는 것이다. 생활 부검은 그러니까 시체 부검보다 더 중요한 것일 때가 많다.

박한수의 수입원은 그의 처 조민정(38세)의 진술로 봐서도 확실치 않았다. 청계천에서 의복 브로커를 한다고 했지만 구체적으로 뭘 하는지가 불분명했다.

그러나 그는 상당히 바빴다고 했다. 그의 유품 중에서 장형사가 제일 먼저 챙긴 것은 전화 메모였다. 수백명은 됨직한 번호 중 집히는 대로 전화를 걸면서 박한수 '고찰 각론'편을 적어 나갔다.

'아니 그 사람, 반포에 볼일 보러 간다고 했는데요.'

한 친구의 증언.

'어딘가 아파트 하나 좋은 거 물었다고 즐거워했지요. 술 한잔 하자고
도 하고…….'

열 통화나 해서 얻어낸 지나가는 말투의 간접 증언은 참 귀중하기도
하고 또 싱거워 빠진 것도 많았다. 그러나 장형사의 취미이자 성격상
한 번 고찰의 대상에 오르면 실로 수많은 일상의 일들이 상식을 기준으
로 〈＋, －〉 요인을 점검당하게 된다.

박한수의 여자 관계는 수상함〈－〉, 복잡함〈－ －〉, 난잡함에서 〈－ －
－〉〈마이너스 스리〉였다. 여자 관계가 복잡한 남자는 그 특유의 형태가
있다.

여러 가지 모델 중 박한수가 제비족 모델을 닮았다는 것을 찾아낸
것은 그의 전화번호 메모지가 사실과 조금씩 다르다는 것이다. 박상화
337-6677을 걸면 그런 사람 없다는 것이다. 조정화 688-7898을 걸어도
그런 사람 없다는 응답이었다. 그렇다면 없는 사람 번호를 적어놓는
전화번호첩이 어디 있겠나.

그날도 오전 내내 전화번호첩을 궁리하던 장형사가 드디어 책상을
탁 치며 일어났기 때문에 옆좌석의 형사들이 "또 도가 트이는 순간이
군"하고 웃어제꼈다. 사실 장형사가 책상을 탁 치고 일어난 후에 사건이
풀리지 않을 때가 없었으니까.

"반장님, 찾았습니다."

"뭘 찾아? 찾지 말고 잡아와, 범인을."

"그렇지요, 잡아야지요. 정영지가 용의자입니다. 그녀의 전화번호가
565-7673이지 않습니까? 그런데 그 번호는 정영자로 기록되어 있어
요. 그래서 〈지〉에다 점 하나 찍으면 〈자〉 아닙니까? 반대로 〈자－ －
＝지〉 〈자〉에서 점을 빼면 〈지〉이고."

"무슨 암호가 애들 욕설 같애. 〈지자〉니 〈자지〉니 하는 것을 보니

까."

박상덕 강력반장은 우습다는 표정을 풀지 않았다. 그런 시시한 게 이 미궁 속으로 굴러들고 있는 사건의 단서라고 무릎 치는 장형사를 기막히다는 눈초리로 응시하고 있었다.

그러나 장형사의 논리는 하나의 현상을 설명하는 데 충분한 설득력을 지니고 있었다. 박상화는 없어도 박상희는 있었다. 연희동에 사는 미용실 주인이었고, 조정화는 없다 했지만 조정희는 묵동의 제과점 주인이었다.

이렇게 없다던 사람들이 점 하나를 빼고 찾으니 모두 나서는 것이 아닌가. 그리고 정영지는 정영자로 기록되어 있을 수밖에 없었다. 정영지가 박한수의 전화 메모첩에 올라 있다면 정영지는 평소 아는 여자였다. 그렇다면 아는 사이에 하는 부동산 거래가 아닌가. 많을 것 같으면서도 힘든 경우의 거래였다.

정영지를 소환할까. 중도액 3천만원의 행방을 정영지가 알고 있겠구먼. 중도금이 3천만원이 아니라 계약금이겠지. 그러니까 관례상 총계약금의 절반 이상이 중도금에 지불되어야 하니까 1억2천만원 정도가 중도금에 지불된다면 사실 만만찮은 액수가 그날 호텔에서 박한수로부터 정영지에게 지불되어야 하는 것이다.

이것은 모두 사실이었다. 정영지를 소환하고, 그녀가 내놓은 계약서의 중요 내용이 그러했다. 다만 박한수라는 이름은 박현수라는 가명으로 되어 있었고, 박한수가 집을 보러 온 적도 계약서를 쓰러 온 적도 없었다는 것이다. 계약을 하고 난 후 걸려온 전화가 사건의 실마리였다.

"정여사, 나요. 나 박한수 알지?"

"아니, 서로 모르는 체하기로 했잖아요."

"모르는 체는 하고 있지. 그러나 사실은 모두 아는 거 아니야?"

"뭘 알아요. 나는 당신 같은 쓰레기와 더 이상 말할 필요가 없어요."

"그러지 말자구. 당신 집 판다면서?"

"아니, 그걸 어떻게 알아요?"

정영지는 당황했다. 그간에도 몇번의 관계로 천만원이 넘는 자기 몫의 뼈아픈 재산을 이 놈 뱃속에 털어넣었는데, 이제 집 파는 사실까지 염탐해서 알고 있으니 이건 일이 끝장까지 온 것임에 틀림없다.

"그러니까 내가 친절하게 전화드린 거 아니요. 내사 늘 정여사 후견인 역이니까. 사실은 내가 그 집을 샀어. 그 계약인은 내 대리지. 그 집 사서 좀 나아졌으니 중도금은 제때에 치러야지. 공과 사는 구별하구 말이야. 그러구 내일 내가 중도금 줄 날이지. 내가 삼각산 호텔 305호에 쉬고 있을 테니까."

능글맞은 전화는 그러고도 한참을 시시덕거렸다. 정영지의 입장은 절벽을 마주한 등산객과 같았다. 한 걸음 한 발자국의 실수로 죽음과 직면하는 찰나였다.

그 놈이 가명으로 해서 그리고 대리인을 시켜서 내 집을 샀다. 이건 보통 문제가 아니다. 죽이거나 죽거나 하는 길밖에 없다는 생각이 들었다.

그러나 남편과 자식의 명예를 생각해서라도 선불리 선택할 문제는 아니었다.

박한수가 소문난 제비족이라는 것은 삼각산 호텔 종업원들도 대충 알고 있었다.

특히 호텔 지배인쯤 되면 단골 고객의 신상을 훤히 알고 있었다. 이 호텔의 변상조 객실주임은 그 계통에서 장안의 정보통이었다.

그는 직업상 뚜쟁이 같다고 한탄하면서도 그래도 그 제비족의 뒷모습에 언제나 침을 뱉곤 했다.

이 박한수가 중도금을 건네주려고 로비에 나타날 시간에 305호실에서 죽은 사실은 호텔측에서도 여간 당황할 만한 일이 아니었다.

수사에 적극 협조해야 할 책임뿐만 아니라 경우에 따라서는 영업에도 지장을 받기 마련이다. 그래서 김갑식군은 경찰서에 하루 한 번 꼴로 불려 다니고 있었다.

"마스터 키를 늘 보관하는 책임자는 누구야?"

"객실 담당 주임이 평소에 보관하다가 긴급 사태가 발생하면 벨보이나 프런트에서 가져다 쓰지요."

"사건 당일의 마스터 키는 김갑식이가 객실주임 변상조한테서 얻어 갔는가?"

"그때 객실주임은 자기 사무실인 2층 코너에 있었어요. 비상 키를 달라니까 무엇 때문에 그러느냐는 거예요. 그래서 305호실 손님을 확인해야겠다고 했지요."

변상조와의 대질 심문에서도 확인되었다. 생각보다 일은 더 어렵게 진행되고 있었다.

그날 중도금을 못 받은 정영지는 곧바로 법원에 공탁을 걸고 가옥매매계약 무효확인을 청구했다.

죽은 박한수는 대항할 기재를 잃고 계약금 2천만원마저 날리고, 중도금은 어떻게 되었는지 정영지는 받은 사실이 없다고 하고, 벨보이 김갑식군을 아무리 다그쳐도 현장에서 돈을 발견한 적이 없다고 딱 잡아떼었다. 틀림없이 고액권 수표일 텐데 발행은행이나 번호를 알아야 추적을 할 것이며, 어디서 받았는지, 어디 몇 단계를 거친 건지 확인할 길이 없었다. 요행히도 이서란에 '박상길'하고 또 전화번호라도 적어두었다면 모르지만.

남편 장정우는 은행에서는 착실한 실력자였다. 고객이 다양해서 효장동 손님만 상대하는 것이 아니었다. 호텔 삼각산도 그의 고객이었고, 또 그 호텔은 이 지점에서 하는 행사 때마다 단골로 이용했다. 회식 때나 행내 기념 모임이나 축하 행사는 대부분 이 호텔에서 치러지곤 했다. 장정우 차장은 이 호텔 사장, 지배인 등은 물론 보이들에게도 면식이 알려질 만큼 그 자신의 공사간 접대 용건도 이 호텔 커피숍, 식당, 부페식당 등을 이용했다. 그래서 사실 중도금도 여기서 건네도록 하고는 자신은 그 시간에 나타나지도 않았다.

그렇다면 그 대신 후속 조치는 어떻게 했을까.

"정여사에게 확인할 것이 몇 가지 있습니다. 첫째 박한수를 평소 알고 있었는지, 또 어떤 관계였는지, 둘째 당일 거액인 1억이 넘는 돈을 받아서 어떻게 혼자서 처리할 수 있다고 혼자 나타났는지, 아니면 평소 박한수와의 관계 때문에 혼자 간다고 했는지 솔직히 털어놓으십시오."

"사실 남편과 같이 간다고 했어요. 그러나 남편과 정부가 만나게 할 수는 없고 또 남편이 나의 과거를 눈치채는 날 나는 어차피 끝장이니까, 돈 1억원쯤 받아서 은행에 입금시키는 일 정도는 서울이 강도의 소굴이 아닌 이상 자신이 있었지요. 그리고 남편도 조심하라고 하면서 뒷조사를 취하겠노라고 했었어요."

"벨보이가 도어를 열기 전에 그 방 안에서…… 그러니까 박한수와 함께 미리 만난 적은 없었겠지요?"

"무슨 말씀을 그렇게 하십니까? 아무리 과거에 몇 번 만나 춤을 춘 적이 있다 해도 공은 공이고 사는 사 아닙니까! 중도금이 어디 내 돈입니까. 그 돈 받는 일은 남편의 대리역이니까 충실히 심부름을 할 뿐이라는 생각이었어요."

"305호실에 박한수가 있다는 것은 어떻게 연락받았지요?"

"엊저녁 전화로 연락이 왔어요. 증거가 필요하시면 우리집 전화 녹음기를 재생시켜 보시면 될 게 아니에요?"

정영지의 말대로 그 녹음 테이프는 압수되었다. 재생되어 나오는 내용은 정영지가 말한 것과 같은 것이었다.

사실 정영지가 2시가 되기 전에 305호실에 들러서 박한수와 정사라도 한 판 자의반 타의반 벌였다 치고 그를 감쪽같이 독살하고 다시 로비로 나와서 2시가 되기를 기다리는 체했다 하더라도, 목격자가 없는 한 그녀의 그 순간의 알리바이를 부정할 길은 없었다.

목격자라 해도 305호실 문앞에서 지키다가 보았다든가 또 2시 전에 305호실에서 나오는 것을 보았다면 모르지만, 그런 명백한 증인이 어디 있을 수도 없었다.

그렇다면 방안의 모든 도구에 있는 지문 대조밖에는 방법이 없었다. 5~6평의 방에 손이 닿을 만한 곳에 찍힌 지문들 모두가 채취되었다.

그러나 그 지문은 아무 의미 없는 것들이었다. 요즈음 범인들 중에 지문을 남기며 꼬리 잡힐 바보는 없다. 1억2천만원의 행방은 또 어찌된 것인가. 〈돈 액수＋살인〉으로 치면 결코 작은 사건은 아니다.

그날로 신문들은 사회면 톱기사로 이 사건을 올리기 시작했다.

투기와 치정과 살인, 흥미 있는 메뉴는 다 들어 있고 세태를 반영해도 이보다 잘 드러내 보이는 사건이 없었기 때문이다.

"장형사, 그럼 그 1억2천만원은 도무지 박한수가 준비하지도 않았던 게 아닌가?"

"조금만 기다려 주십시오. 박한수 고찰에서 얻은 단서를 장정우 고찰로 발전시켰으니까요."

"이 사람, 늘상 하는 소리가 고찰 고찰(考察)하다가 정말 고찰(古刹)같이 되겠어. 하나 잡아넣고 좀 족쳐봐."

"반장님이 뒷감당하실래유? 족치는 시대는 거(去)하고 속 앓는 시대
가 다가왔습니다."

"그럼 도대체 범인은 누구야? 죽을 만한 놈이 죽었다고 범인을 안
잡을 수도 없고, 더구나 1억2천만원이란 돈은 은행갱을 해서도 쉽게
는 탈취할 수 없는 돈이잖아?"

"걱정 마십시오. 내일까지는 원을 풀어 드리겠습니다. 제가 어디 공짜
밥 먹는 놈은 아니잖습니까. 1억2천만원은 고스란히 이미 이렇게
확보해 두었지요. 그리고 그 소지자도 내일이면 체포할 겁니다."

"왜 하필이면 내일이야. 당장, 아니 그럼 누가 범인인가?"

"범인은 바로 그 객실주임, 변상조입니다. 변상조는 장정우에게서
정영지의 뒤를 봐달리는 부탁과 함께 그의 딱한 형편을 알게 되었지
요. 그 조건은 말하지 않았지만, 말하지 않아도 암시적으로 전달된
게 아닐까요. 둥지에 들어온 제비 한 마리만 잡으면 1억2천에다 한
가정을 구하는 거룩한 일이니까요."

"그럼 1억2천만원은 전부 수표야?"

"12장의 수표, 그 번호가 박한수의 수첩에 모두 기록되어 있었지요.
확실한 증거지요."

"그럼 장정우도 공범이구먼."

"아닙니다. 살인하라는 말은 한 마디도 없었어요. 그들의 통화는 그의
녹음 전화에 수록되어 있거든요."

"심정적 공범이구만. 어쨌든 장정우, 정영지 모두 불러들여. 축하하
네."

안개꽃 그림자

● 이기호

충남 청양 출생
86년 스포츠서울 신춘문예에
「통신살인」으로 등단
한국추리작가협회 회원
주요작품 : 「아스팬 가는 길」
　　　　　「삶의 언저리는 어디인고」
　　　　　「저승은 없다」(이상 단편)
　　　　　「달빛 그림자」「상록의 강」
　　　　　「시간의 함정」「청동빛 여자」
　　　　　「五大洋」「황간도 탈출」(이상 장편)

안개꽃 그림자

K강의 낙조는 촌로(村老)의 한숨 같은 것이었다. 한 여름 논일을 끝내고 잠시의 휴식을 취하면서도 연이어 내쉬는 그 뜻을 알 수 없던 한숨…….

K강은 만년에 접어든 노년의 유유함으로 그 늦진 삶의 허무를 황혼으로 시뻘겋게 드리고 있는 것일까. 아니면 지나온 찰진 젊음의 시간을 아쉬워하는 그리움의 덩어리인지.

K서에 전보되어 온 노경사가 K강의 낙조를 깊이 있게 이해하기 전 미묘한 사건 하나가 강의 하류에서 발생했다.

변사체(變死體)신고.

노경사가 신고를 받고 강 하류 K유원지에 도착했을 때, 시체는 강변에 인양되어 있었다.

"인양자는 당신입니까?"

노경사는 찢어진 비닐 천으로 아무렇게나 덮여진 시체 옆에서 불안한 자세를 취하고 있는 사내에게 물었다.

"예, 제가 발견했구만유. 여기 있는 이 손님들하고 말이에유. 낚시꾼들을 배에 태워 강을 건너오다 저 송장을 만나지 않았는감유."

노경사는 사내를 옆으로 밀치고 시체를 덮고 있는 천을 조금 들쳤
다.

"강 한복판에서 말이죠?"

"예, 정확하게 한가운데였습니다. 엎어진 자세로 조금씩 흔들리며
떠내려오고 있었습니다."

노경사의 질문에 사내 옆에 서 있던 낚시모를 눌러 쓴 중년 하나가
거들었다.

"아, 그래요. 박형사, 이 배에 타고 있던 사람들 인적사항을 파악하고
보내 드리지."

현장에 몰려 있던 사람들과 낚시꾼들을 돌려보내고 노경사는 시체를
확인했다.

"훗!"

한눈에 여자로 판명된 시체는 시선을 돌리게 하기에 충분했다.

"오래된 것 같지는 않은데요. 부패도로 보아서 말이죠."

"지저분하고 그렇군. 몸 주위에 비누 같은 것이 형성돼 있고…….
그리고 이건 뭐야?"

노경사가 집어든 것은 제법 단단한 줄이었다. 그 줄은 꼬리표같이
시체의 허리 부분에 매어져 있었다.

"노경사님, 줄인데요. 로프 같군요."

박형사는 자신 있다는 듯 말을 하고는 묵묵히 시체와 그 주변을 살피
는 동료 형사들을 보고는 멋적은 듯 웃었다.

"그래, 줄이야. 그렇다면 타살인가? 자, 시체를 서로 옮겨 부검을 의뢰
하고 신원을 알 만한 것들을 찾아보자구."

대도시의 살인급 사건만을 전문으로 다뤄 왔던 노경사의 노련한 지휘

는 사건현장을 차분하게 가라앉혔다.

"검시의 소견이 나왔습니다."

다음날 K서 형사계에 관내 검시의의 소견서가 전달되어 왔다.

"오, 사인이 뭐야?"

노경사의 질문에 무엇인가 흥이 올라 있는 신참 박형사가 소견서 내용을 말했다.

"외액사(外縊死)로 사후투수의 정황이 뚜렷하다고 밝혔고, 경과 시간 은 2년으로 추정했습니다."

"2년이라고? 시체가 2년이나 경과했다는 말이지?"

검시의 소견은 물 밖에서 액사한 시체가 물 안으로 이동되어 있었음 을 말하는 것이었다. 그렇다면 사인은 명확한 것이다.

"이 사건은 완전한 살인이야. 목 졸라 죽인 시체에 돌을 매달아 강물 에 던진 거야. 그런데 말이야, 2년이나 경과한 시체가 썩지 않고 있었 다는 것은 뜻밖이군. 우선은 말이야 시체의 신원을 밝혀. 그것이 사건 해결의 첩경이야."

노경사가 시체의 신원파악을 지시하고 있을 때, 형사 하나가 허겁지겁 들어왔다.

"노경사님! 시체의 피복 속에서 이런 것이 발견됐습니다. 유서인 것 같은데……."

"뭐라고, 유서?"

노경사는 젊은 형사가 갖고 온 손바닥만한 종이쪽지를 받아들었다. 그것은 놀랍게도 코팅이 된 엽서 용지였다.

"엽서 용지에 방수처리라."

엽서에는 다음과 같은 내용의 글자가 적혀 있었다.

――정말로 의미 없는 나날이다. 멋있게 죽을 수 있다면, 그래서 K

강을 찾는다. 이번이 다섯번째 시도하는 자살…… 이번 자살이 성공한
다면 안개꽃 인생인 나는 너무도 허무하다.

마치 한 편의 시(詩)의 후기를 쓰듯 긴장감 있고 압축감 있는 내용을
놓고, 노경사는 머리를 갸웃거렸다.

"이것 보라고. 도대체 이 내용이 뭐야? 자네들 이런 황량한 유서 본
적 있어?"

수사계 형사들은 제각기 그 내용을 돌려본 후 의견을 개진했다.

"글쎄요. 자살을 위장하기 위한 장난 아닐까요?"

"일고의 가치 없는 장애 같군요. 단서로서는 적합하지 않습니다. 코팅
을 한 유서라는 비상식을 볼 때 말이죠."

"그렇지만 일단은 깊이 있게 조사할 필요는 있겠습니다. 다섯번째
시도한다는 자살을 직시하는 표현을 중시할 필요가 있다는 것이죠."

자유스런 형사들의 의견을 청취하던 노경사가 말했다.

"그렇다고 보면 자살을 결행하는 유서 내용이 너무 빈약하잖아."

노경사는 글귀의 내용을 말하는 것이었다. 유서가 담고 있는 구체성이
나 특유의 동기성이 결여되어 있다는 점이었다.

"일단 유서라고 보여지는 이 엽서의 신빙성은 유보하고 죽은 여자의
신원파악에 주려하자고. 우선 2년 전 6개월을 전후하여 실종 신고된
20대 후반의 여자들을 체크하고, 시체에서의 지문 채집에 주력하도록
…… 빨리 바쁘게 움직여야 돼."

형사들이 몰려 나가고 나서도 노경사는 문제의 엽서를 오래도록 바라
보았다. 신원이 밝혀지면 자연스럽게 설명될 수 있을 듯한 내용이 마음
에 걸렸기 때문이다.

시체의 신원파악은 그날 오후 늦게야 나왔다.

"이 여자 서울에 주소지가 되어 있고, 지난 86년 10월 실종신고가

강남경찰서에 돼 있는 나이 28세, 성명 김향숙으로 밝혀졌습니다."

김향숙의 신원은 부패한 손가락 중 아직도 지문을 보존하고 있는 왼손 검지에서 채집된 지문을 추적한 컴퓨터 터미널의 개가였다.

"됐어. 서형사는 박형사와 조를 이뤄 서울로 출장 준비해. 감향숙의 주변을 조사하고 필적감정을 할 수 있는 자료를 수집, 수사연구소에 넘기라고. 그리고 나와 조형사는 K유원지 주변에서 김향숙을 탐문해 보는 거야. 2년 전 여름이니까 가능할 거야. 서형사조에서 최우선으로 김향숙의 사진을 확보하여 내려보내야겠지."

형사들은 수사계장 노경사의 지시에 맞추어 신속하게 움직였다. 형사들이 밖으로 나간 후 노경사는 과장실을 찾았다.

"2년 전에 실종됐던 여자가 K강에서 시체로 떠올랐다. 그런데 타살로 여겨지는 뚜렷한 증거 속에 유서가 나왔다 뭐 그런 얘기인가?"

"그렇습니다. 젊은 아가씨가 목이 졸려 죽은 것이 분명한데, 그 유서가 마음에 걸립니다."

"그것은 위장 아닐까? 지금으로 보아선 말이야."

검은테 안경을 치켜올리며 과장이 눈을 껌벅였다.

"그런데 자필인 듯합니다. 그것이 자꾸 마음에 걸립니다."

"자필! 유서가 진본이란 얘기인데, 그렇게 되면 어떻게 되나?"

노경사는 과장실을 나오면서 머리가 혼란스러웠다. 사건 전개 과정에 만만찮은 장애가 돌출했기 때문이다.

다음날 사건 3일째, 서울 출장을 떠난 서형사조에게서 제1신이 왔다. 그것은 김향숙의 사진과 필적감정 통보서였다. 필적감정은 수사과학연구소부터였다.

——김향숙의 필적과 동일. 아무런 심적 동요 없이 편안하게 쓴 듯하다.

"역시 예상했던 대로였어. 이제는 정말 어려워지겠는데……. 일단 서형사조에서 보내온 사진을 다수 현상해서 K강 유원지를 탐문하자고. 얼굴은 상당한 미인이야. 의외로 기억하는 사람을 찾게 될지도 몰라."

노경사는 서의 수사요원을 다시 3개조로 나눠 K강 유원지 근교의 탐문에 나섰다. 2년 전 여름의 김향숙의 행적을 찾기 위해서였다. 탐문은 주로 민박촌과 여관 등 숙박업소들을 중심으로 시작됐다.

탐문작업이 시작된 지 만 하루가 지나기도 전 막연해 보였던 김향숙의 탐문은 너무도 쉽게 실마리가 풀렸다. 그것은 그녀의 타고난 미모에 있었다.

"이 아가씨요, 2년 전 여름 우리집에서 1주일 정도 있었지요. 얼굴이 참 예뻐 기억이 나요. 1주일이 다 되는 날 어떤 청년이 찾아와 하루를 묵고 그 다음날 말도 없이 떠났지요."

김향숙을 기억해 준 여자는 한 민박집 주인이었다.

"말도 없이 가버렸다는 겁니까?"

"물론 숙박비는 다 받았지만요."

"그 청년 기억할 수 있겠어요?"

"글쎄요. 그 청년 얼굴은 기억이……."

탐문조가 김향숙과 그녀를 둘러싼 주변을 집중 조명하고 있을 때, 서울 서형사조에서 제2신이 왔다.

——김향숙. H병원 간호사로 약물자살, 동맥자해 등 자살시도 4회 기도한 전력의 생을 비관하던 염세주의자로 2년 전 K강에 갔었던 것도 자살을 기도하려던 것으로 보여짐……. 주변 친구나 가정, 직장관계 등 모든 것이 깨끗하게 정리되어 있으며, 심지어 구내매점 외상값까지도 갚아져 있었음. 주변 남자관계를 추적 중.

노경사는 민박촌으로 김향숙을 찾아왔던 청년에 수사의 촛점을 모으며 서형사조의 조사자료를 검토했다.

"그것 참 알 수 없군……."

이제 사건은 두 개의 분기점을 너무도 뚜렷이 갖고 있었다.

첫째는 사건 전개부터 일괄되게 드러나는 자살에 대한 증거와 방증들이었다. 무엇보다 자신의 죽음을 예시하고 의미하는 유서와 자필증명, 그녀의 자살미수경력 등 서형사조에서 속속 밝혀지고 있는 여러 상황을 종합할 때 자살로 추정이 가능하고,

둘째는 사후투수(死後投水)를 말하는 검시의의 외액사 소견과 시체의 허리에 매어 있던 줄로 보면 명백한 타살이라는 점이었다.

극과 극. 사건의 전개가 너무도 상충하는 점에서 노경사는 고민하지 않을 수 없었다.

사건 발발 5일, 노경사는 모든 수사력을 김향숙의 마지막 목격자였던 민박집 주인 여자의 증언을 토대로 문제의 청년을 찾는 데 주력했다.

"2년 전 여름 김향숙 주변의 남자들을 추적하고 K유원지에 동행했던 청년을 찾아라. 그 자가 이 사건의 키를 잡고 있는 것이 분명하다."

서울 서형사조에게 지시한 노경사는 김향숙 탐문조에게 또 다른 지시를 내렸다.

"자살이든 타살이든 말이야, 무엇인가 시체에 무거운 물체를 매달기 위해서는 수심이 깊은 강 한가운데가 필요했을 것이고, 그러기 위해서는 배가 필요했을 거야. 그 배를 찾아. 거룻배야. K강 유원지 주변에 한정된 것이고 보면 제2의 목격자를 찾을 가능성이 있겠어. 무엇인가 나올 거야."

3개조로 나눠진 탐문조는 K강 주변의 모든 거룻배 또는 낚시용 배들을 대상으로 김향숙과 청년의 마지막 행방을 쫓았다. 좁혀지는 듯한

수사의 폭…… 그러나 배에 김향숙을 태웠거나 빌려 줬단 사람은 나타
나지 않았다.

"배 주인들 모두가 한결 같습니다. 재수가 없어서도 여자에게는 배를
빌려주지 않는다는 거였습니다."

"……."

다소 허탈한 모습의 형사가 말했다. 탐문과정이 쉽지 않음을 나타내는
것이었다.

"그 청년이 김향숙과 면식관계로 볼 때 청년이 배를 빌렸다면 어떻게
될까요?"

"그렇군요. 청년이 앞장섰다면……."

형사들의 의견 개진에 노경사는 장애를 느꼈다.

"맞아, 배는 청년이 빌린 것이 확실해. 그렇다면 김향숙이를 연결하는
그 청년을 추적하기는 불가능해."

이곳에서 수사는 교착될 조짐을 보였다. 문제의 청년을 추적할 길이
봉쇄당한 이상 서울 서형사조의 활약을 기대할 수밖에 없었다.

이때 서형사조는 김향숙의 남자관계를 추적하며 그들의 2년 전 여름
의 알리바이를 추궁하고 있었다. 그녀는 상상 외로 남자관계가 복잡했
다.

"아니, 이거 왜 이러십니까? 제가 그 여자를 죽였단 말입니까? 사람
잡지 마세요. 그렇잖아도 죽지 못해 환장하는 여자를 내가 왜 죽입니
까?"

"그렇다면 당신 지난 2년 전 여름 어디에 있었어?"

"해수욕장에요."

"어느 해수욕장? 누구와?"

"그런 것까지 말해야 합니까?"

"말해, 혐의를 벗으려면……."

"저…… 이건 비밀에 붙여주셔야 합니다. 미아동에 사는 박복례라고……."

이런 식으로 김향숙의 주변 인물들은 하나같이 혐의를 벗고 있었다.

"서형사님! 노경사님이 주도하는 방향으로는 아무런 단서도 나타나지 않는데요."

신참 박형사의 말이었다.

"글쎄 말이야, 자꾸 탐문할수록 김향숙의 자살 가능성만을 발견하게 되고 말이야, 일단 좀더 밀착수사를 해보는 거야. 그녀의 여자 친구, 동료 간호사들까지 말이야."

서형사조는 김향숙이 근무하던 병원을 중심으로 그녀의 교우관계와 인간관계를 집중적으로 조명했다. 그러나 살해될 만한 동기를 발견할 수가 없었다.

"자살이 확실한 것 같은데요."

"글쎄 말이야, 그렇다면 사후투수 징후는 무엇일까? 자살한 시체가 물 속으로 걸어 들어갔다는 비상식적인 논리는 어떻게 해석해야 할까?"

현대 수사과학은 시체의 발생 현장을 밝히는 데 있어 익사와 액사를 구별하는 것은 어려운 것이 못 된다. 시체가 물 속에서 질식으로 죽었다면 내부장기소견(內部臟器所見)이 내질식사로 뚜렷한 검시 의견이 나오고, 물 밖에서 공기가 차단되어 죽었다면 외질식사의 소견이 나오는 것인데, 김양숙은 목이 졸려 죽은 흔적이 뚜렷하지 않은가.

"그렇다면, 도대체 어떻게 된 것입니까, 귀신이 놀랄 일 아닙니까?"

수사는 장기적으로 공전할 기미가 보였다. 그럴수록 노경사는 애가 탔다.

"괜한 송장 하나 건져 갖고 미제사건 하나 더 만드는 것 아니야. 이제 까지의 수사 자료가 자살 쪽이 더 가깝잖아. 노형사는 어떻게 생각해?"

과장은 수사의 공전을 채근했다.

"아닙니다. 이 사건은 자살로 보기엔 설명할 수 없는 점이 너무 많습니다. 좀더 시간을 갖고 조사하면 뭔가 나올 것입니다."

"도대체가 말이야, 시체가 2년 동안이나 썩지 않고 있다는 게 기분 나빠. 상식을 뛰어넘는 그런 비상식이 기분 나쁘다고."

과장은 시체의 부패에 대해 말하는 것이다. 대다수의 시체는 물 속에 잠겨 어느 정도 시간이 지나면 부패할 것으로 보이나 그렇지 않은 경우도 많다. 시체가 습기가 많고 무기질이 많은 곳에 방치되면, 시체의 살갗에서 분해되는 지방이 주위의 칼슘 또는 마그네슘과 결합하여 비누층을 형성하게 되는 것이다. 이렇게 되면 시체는 부패를 종지하고 보존되는 것인데, 이것을 시랍(屍蠟 : Saponification)이라고 부른다.

"과장님! 뭔가 전해야 하는 것이 있기 때문에 시체가 썩지 못한 것 아닐까요?"

"뭐라고, 시체가 남기고 싶었던 게 있었단 말이지. 하여튼 빨리 종결지라고. 후속 사건이 밀리고 있어."

과장실을 나오며 노경사는 김향숙의 유서를 생각했다.

──만약 이번 자살이 성공한다면, 안개꽃같이 살던 나는 허무하다.

이것은 도대체 무슨 뜻인가? 이번 자살이 성공한다면…… 그것은 과거 네번씩이나 자살에 실패했던 여자로서 이해가 가는 점이라면, 끝에 안개꽃은 뭐고 허무(?)는 또 무엇인가?

몹시도 죽고 싶어하던 여인, 그래서 죽는 데 성공했는데, 2년만에 떠오른 시체는 뭐고 타살 흔적은 무엇이란 말인가?

박형사조가 김향숙의 주변을 끈질기게 쫓고 있을 때, 김향숙과 젊은이
가 이용했던 배의 탐문은 K강을 중심으로 계속됐다.

"이 아가씨, 배를 빌려준 적은 없어도 어디선가 본 적이 있고마. 어디
서라? 아! 맞다. 갑식이 배에 타고 있던 그 귀신 같던 여자, 그 여자가
틀림없고마."

사건 발생 7일째, 김향숙을 기억하는 사공은 2년 전 강 하구로 고기잡
이를 나갔다 돌아오는 길에 노를 저어 강을 건너던 한 쌍의 젊은이 중에
서 김향숙이를 떠올려 준 것이다.

"이 여자 틀림없고마. 참으로 예뻤지. 마치 귀신처럼 하얀 얼굴이
지금도 선하고마."

갑식이네 배는 순식간에 수배됐고, 사공은 김향숙의 사진을 본 후
2년 전에 배를 대여해 줬던 젊은이를 쉽게 떠올렸다.

"이 아가씨와 함께 온 젊은이가 배를 빌렸지요. 그 젊은이는 간혹
이곳에 와 내 배를 빌려 타고 물질을 하고 가곤 했는디. 집이 서울
어디라고 하던디……."

"물질이라뇨?"

"아, 그것 말이오, 잠수질. 신식 장비를 갖고 하는."

"……!"

노경사는 서로 급히 귀서했다. 그리고 서울의 박형사에게 지급으로
지시했다.

──김향숙의 주변에서 스쿠버다이버를 찾아라. 장비나 그런 능력이
있는 자를.

그리고 형사들에겐 갑식이네의 배를 빌려타고 물질을 하던 청년을
수배하도록 명령했다.

"역시 이거였군!"

노경사는 김향숙이 카피해서 간직하고 있던 유서의 비닐을 찢고 자세히 살피자, '8444'란 네 자리 숫자가 조그맣게 표기되어 있었다.

"8444······. 이것을 찾으려고 놈은 잠수 장비를 갖고 물 속을 뒤졌구만. 그런데 이 뜻은 도대체 무엇일까?"

노경사는 이곳에서 이제까지의 수사상황을 정교하게 검토했다.

사건의 개황

① 김향숙의 사체 발견 : 사후 경과 시간 2년과 외액사의 소견.

② 김향숙 자필의 유서 발견 : 4번이나 시도되었던 자살미수 경력 밝혀짐.

③ 김향숙과 젊은이 : 수쿠버다이버로 밝혀진 젊은이.

④ 유서 속에서 드러난 글자 : 8444.

자살과 타살의 상충적 증거로 극심한 수사의 혼란이 왔기 때문이다.

2년 전 여름 한 여자가 K강 유원지에 나타났고, 뒤이어 한 젊은이가 찾아와 배를 타고 강 가운데로 갔다······ 젊은이는 여자의 목을 졸라 살해한 후 돌을 몸에 매달아 강에 버렸고, 그 후 2년 만에 줄이 썩어 시체가 떠올랐다는 추리의 설정이 가능했으나, 이어 꼬리를 무는 의문점에 대한 답변을 할 수 없었다.

첫째는 유서에 있었다. 코팅을 한 것으로 자살에 대한 사전 준비가 있었다는 점이 드러난 이상 그 젊은이가 굳이 여자를 살해할 필요가 있었겠느냔 점.

그러나 살해로 본다면 강력한 용의자로 젊은이가 유력한데, 범행 현장인 K강을 잠수하여 무엇인가 찾으려 애쓰던 젊은이의 행동 등 이런 것들은 설명이 되지 않는 것이었다.

그리고 〈8444〉 이것은 또 무슨 뜻이 있다는 말인가. 네 자리 아라비아 숫자로 8444······.

"그래 그거야, 그것."

노형사는 무릎을 치고 일어섰다.

서울의 박형사조는 수쿠버다이버 경력이 있는 김향숙 주변인을 하나 보고해 왔다.

"서재필, 30세입니다. 이자 병원의 원무과 직원이었는데, 군에서 잠수 대원이었고 김향숙이 없어진 그때부터 병원을 그만둔 것으로 나타났습니다."

"그래, 그 자 집이 어디야, 어디······서울 상계동 44──소재를 확인해 보지 그랬나?"

"벌써 보름째 집을 비우고 있었습니다."

"그래, 알았어. 그러면 그 자의 집을 수색해. 특히 서재필의 노트나 책 등 그런 곳에 K강에 대한 그 무엇(?)이 있을 거야. 그런 것을 샅샅이 찾아보라고. 수색영장은 관할서에서 협조받도록 해. OK."

노경사는 가볍게 흥분하고 있었다. 그 문제의 젊은이(?)가 서재필이라는 구체적 인물로 떠올랐기 때문이다.

"지금부터 각조는 교대로 K강 하류변을 잠복 감시한다. 잠수 장비를 갖추고 작업을 하는 수쿠버다이버가 있으면 즉시 보고하도록."

노경사는 K강변에 대한 잠복 근무를 지시했다. 서재필은 틀림없이 K강가에서 무엇인가를 찾고 있을 것으로 판단했기 때문이다.

형사대가 잠복 근무를 시작한 지 3일째 저녁, 강하구에서 수쿠버를 발견했다는 보고가 들어왔다.

노경사는 즉시 현장으로 출동했다.

소돌곶. 그곳은 김향숙의 시체가 떠오른 곳에서 얼마쯤 상류였다.

노경사가 그곳에 도착했을 때, 강 한복판에 조그만 거룻배 한 척이 떠 있었다.

3, 4인용쯤 될까, 그 배 옆 수면 위로는 검은색 잠수복이 유영하듯 움직였다.

"이봐, 배를 하나 빌려와!"

"벌써 준비해 놨습니다."

"그래, 그럼 말이야, 임형사만 나를 따르고 나머지는 모두 강변을 포위해……"

노형사는 배를 저어 강 한가운데로 갔다. 물살은 잔잔했고 수심은 그 깊이를 가늠할 수 없을 만큼 깊었다.

"정말 알 수 없군요. 저자가 살인범이라면 그 현장에 나타나 저토록 무심히 자맥질을 하고 있을 수 있을까요?"

임형사의 말이었다.

"나도 그런 생각을 하고 있었지. 그런데 지금은 그렇지가 않아. 우린 지금 살인 청부업자를 체포하러 가고 있거든."

"살인 청부업자요?"

"맞아. 돈을 받고 사람을 대신 죽여주는……."

"그렇다면 누군가 김향숙을 죽여달라고 사주를 했단 말입니까?"

"그렇지, 말은 그렇게 되지."

"아니, 죽지 못해 안달을 하는 여자를 누가 죽일 필요가 있겠습니까?"

"김향숙, 그 여자라면 가능하지. 그렇지 않겠는가?"

"김향숙 자신이요?"

이때 배가 가볍게 롤링을 하며 임형사를 뱃전에 쓰러뜨렸다.

"아니, 이 사람, 조심해야지……."

"저는 뭐가 뭔지 도대체?"

"자네, 안개꽃 알지. 마치 물방울같이 수많은 꽃잎으로 온 가지를 감싸고 한 시절 품어볼 듯이 만발하다 어느 날 한 줌의 비에 의해 모두 다 저버리는 그 안개꽃."

"안개꽃?"

"김향숙은 지독한 염세주의자였던 듯해. 자살을 4번씩이나 꿈꾸던 여자, 그러나 번번이 실현을 못 하자 최후의 방법으로 살인청부의 기발한 생각을 했고, 그 방법을 같은 병원에 근무하던 서재필에게 부탁한 거야."

"아니, 그렇다고 서재필이가 그 미친 여자의 부탁을 들어줬다는 말입니까?"

"맞아. 안개꽃이 그렇거든. 비에 의지해 자신의 몸을 정리하잖나. 깨끗이 한 시절 풍미하던 자태를 씻은 듯이 벗어버리고 쓸쓸한 나목이 되듯 말이야."

"아무리 그래도……. 그런데 저 자는 왜 이곳에 나타나 잠수질을 할까요?"

"이것을 찾기 위해서지."

노경사는 안주머니에서 엽서를 꺼냈다.

"그것은……."

"그래, 자네도 알고 있듯 8444번, 이 네 자리 수의 번호를 찾기 위해서지."

"……?"

이때 임형사가 들고 있던 소형 무전기에서 송신음이 났다. 노경사가 받아들었다.

"서울 서형사에게서 연락입니다. 서재필의 방에서 김향숙의 개인 통장과 인감을 발견했다는……."

"알았어."

노경사는 무전기를 내려놓았다.

"그러면 그 번호는?"

"맞아! 통장의 비밀번호지. 김향숙은 이 비밀번호와 저금통장을 서재
필에게 살인청부 댓가로 건 거야…… 비밀번호는 그들 나름대로의
교묘한 계산의 착오였고……."

"착오요?"

"착오였지. 아니야, 어쩌면 한 사람이 계약을 어겼든가."

"그런 거래에서 계약을 어길 리가 있겠습니까?"

"아니야, 누군가 어겼어. 그러니까 서재필은 지금도 강 속에서 무엇인
가를 찾고 있는 것 아닌가."

거룻배는 어느새 강 한가운데로 와 있었다. 주인 없이 혼자 떠 있는
배에 접근했을 때, 물 속에서 잠수부가 머리를 내밀었다.

"푸우! 누구……."

"자네가 서재필인가?"

노형사는 그를 향해 커다랗게 질문했다.

"예, 맞소만!"

그의 말끝은 뚜렷하지가 않았다.

"8444번일세. 자네가 찾고 있는 번호는!"

"예?"

"8444번이라고……. 자네 둘 중 누가 약속을 어겼지? 자네야, 아니면
김향숙이야!"

"……!"

사내는 달아날 생각도 없이 손을 내밀었다. 자기를 배에 올려달라는
뜻인 듯했다. 노경사는 그의 손을 잡아 종이장같이 가볍게 그를 뱃전에

끌어올렸다.

"그 미친 여자가 어겼습니다. 제가 뱃전에서 목을 누르고 마지막 비밀 번호를 넘겨받으려는 순간에, 그년이 헛소리를 하잖아요."

"헛소리?"

"예, 살려달라는 거예요. 살려주면 비밀번호를 알려주겠다는 거예요. 그걸 어떻게 믿습니까. 이미 3천만원이 들어 있는 통장과 도장이 제게 있는데 말이에요."

"……!"

노경사는 강변으로 배를 돌려 나왔다.

이미 저녁 낙조가 K강을 뜨겁게 감싸고 있었다. 그 속에서 한 사내와 한 여인이 탄 배가 강심을 향해 나아가고 있었다.

머리를 푼 소복의 여자가 더벅머리 망나니의 앞에 앉아, 3천년도 넘겨 산 듯한 표정으로 서녘 낙조를 바라보고 있었다.

안개꽃처럼 살아온 여자, 그래서 망나니의 손 끝에 눌려 죽은 것은 허무가 아니다. 그녀가 계약을 어긴 바에는…….

노경사는 뱃전에서 시원한 한 줄기 방뇨를 내갈겼다.

피서지의 달빛

● 이상우

경남 산청 출생
서울신문사 전무이사
중앙대학교 대학원 강사
국제펜클럽 한국본부 이사
한국추리작가협회 회장
제3회한국추리문학대상 수상
1961년부터 작품활동을 시작
현재까지 역사소설·추리소설 등
1000여편이 있음
주요작품 : 「파혼여행」(작품집)
　　　　　「컴퓨터 살인」(중편집)
　　　　　「이상우의 추리소설탐험」(저서)
　　　　　「봄새 밤에 죽다」「안개도시」
　　　　　「악녀 두번 살다」「악녀시대」
　　　　　「모두가 죽이고 싶던 여자」
　　　　　「밤에 뜨는 무지개」(이상 장편) 외 다수

피서지의 달빛

달빛에 빛나는 모래사장은 참으로 낭만적인 피서지의 흥취를 더욱 돋구었다. 불을 켜지 않아도 모래사장에 둘러앉아 놀기에는 불편이 없었다. 흰 파도가 바위에 부딪치며 달빛을 반사했다. 박명철 일행은 북적거리는 해수욕장에서 한참 떨어진 한적한 바위 아래 텐트를 치고 자리를 잡았다. 멀리 보이는 메인 스트리트라고 할 수 있는 해수욕장 한복판에는 전등 불빛이 찬란하고 사람들이 시장처럼 북적거렸지만, 박명철 일행 여섯 명이 있는 곳은 너무나 조용해 대조적이었다.

모래사장에 둘러앉은 다섯 명은 목청껏 합창을 하며 즐거운 밤을 보내고 있었다.

"……몰래 사랑했던 그 남자, 또 몰래 사랑했던 그 여자, 지금은 어느 하늘 아래서……."

박명철이 바다를 향해 목청을 높이자 나머지 네 사람의 목소리로 합세했다.

박명철은 같은 회사 직원 다섯 명과 함께 바캉스를 즐기자는 계획을 지난 정초부터 짜놓았었다.

그가 근무하는 기획부의 고정혜양과 고정혜의 입사 동기인 경리과 임형자, 박계옥, 그리고 박명철의 입사 동기인 허필, 배무종 등 남자 셋, 여자 셋이 바캉스 일행이었다.

어떻게 하다 보니까 남녀 각각 세 명씩 짝이 맞추어졌지만 여섯 사람이 모두 특별한 관계가 있는 것은 아니었다.

다만 박명철만이 경리과에 있는 임형자와 가까운 사이였다. 그러나 같은 기획부에 있는 고정혜와는 친숙도가 조금 달랐다. 고정혜는 순수한 동료로서 좋아했지만 임형자는 이성으로서 좋아하는 면이 더 많다고 하는 것이 옳을지 모른다.

약간 비만한 편이기는 하지만 임형자는 사내에서도 미인으로 손꼽혔다. 볼륨 있는 가슴과 히프가 특히 섹시하게 보여 약간 비만하게 보이는 그녀의 단점을 충분히 커버하고도 남았다.

비치 가운 스타일의 다섯 남녀는 닥치는 대로 학창 시절에 배운 노래를 메들리로 불러댔다.

"와! 박계옥씨 소프라노 일품인데……."

키가 크고 깡마른 미남 허필이 수영복 차림의 박계옥의 허벅지를 슬쩍 건드리며 애교를 부렸다. 같은 경리과에 있지만 허필은 박계옥의 직속 상관이기도 하다.

"허대리님은 말보다 항상 손이 앞서더라……."

박계옥이 허필의 손을 걷어내며 말했다.

"근데 임형자씨는 어떻게 된 거야! 초저녁부터 뻗은 거야?"

배무종이 모래를 한 주먹 주워 달빛에 날려 보내며 말했다.

"낮에 수영하느라 무리를 해서 피곤한가 봐요. 원래 몸이 약하잖아요. 먼저 잔다고 그랬어요."

고정혜가 변명을 해주었다.

"하긴 오늘 비키니 입은 것 보니까 너무 날씬하더군. 허리가 꼭 한 줌이야. 내가 움켜쥐면 꼭 맞을걸. <u>흐흐흐</u>……."

배무종이 음흉스럽게 웃었다.

"아이 야해!"

고정혜가 배무종에게 쥐어박는 시늉을 해 보였다.

"누가 가서 임형자씨 좀 불러 오지 그래. 좀 잤으니까 괜찮을 거야."

박명철이 박계옥을 쳐다보았다.

"알았어요. 임형자가 없으니까 박대리님은 살 맛이 없나봐!"

박계옥이 가시 돋힌 농담을 하면서 일어서서 텐트 쪽으로 갔다.

모래사장 가장자리 바위 그늘 밑에는 커다란 텐트 세 개가 쳐져 있었다. 하나는 남자 셋이 자는 텐트이고, 좀 작은 것은 고정혜의 텐트, 큰 것은 임형자와 박계옥이 쳐놓은 텐트였다.

몸이 좋지 않다는 임형자는 저녁밥을 먹자마자 쉬겠다고 텐트로 들어간 뒤 나오지 않았다. 다섯 사람이 불러대는 노래소리도 들은 척하지 않았다.

"악!──"

박계옥이 임형자가 자고 있는 텐트로 간 지 얼마 되지 않아 밤 하늘을 찢는 비명을 질렀다.

"뭐야?"

모두가 깜짝 놀라 벌떡 일어섰다.

"박대리님, 형자가…… 형자가……."

박계옥이 비틀거리며 텐트에서 뛰어나왔다.

"정신 차려요. 임형자씨가 어떻게 됐어요?"

박명철이 뛰어가며 소리쳤다.

"형자가 죽은 것 같아요……. 아무리 흔들어도 꼼짝하지 않아요. 으흐……."

박계옥은 모래사장에 엎어지며 얼굴을 감싸고 울기 시작했다.

박명철이 앞장서고 허필과 배무종, 그리고 맨뒤에 고정혜가 뛰어 갔다.

텐트 안에 들어선 박명철은 희미한 달빛 아래 반듯이 누워 있는 임형 자의 모습을 볼 수 있었다. 열려 있는 텐트의 문을 통해 비쳐진 푸른 색깔의 달빛은 꼼짝 않고 있는 임형자의 얼굴을 섬뜩하게 느껴지도록 조명하고 있었다.

"형자씨! 형자씨!"

박명철이 임형자의 어깨를 흔들었으나 꼼짝 하지 않았다. 원피스 스타 일의 비치 가운이 어깨 위에서 무릎까지 얌전하게 걸쳐져 있었다. 박명 철이 흔드는 바람에 앞섶이 열려 희디흰 허벅지가 달빛 앞에 드러났 다. 하얀 삼각 팬티만이 무방비의 주인을 감싸주려 애쓰는 것 같았다.

"인공 호흡을 시켜야 돼! 누구 이 텐트 좀 걷어요."

박명철이 임형자의 허리께에 걸터앉으며 말했다. 두 손으로 가슴을 눌러 인공 호흡을 시작했다.

그때 나머지 세 사람은 텐트를 걷어내느라 밖으로 나갔다.

텐트를 다 걷자 달빛 아래 전신이 드러난 임형자는 그때까지 꼼짝 하지 않았다. 박명철의 인공 호흡도 아무 소용이 없었다. 죽은 것이다.

"아직 살아 있을지 몰라요. 빨리 병원으로 옮겨야 해요. 형자야, 형자 야!"

고정혜가 임형자의 가슴을 흔들며 울부짖었다. 그러나 입을 꼭 다문 채 달빛 아래 창백해진 그녀의 얼굴은 아무 응답이 없었다.

"이게 무슨 날벼락이야!"

"이럴 수가……."

다섯 사람은 모두 얼이 빠져 어떻게 할 줄 모르고 있었다.

"빨리 우리 형자를 살려야 해요."

울부짖던 고정혜가 무작정 임형자를 들쳐업으려고 애를 썼다.

그 모양을 보자 나머지 세 사람도 정신이 드는 것 같았다.

"내가 업을 테니 빨리 병원으로 가자."

박명철이 고정혜를 밀치고 축 늘어진 임형자를 들쳐업고 모래사장 위를 뛰기 시작했다.

나머지 네 사람도 달빛 그림자를 길게 늘어뜨리며 달려갔다.

그들은 모래사장 끝에 세워 둔 박명철의 차에 그녀를 집어넣은 뒤 급히 시동을 걸었다.

그들이 강릉 종합병원에 도착했을 때는 짧은 밤이 거의 밝아올 무렵이었다. 그러나 그들이 서둘러 밤길을 달려온 보람도 없었다. 임형자는 이미 숨이 끊어진 지 오래 되었다. 즐겁게 출발한 여섯 명의 바캉스는 비극 속에 중지되었다.

임형자의 시체를 병원 냉동실에 안치한 일행은 서울로 돌아오지도 못하고 경찰의 조사를 받아야만 했다. 공교롭게도 그곳에 출장을 와 있던 서울 시경의 추경감은 그 사건의 자문을 해주지 않을 수 없었다.

추경감은 전화로 시경의 양해를 구한 뒤 사건의 진상을 조사하기 시작했다.

"그것 참 이상한 일이군!"

추경감은 현지 경찰서 형사계에서 가져다 준 부검 보고서를 보며 고개를 갸웃거렸다.

임형자의 직접 사인은 질식사였다. 목언저리에 교살당한 흔적이 있었다. 누군가가 목을 죄어 죽였다는 뜻이다. 그렇다면 타살임이 틀림없다. 그러나 위 속에서 다량의 수면제 성분이 검출된 것이 의문을 자아내

게 했다. 쉽게 생각하면 누군가가 임형자에게 수면제를 먹여 잠들게
한 뒤 목을 졸라 죽였다고 할 수 있었다. 그 외에는 반항한 흔적이 전혀
없고 질에서는 O형 정액이 검출되었다. 그러나 강제로 성폭행을 당한
흔적이 없기 때문에 임형자가 피서지에 오기 전에 남자와 관계를 가졌
을 가능성이 컸다.

추경감은 일행 중 남자 세 명을 먼저 불러 이것 저것을 물어보았다.

"임형자씨와 허필씨는 같은 경리과에 근무하셨지요?"

추경감이 담배 한 대를 꺼내 물면서 굳은 표정의 허대리를 흘금흘금
보았다. 그러나 그 눈초리는 형사가 용의자를 보는 것 같지는 않고 마음
씨 좋은 아저씨가 이웃 젊은이에게 느긋한 눈길을 주는 것처럼 보였
다. 동안의 추경감은 항상 온화한 미소를 띄우고 있었다.

"예, 제가 직속 상관인 셈이지요."

"평소 임형자씨의 근무 태도는 어땠습니까?"

추경감이 다시 부드러운 목소리로 물었다.

"아주 충실한 편이었습니다."

"꼭 그런 것만도 아닌 것 같은데요. 2년 사이에 장부 처리 잘못으로
세번이나 징계를 받은 일이 있던데……."

추경감은 자기 수첩을 꺼내 보면서 말했다. 그는 서울 시경의 부하인
강형사에게 부탁해서 여기 있는 여섯 사람의 기초 조사를 해 가지고
있었던 것이다.

"그야 일을 하다가 보면……."

허필이 약간 당황했다.

"하긴 열심히 다니는 자동차가 교통 위반도 많이 하지요. 근데 허필씨
와 특별히 관련된 사건은 없는 것 같더군요."

추경감이 빙그레 웃었다.

"예! 물론입니다."

"두 가지만 더 묻겠습니다. 허필씨는 총각이신데 약혼자나 애인이 있나요? 이런 걸 물어서 미안합니다만······."

"어······없습니다!"

"그렇다면 지난 주 티파니에서 3백만원짜리 다이어 반지를 사셨던데, 그것은 무엇에 쓰려고 샀지요?"

추경감이 역시 빙그레 웃으며 말했다.

"예? 그게 그게······."

허필 대리는 뜻밖의 기습을 받고 당황하는 게 틀림없었다.

"그 반지는 어디에 쓰셨나요?"

"어머니 드릴려고······."

"아, 그래요? 혼자시군요. 돈은 월급을 저축해서 모으셨겠군요."

그 말에 허필은 대답을 하지 않았다.

"박명철씨는 임형자씨와 자주 데이트를 하셨나요?"

추경감의 공격의 화살이 이번에는 박명철을 겨누었다.

"한 직장에 있으니까 자연히······."

박명철이 침착하게 대답했다.

"서로 사랑하는 사이였나요?"

"그런 걸 꼭 대답해야 하나요?"

박명철은 조금도 흔들리지 않았다.

"뭐 꼭 대답하라는 것은 아닙니다. 지난 봄에는 두 사람이 같이 제주도에 가서 2박3일을 보낸 일이 있더군요. 사랑하는 사이가 아니라도 요즘 젊은이들 사이에는 얼마든지 있을 수 있는 이야기지요."

추경감은 약간 빈정대는 투로 말했다. 이어서 그는 배무종을 흘깃 쳐다보았다.

"저는 모릅니다."

배무종은 묻지도 않은 대답부터 했다. 그의 두 손이 부들부들 떨리고 있었다.

"배무종씨는 늘 임형자씨에게 핀잔이나 받았다면서요? 후후후."

추경감이 갑자기 어울리지 않게 한참 웃다가 다시 질문을 했다.

"그날 밤 배무종씨가 가게에 가서 아이스크림 다섯 개를 사 가지고 왔지요?"

"예?……예."

배무종이 한참 생각하다가 대답했다.

그날 밤, 저녁밥을 먹은 뒤 누군가가 아이스크림을 먹자는 제의를 했었다.

고정혜는 살찐다고 반대했기 때문에 배무종이 뛰어가 아이스크림 다섯 개를 사 가지고 왔다.

"예."

배무종이 그것이 큰 잘못인 것처럼 고개를 숙이며 말했다.

"사 가지고 와서 어떻게 했나요?"

"박대리에게 주었지요. 박대리가 이곳 저곳 앉아 있는 사람들에게 갈라 주었습니다."

"맞습니까?"

추경감이 박명철을 보고 물었다.

"예, 내가 갈라 준 것 같군요. 두 사람은 바닷가에 나가 있었고, 임형자는 텐트 안에 있었으며, 박계옥은……."

박명철이 기억을 더듬으며 말했다.

추경감은 세 남자에게는 더 이상 묻지 않고 내보냈다. 이번엔 고정혜와 박계옥이 들어왔다. 두 사람 다 울어서 눈이 퉁퉁 부어 있었다.

"고정혜씨는 임형자씨와 입사 동기지요?"

추경감이 물었다.

"계옥이와 함께 모두 동기예요."

"임형자씨에겐 남자 친구가 많았지요? 박명철씨 외에도…….."

"아녜요. 형자가 박대리를 좋아한 거지 박대리가 형자를 쫓아다닌
건 아니에요!"

고정혜가 갑자기 톤을 높이며 말했다. 추경감은 어리둥절해진 채 고정
혜의 얼굴을 물끄러미 바라보았다. 그녀가 갑자기 흥분한 이유를 찾으려
는 것 같았다.

"고정혜씨도 박대리와 친하잖아요?"

추경감이 나직하게 물었다. 그녀는 아무 대답도 하지 않았다.

"허필 대리는 낭비벽이 있는 편인가요?"

이번엔 박계옥을 보고 물었다.

"낭비벽이라기보다는……."

박계옥이 조심스럽게 말했다.

"허필씨가 가끔 회사돈을 겁 없이 써버리는 바람에 현금을 맡아 가지
고 있는 임형자씨나 박계옥씨가 난처한 일이 여러번 있었지요?"

"그건……."

박계옥이 무엇인가를 말하려다가 입을 다물었다.

"최근에 허필 대리가 3백만원짜리 다이아몬드 반지를 샀는데, 누구에
게 주었는지 혹시 모르세요?"

추경감이 불 켜지지 않는 지포 라이터를 다시 철거덕거렸다.

"예? 그런 일이 있었어요?"

놀란 것은 오히려 고정혜였다. 그녀는 이어서,

"그 반지 혹시 임형자씨 소지품 중에 없었나요?"

라고 말하고는 곧 후회하는 눈치였다.

추경감은 아무 말도 않고 창밖을 내다보며 한참 생각에 잠겨 있었다. 고정혜와 박계옥은 서로 마주 보며 쓸데없는 말을 하지 않았나 해서 불안해 하고 있었다.

"그날 밤……."

추경감이 갑자기 돌아서며 말했다.

"임형자씨가 혹시 잠이 오지 않는다고 수면제 같은 걸 먹은 일이 없었나요?"

두 여자는 고개를 갸웃하다가 대답했다.

"걔는 그런 것 먹지 않아요."

"그렇다면 누군가가 수면제를 먹게 했군."

추경감이 혼자 중얼거렸다.

임형자 피살 사건은 쉽게 해결되지 않았다. 서울 시경으로 복귀한 추경감은 그 뒤에도 그 사건에 매달려야만 했다.

"반장님, 찾았습니다, 찾았어요."

그러던 어느 날, 밖에 나갔던 강형사가 호들갑을 떨면서 시경 사무실로 뛰어 들어왔다.

"누가 숨바꼭질하나? 찾긴 뭘 찾았단 말야?"

방금 배달된 석간신문을 보고 있던 추경감은 눈도 돌리지 않고 핀잔부터 주었다. 저렇게 호들갑을 떨지만 결국 별볼일 없는 짓이나 하고 다닌다는 것을 그는 잘 알고 있었다.

"그게 아니구요. 허필 대리의 3백만원짜리 반지를 찾았단 말입니다."

"그래?"

그제야 추경감이 보던 신문을 놓고 강형사 쪽으로 얼굴을 돌렸다.

"어디서 찾았나?"

추경감은 강형사가 내놓는 조그만 비닐 봉지를 뜯어보며 말했다. 이것이 3백만원이나 할까 싶은 별로 훌품 없는 반지가 나왔다.

"임형자의 사무실 책상 서랍 속에서 나왔습니다."

"뭐야? 그럼 허필 대리가 자기 어머니에게 준 것이 아니라 임형자에게 주었군!"

추경감이 놀라 입을 벌린 채 강형사를 쳐다보았다.

"그뿐 아니라 허필인가 하필인가 하는 녀석 수상한 점이 많았습니다. 우선 그녀석 혈액형이 O형이고……."

"O형 혈액이야 박명철이나 배무종이나 마찬가지 아닌가?"

"아니죠. 배무종은 B형이었지요. 그러니까 임형자와 최근 관계를 맺은 것은 허필 아니면 박명철이지요."

"그런가? 그게 아닐 거야. 다시 알아봐."

"어쨌든 거기다가 바캉스를 가기 전날 밤 임형자가 허필의 차를 타고 같이 나가는 것을 본 사람이 있습니다."

"그게 누구야?"

"박계옥이 불었습니다. 둘이서 최근에 자주 만났고 무엇인가 문제가 생긴 것 같았다고 합니다."

"무슨 문제?"

"글쎄요. 그건 박계옥씨도 확실하게는 모르지만, 허필이가 공금을 유용하고 채워 넣지를 않자 임형자가 독촉을 한 것 같은 인상을 받았답니다."

"그럼 장부를 조사해 보면 알 것 아닌가?"

"글쎄 그게 쉬운 일이 아닙니다. 남의 회사 장부를 함부로 조사할 수도 없고, 그게 그렇게 쉽게 드러나는 일도 아니구요."

그것은 강형사의 말이 맞는 것 같았다.

"좋아, 그러면 허필 대리의 주변을 좀더 조사해 보라구."

추경감의 말이 떨어지기가 바쁘게 강형사는 다시 을지로에 있는 허필의 회사로 달려가 지하다방으로 허대리를 불러냈다.

"당신, 왜 거짓말한 거야?"

강형사는 그를 보자마자 화부터 냈다.

"이 반지, 당신이 임형자에게 준 거 아냐? 부인할 생각은 말아. 이 보증서를 보고 맞춘 점포에 가서 확인까지 했으니까 말이야."

허필은 얼굴이 하얗게 질렸다. 담배를 꺼내는 순간 가늘게 떨렸다.

"죄송합니다."

"왜 이것을 임형자에게 주었어요?"

그는 담배를 한 모금 빨아 마시고는 눈을 감고 가만히 있었다.

"당신, 회사 공금을 왕창 쓰고는 그것을 임형자가 알게 되니까 입을 막으려고 한 거지?"

강형사가 단도직입적으로 취조하듯 물었다. 그러나 그는 입을 꼭 다물고 아무 말도 하지 않았다.

"바캉스 가기 전날 밤 임형자씨를 차에 태우고 어딜 간 거요? 호텔로 데리고 가서 입을 열지 못하게 했지요?"

"예?"

그제야 그는 눈을 뜨고 강형사를 쳐다보았다.

"죽은 사람을 욕되게 하지 마십시오. 임형자씨는 그런 여자가 아닙니다. 그녀는 깨끗한 여자예요."

허필이 거품을 물면서 떠들었다.

"웃기지 말아요. 그럼 그날 밤에 어딜 갔단 말이요?"

"호텔에 가긴 갔지만, 스카이라운지에 가서 칵텔 한 잔씩 마시고 갔단 말입니다. 죽은 사람을 모욕하지 마시오. 임형자씨는……."

"거짓말하지 말아요. 임형자씨의 몸에서 당신 혈액형과 꼭 같은 O형의 정액이 채취되었단 말이요."

강형사가 빈정대듯이 말했다.

"예? 뭐라구요? 그건 말도 안 돼요."

허필은 놀라서 벌떡 일어서기까지 했다. 그 말에 상당히 충격을 받은 것이 틀림없었다.

"그럴 리가 없어요. 나는 혈액형이 B형입니다. 그녀는 개성이 강하고 주관이 뚜렷한 여자입니다. 그럴 리가 없어요. 저하고 금전 문제 때문에 다툰 건 사실이지만, 제가……."

"금전 문제로 다투었다고?"

강형사가 말꼬리를 잡고 늘어졌다.

"예, 다 알고 계시니까 숨기지 않겠어요. 장부와 시재 현금이 맞지 않아 문제가 생겼어요. 그래서 다투다가……."

"입을 막으려고 반지를 사다 준 것이구먼."

"그건 아닙니다. 내가 형자씨를 좋아했기 때문입니다. 그러나 형자씨는 나보다 박명철씨를 더 좋아했습니다."

"그래, 반지는 언제 주었어요?"

"반지를 주었지만 도로 돌려주더군요. 나는 그것을 다시 형자씨의 책상 서랍에 넣어두었지요."

"안녕하십니까?"

그때였다. 강형사를 보고 인사를 한 것은 한두번 만난 일이 있는 박명철 대리였다.

"여기 좀 앉아도 될까요?"

박명철은 마치 곤경에 처해 있는 허필 대리를 구해 주기라도 할 것처럼 싱글싱글 웃으며 옆자리에 앉았다.

"이거 반지 아냐? 야아, 값깨나 나가겠는데……."

박명철은 탁자 위의 반지를 들고 자기 손가락에 끼우려고 했다. 반지가 작아 무명지에는 들어가지 않았다. 그는 반지를 다시 왼손 새끼손가락에 끼어 보았다.

"예쁜데."

그가 왼손을 탁자 위에 얹었다. 그의 왼손 무명지에는 투박한 남자용 반지 하나가 끼워져 있었다.

"남자가 무슨 반지를 끼고 다녀요?"

강형사가 박대리의 반지를 만져보며 말했다.

"허대리도 반지 꼈어요?"

강형사가 묻자 그는 고개를 가로저으며 말했다.

"남자가 무슨 반지를 낍니까?"

강형사는 그제야 그들이 차 주문도 하지 않았던 것을 기억하고 레지를 불렀다.

커피잔의 따뜻한 촉감을 손바닥에 즐기며 강형사가 물었다.

"임형자는 드물게 보는 미인이고, 성격이 무던해서 많은 총각 사원들이 따라다녔죠. 누가 가장 가깝게 지냈나요?"

강형사는 두 사람의 얼굴을 번갈아 보면서 말했다. 그러나 그들은 대답하지 않았다.

"박명철씨와는 썩 가까운 사이였다죠? 허대리는 혼자 짝사랑했다고 하는 사람도 있고……."

"누가 그런 쓸데없는 말을 했습니까?"

허대리가 얼굴이 벌겋게 달아올랐다.

"저하고 가까운 건 사실입니다. 하지만 사원 사이의 우정이라고 할까."

"배무종씨와는 어떤 사이였나요?"

"뭐 특별히 가까운 건 아니구요."

"고정혜씨는 박명철씨를 짝사랑하는 것 아닌가요?"

강형사의 노골적인 질문에 박명철은 미소로 표정을 감추었다.

"고정혜씨 말을 들으면, 죽은 임형자가 박명철씨를 귀찮게 따라다녔다고 하던데……."

강형사가 넌지시 박명철의 표정을 살폈다.

"날 좋아하긴 했지요."

"그건 말도 안 돼. 박형이 그냥 꼬신 것에 불과해."

허필 대리가 갑자기 화를 냈다.

"박명철씨는 한때 임형자를 좋아해서 아내로 삼을 것처럼 했지요. 그래서 임형자는 모든 것을 다 바쳤는데, 최근에 갑자기 박명철씨의 마음이 고정혜씨에게로 옮겨가자 그녀는 그냥 물러서지 않겠다고 선언을 했지요."

강형사가 박대리를 똑바로 쳐다보며 말했다.

"각본 잘 쓰시는군요. 우린 이만 실례하겠어요."

박명철은 몹시 불쾌한 표정을 지으며 허필 대리와 함께 일어나서 차값을 내고는 나가 버렸다.

시경으로 돌아온 강형사는 상당한 성과를 얻었다고 생각했다. 그는 우선 임형자의 부검 서류를 다시 살펴보았다. 소량의 수면제가 위장에서 발견되었는데 그것은 사인이 되지 못했다. 목이 졸려 질식한 것이 직접 사인이었다. 목은 끈 같은 것이 아닌 사람의 손으로 졸린 것 같은 흔적이 뚜렷했다. 더구나 그 흔적 중에는 열쇠고리 같은 조그만 금속제로 눌린 것 같은 약 1센티 정도의 흔적이 남아 있었다. 목을 조를 때 손에 붙은 악세사리나 다른 물건이 닿은 흔적이었다.

"뭐 또 알아낸 것이 있나?"

추경감이 강형사의 어깨를 쳤다.

"예, 범인을 알아냈습니다. 범인은 아이스크림에 수면제를 넣어서 임형자에게 준 뒤 그녀가 잠들고 나면 죽이려고 기다렸습니다. 그런데 죽기 전에 잠든 것을 일행은 죽은 것으로 착각했던 것입니다. 텐트를 걷고 법석을 떠는 사이 범인은 임형자의 목을 졸랐던 것입니다."

"나도 그렇게 생각하고 있었어. 그런데 임형자에게 공박을 당하던 사람은 두 명인데…… 결정적 증거가……."

강형사가 무명지 손가락을 흔들어 보이며 웃었다.

M의 사냥

● 이수광

제천 출생
83년 중앙일보 신춘문예(소설) 당선
84년 삼성미술문화재단 제14회
도의문화저작상 수상(소설부문)
한국추리작가협회 회원
주요작품 :「바람이여 넋이여」
　　　　　「접동새」「달밤 이야기」
　　　　　「불가사리」(이상 단편소설)
　　　　　「악마찾기」「황야의 시」
　　　　　「금빛 육체의 여자」
　　　　　「그날은 아무도 모른다」
　　　　　「나는 안개 속으로 사라진다」
　　　　　「서울의 밤안개」(이상 장편소설)

M의 사냥

　나는 M이다. M은 영어로 풀어쓴 내 이름 스펠링의 첫번째 철자다. 그냥 M으로 기억해 주기 바란다.

　풀에서는 지금 여자 수영선수들의 다이빙 연습이 계속되고 있다.

　8월의 작열하는 태양 아래 구리빛으로 그을린 미끈한 몸뚱이들이 다이빙대 위에서 기운차게 도약하여 공중으로 날아올랐다가 몸을 잔뜩 구부려 한 바퀴 회전을 한 뒤, 다시 몸을 곧게 펴서 수직으로 낙하하여 풍덩 소리와 함께 물 속으로 잠수한다. 인어와 같은 동작이다.

　아직 어린 여자 선수들이라 뒤로 회전하여 다이빙을 하거나 몸을 비틀어 떨어지는 고난도의 묘기는 하지 못한다. 그래도 풍덩 하는 소리와 함께 물 속으로 떨어진 여자 선수가 물을 차고 수면으로 솟구쳐 떠오르는 동작은 아무리 보아도 한없이 아름답기만 하다.

　그리고 풀 사이드로 느릿느릿 헤엄쳐 가는 여자 선수, 콘크리트 바닥에 올라서서 두 손으로 얼굴의 물기를 훔치거나 고개를 뒤로 젖히고 머리를 뒤로 쓸어넘기는 유연한 몸짓, 그럴 때면 어김없이 수영복 밖으로 터져나올 듯이 팽팽하게 솟구치는 크고 둥근 가슴…… 나는 그 가슴을 볼 때마다 눈이 뒤집히는 듯한 기분을 느끼는 것이다.

　오늘도 여자 선수들은 오전에 3시간, 오후에 3시간을 풀에서 보내고 있다. 8월 내내 풀에서 살다시피 했으면서도 아침 저녁으로 선들바람이 부는 9월이 되어도 풀을 떠나지 못하는 것은 다가오는 가을 체육대회 때문일 것이다.

　어쨌거나 그것은 마땅한 소일거리가 없는 나에게는 즐거운 눈요기 거리가 아닐 수 없다.

　나는 오늘도 3시간에 걸쳐 Y여고 여자 수영선수들이 다이빙하는 모습을 지켜보았다.

　나는 그 중에 한 선수가 마음에 들었다. 아니, 한 선수를 나의 사냥 대상으로 점찍었다. 여기서 내가 점찍었다는 것은 살인 대상이라는 소리다. 적당한 시기가 오면 나는 그 여자 선수를 폭행(강간)하고 내가 지금까지 9번이나 저질러(매스컴에서 그렇게 표현하고 있다) 온 화성군 부녀자 연쇄살인사건처럼 목을 졸라(교살) 죽일 것이다.

　내가 그 여자 선수를 점찍어 놓고서도 아직까지 살해하지 않은 것은 기회가 없었기 때문이 아니라 어떻게 살해하느냐 하는 결정을 보지 못했기 때문이다. 매스컴식 표현을 빌리면 좀더 엽기적이고, 좀더 성도착적 취미를 살리는 방법을 고안해 내지 못했다는 뜻이다.

　나는 범죄에 관한 한 천재다. 특히 여자들을 성폭행하고 끔찍하게 살해하는 데 있어서는 귀재라고 불리어도 손색이 없다. 한니발 렉터('양들의 침묵'에 나오는 정신과 의사, 기묘하게도 그도 9명의 여자들을 살해하여 정신과 병동에 갇혀 있다가 탈출한다) 박사와 비교해도 나는 결코 기울지 않는다.

　나는 무엇보다도 현장에 증거를 남기지 않는다. 현장에 머리카락 한 올, 음모(陰毛) 한 가닥, 지문, 흉기 따위의 유류품을 전혀 남기지 않아

경찰을 당황하게 만들곤 했다.

내가 현장에 남긴 유일한 것은 정액뿐이다. 나는 그것조차 남기지 않을 수 있었으나 경찰의 수사하는 재미를 위해서 그것만은 남기기로 했던 것이다. 그런 까닭으로 '건국 이래 최대의 미스터리' '화성은 공포의 마을, 밤길이 두렵다'…… 따위의 제목으로 매스컴이 연일 북을 쳐도 경찰은 한 가닥 희망을 걸고 나를 잡기 위해 전전긍긍하고 있는 것이다.

경찰은 내 정액을 검출하여 혈액형이 B형이라는 것과 DNA지문(유전자) 패턴까지 조사를 해놓았다. 용의자가 나타나면 이 DNA지문 패턴과 대조하여 유력한 증거로 삼을 요량이다.

그러나 우리나라는 손가락 지문만 경찰청 컴퓨터에 입력되어 있기 때문에 이 DNA 지문으로 나를 검거할 수는 없다.

내가 첫번째 일으킨 사건은 할머니였다. 나중에 신문기사를 보고서야 알았지만 71세나 되는 노파였다.

'86년 9월 15일 나는 정남면 백이리 풀밭에서 그 노파를 만났고, 하의를 벗긴 뒤 폭행하고 교살했다. 나의 성도착증적인 취미는 미처 살릴 수 없었다. 처음이라 내가 당황했기 때문이다.

두번째는 25세의 처녀였다. 가을비가 추적추적 내리는 '86년 10월 16일.

나는 태안읍 진안2리 큰길에서 블라우스와 스커트를 입고 하이힐을 신은 그 여자를 만나 논으로 끌고 가 폭행하고 목을 졸라 죽인 뒤 하체를 칼로 난행했다. 나는 그때 처음 여자의 유부(乳部)를 난자하고 국부(局部)를 난행하였다. 나의 성도착증적인 취미가 처음으로 드러난 사건이었다.

나는 여자의 사체를 관개 농수로로 끌고 가 그 밑에 집어넣기까지

하였다. 물론 그것은 사체를 발견하지 못하게 하기 위해서가 아니었다. 나는 그 여자를 논바닥에서 폭행한 뒤 여자의 사체를 만지며 즐겼던 것이다.

세번째는 스물한 살의 처녀였다. 늘씬한 미인이었다. 약혼자를 만나고 돌아오는 길이라고 했다. 나는 그 여자를 '86년 12월 11일 정남면 관항리 마을 진입로에서 만났다.

나는 그 여자를 칼로 위협해 인적이 없는 들판으로 끌고 들어갔다. 겨울이었다. 눈은 내리지 않았으나 날씨가 포근했다.

나는 여자를 농수로의 둑 위에 눕히고 여자의 브래지어를 벗겨 손목을 묶었다. 그리고 여자의 스커트를 위로 들춘 다음 거들을 벗긴 뒤, 얇은 속옷으로 입에 재갈을 물렸다. 다음엔 여자의 거들을 얼굴에 뒤집어씌웠다.

여자란 참으로 야릇한 동물이다. 인적이 없는 어두컴컴한 밤에 칼을 들이대면 양처럼 순해지는 것이 여자였다. 오히려 내가 지시하기도 전에 옷을 벗기까지 했다. 나는 그런 여자들을 너무나 많이 보아 왔기 때문에 여자가 스스로 옷을 벗는 것을 경멸했다. 그런 여자들은 월남에서도 수없이 보았었다.

나는 파월 용사였다. 다낭·투이호아·캄란…… 월남전의 유명한 전투에 빠짐없이 참여해 혁혁한 전공을 세웠었다.

나는 지금도 월남의 정글과 월남 여자들이 쓰고 다니는 밀짚모자, 아오자이 차림의 월남 처녀들을 잊지 못한다. 특히 그 여자들의 납작한 가슴과 가무잡잡한 피부, 말라깽이처럼 가냘픈 허벅지가 눈에 생생하다.

우리는 베트콩 점령지역을 평정하면 여자 베트콩들을 전리품으로 취했다. 장교들은 사병들의 그런 행동을 탓하지 않았다. 오히려 사병들의 사기를 북돋우기 위해 권장하는 장교까지 있었다.

나는 월남에서 많은 여자들과 관계를 맺었다. 돈을 주고 여자를 산 일은 한 번도 없었다. 이따금 동료 전우의 정액이 여자의 가랑이에 촛농처럼 묻어 있는 상태에서도 관계를 했고, 어린 소녀와 관계를 하거나 노파에 가까운 나이 먹은 여자와 관계를 하기도 했었다. 그 여자들은 한결같이 두려운 눈빛으로 스스로 옷을 벗었다.

그러나 내가 엽기적이고 성도착증적인 기이한 취미에 길들여진 것은 월남 여자들 때문이 아니었다.

나는 월남에서 돌아와 제대한 후 몇 군데의 공장에 다니다가 종합병원 영안실에 취직했다. 모든 사람들이 알고 있다시피, 영안실은 장례를 치르는 곳이다. 늘 매캐하게 향 피우는 냄새가 진동을 하고 상제들의 곡하는 소리, 문상객들이 화투 치고 술 마시는 소리로 하루도 조용한 날이 없는 곳이다.

그러나 일반인들이 관심조차 귀울이지 않는 영안실 한쪽 구석의 냉동실(시체실)은 지극히 조용했다. 그곳은 모든 것이 물 속처럼 고요하게 가라앉아 있었다. 피안(彼岸)의 세계가 있다면 바로 그곳이 아닐까.

나는 그렇게 생각했다. 시체가 이승을 떠나기 전 마지막으로 머무는 그곳이 나의 직장이다.

나는 그곳에서 시체가 이승에서 입고 있던 옷을 벗기고 흰 광목천을 덮어 염(殮)을 할 때까지 냉동실에 보관한다. 교통사고를 당해 죽은 시신이나 칼이나 흉기로 살해당해 죽은 시신은 피까지 깨끗이 닦아준다.

외국에는 시체화장사라는 직업도 있으나 우리나라에서는 영안실 담당자가 하는 것이다. 가족들이라고 해도 일단 시체가 되면 접근을 꺼리는 것이 요즈음 젊은 사람들의 실정이었다.

처음엔 나도 시체 가까이 접근하는 것이 싫었다. 시체의 옷을 벗기고, 피를 닦고, 염을 하는 것이 몹시 싫었다. 나는 그런 직업을 갖게 된 내 자신의 운명이 저주스럽기까지 하였다.

그러나 그런 일들에 익숙해지기 시작할 무렵부터 나는 시체와 친숙하게 되었다. 따지고 보면 시체는 생명의 영성(靈性)이 사라진 인간일 뿐인 것이다.

어느 날 내가 근무하는 영안실에 젊은 부인의 시신이 하나 수술실에서 내려왔다. 식도(食道)에서 악성종양이 발견되어 의사들이 수술을 했으나 수술 도중 심장이 멎었던 것이다.

아름다운 여자였다. 목에서 유부 중간까지 수술하기 위해 절개를 했으나 다시 봉합하여 시체도 깨끗했다.

나는 냉동실 문을 걸어 잠그고 그녀의 옷을 모두 벗겼다. 그리고 수술할 때 그녀의 몸에 묻은 핏자국을 깨끗이 닦아냈다.

여자의 육체는 우유빛으로 하얬다. 나는 그렇게 아름다운 여체를 본일이 없었다. 도톰하게 솟아오른 가슴, 잘록하게 들어간 허리, 그 아래 풍만한 둔부의 선, 단전(丹田) 아래의 거웃과 삼각분기점의 여자의 비고(秘庫)……

나는 마른 침을 삼켰다. 여자의 나체를 자세히, 그리고 밝은 곳에서 속속들이 들여다보기는 처음이었다. 여자의 얼굴은 잠든 듯이 평화로워 보였다.

나는 여자의 가슴에 조심스럽게 손을 얹었다. 여자의 둥그스름한 가슴은 아직도 온기(溫氣)를 간직하고 있었다. 죽은 지 얼마 되지 않아 시반 현상이나 경직도 시작되지 않고 있었다.

나는 여자의 가슴을 어루만지다가 잘록한 허리와 허벅지로 손을 가져 갔다. 그곳도 아직까지 따뜻하고 부드러운 탄력이 느껴졌다.

나는 그렇게 하여 성도착증적인 취미가 생겼다.

내가 네번째 저지른 사건은 '86년 12월 12일, 세번째 사건을 일으킨 바로 다음날이었다.

나는 태안읍에서 시내 버스를 내려 1킬로미터 남짓 되는 안녕리까지 그 여자의 뒤를 밟아 따라가다가 농수로에서 살해하였다. 하의를 벗기고 역시 거들을 그녀의 얼굴에 씌워 놓은 채였다.

다섯번째는 '87년 1월 10일의 일이었다. 고등학교 졸업반인 그 여자가 반정리에서 내려 항구지천 냇둑을 따라 귀가하는 것을 냇둑에서 스타킹으로 목을 졸라 살해한 뒤 논바닥에 있던 짚덤불로 덮어놓았다.

그 여자의 시체는 이튿날 아침 발견되었다. 경찰이 시체를 부검했는데 정액 양성 반응이 나왔고 혈액형이 B형이라는 것이 밝혀졌다. 내가 그 사건에서도 현장에 남긴 유일한 단서는 그것뿐이었다.

여섯번째는 30대 주부였다. '87년 5월 2일이다. 초저녁부터 봄비가 세차게 내리고 있었다. 나는 11시 30분쯤 진안1리를 배회하다가 그 여자를 만났다. 여자는 우산 하나는 머리에 쓰고 하나는 손에 들고 있었다. 남편을 기다리고 있는 행색이었다.

나는 여자를 논둑으로 해서 근처 야산으로 끌고 갔다. 논둑길로 끌고 갈 때 그녀가 완강하게 버티어 어깨를 주먹으로 쳤다. 그때 그녀의 샌들이 벗겨졌다. 나는 여자의 샌들을 집어 써래질을 마친 논바닥으로 던졌다.

여자는 청바지와 블라우스, 그리고 그 속에는 티셔츠까지 입고 있었다. 나는 그 여자도 성폭행하고 교살(브래지어, 내의, 블라우스로 각각 3차례)했다. 팬티, 청바지는 다시 입혀 두었고 솔가지를 꺾어 사체를 덮었다. 이 사체는 1주일 후에야 발견되었다.

여섯번째는 다섯번째 사건을 저지른 지 거의 1년 반이 가까워졌을 때였다.

다섯번째 사건이 일어나자 매스컴이 나의 범죄행각을 대대적으로 보도하기 시작했고, 화성 경찰서장이 직위해제를 당하는 등 사태가 심상치 않게 돌아가고 있었기 때문이다.

경찰은 서울시경과 경기도경 산하 22개 경찰서에서 베테랑 형사들을 차출, 화성연쇄살인사건 수사본부에 투입하여 나를 쫓게 했던 것이다.

그리고 화성군 일대에 나를 색출하기 위한 대대적인 호구조사가 실시되었다. 저인망식 수사였다.

나는 몸을 사릴 수밖에 없었다. 경찰과 매스컴이 잠잠해질 때까지 기다려야 했다.

나는 영안실 업무에 충실했다. 영안실에는 점점 많은 시체가 밀려들어왔다. 어느 때는 냉동실에 있는 락카 16개가 모두 찰 때도 있었다. 시체도 각양각색이었다. 늙은 노인의 시체에서부터 어린아이들, 병으로 죽은 시체, 교통사고로 죽은 시체, 강도에게 강간당하고 죽은 시체 등등…….

나는 이 시체들을 매일같이 대하면서 시체에 대해 무감각해졌다. 어떤 사람들은 시체가 몹시 더럽다고 하였으나 그것은 시체의 부패가 진행되고 나서의 일이지 영안실로 옮겨진 상태에서는 살아 있는 사람이나 다름없이 깨끗하였다.

나는 이 시체들을 좋아했다. 특히 생전에 시체가 입었던 옷을 벗기고 깨끗하게 닦아놓았을 때의 여자 시체를 좋아했다.

경찰은 나의 이런 사이코적인 심리를 모르고 있었다. 경찰은 단순하게 나를 살인마로 몰아 나를 검거하려고만 하고 있었다. 물론 나는 내가 살인마라는 사실을 부정하지는 않겠다. 일반적인 사회적 통념으로 사람을 많이 죽이면 살인마 또는 살인귀라는 말을 듣게 되는 것이다. 내가 만약에 경찰에 체포(그것이 언제인지 알 수 없다. 어쩌면 나는 영원히 체포되지 않을지도 모른다)되어 그런 소리를 들어도 후회하지 않을 것이다.

경찰은 나의 범죄 심리, 일종의 범죄 동기는 전혀 파악하지 못하고 있었다. 한니발 렉터 박사는 FBI 여자 수사관 클라리스에게 연쇄살인범의 범죄 심리를 매우 간략하게 설명하고 있다. 일테면 연쇄살인범이 첫번째 사건의 주변 인물이라든지, 범인이 살고 있는 지역이 첫번째 또는 두번째 살인사건 피해자 근처에 살고 있다는 지적이 바로 그것이다.

범인은 경찰의 수사를 따돌리기 위해 처음엔 자신이 살고 있는 집 근처에서 살인을 저질렀으나 나중엔 먼 거리에서 살인을 하게 되었던 것이다. 경찰의 수사 범위가 확대되게 만든 교활한 수법이었다.

또 하나는 범죄 행각이다. 경찰은 범죄의 상태를 보고서 범인의 직업을 찾아내야 하는 것이다. 피살자가 예리한 흉기에 의해 살해되었다면 그 흉기를 사용하는 목공소, 도축장, 이발소 따위의 직업을 갖고 있는 사람이 수사선상에 올라야 하는 것이다.

화성연쇄살인사건처럼 시체를 희롱한 사건이라면 시체를 자주 만지는 사람이 수사 대상에 올라야 한다.

나는 일곱번째 사건에서 시체를 희롱했다. 입에 양말 짝으로 재갈을 물리고 블라우스로 목을 졸랐다. 양손은 뒤로 묶었다.

나는 여자의 체외에 사정을 했다. 여자의 목을 조른 블라우스에 사정을 한 뒤 내가 신고 있던 양말로 닦았다. 아마 경찰은 냄새 나는 이 양말 짝에서 정액을 검출했을 것이다. 그리고 국부에 복숭아 살점 3개를 넣어두었다. 부검하는 의사들은 그것이 무엇인지 알아내기 위해 한동안 골머리를 앓았을 것이다. 복숭아는 그 여자가 버스에서 내릴 때 갖고 있던 것이었다.

해가 설핏이 기울기 시작했다. 여자 수영선수들은 이제 다이빙 연습을 마치고 체육실로 돌아가고 있다.

나는 담배를 꺼내 물고 불을 붙여 연기를 폐부 깊숙이 빨아들였다가 내뱉었다. 하루의 고된 연습을 마치고 플라타너스 그늘을 따라 학교의 체육실로 돌아가는 학생들의 뒷모습에서 나는 또다시 형언할 수 없는 살의를 느꼈다. 나의 살의는 이제 완전히 병적이다. 내 자신도 내가 병적인 상태에 있다는 것을 잘 알고 있다.

영안실 근무를 하면서 수없이 시체의 옷을 벗기고, 시체에 묻은 피를 닦고, 염을 하기 위해 시체를 만지면서 내가 얻은 신종 직업병이었다.

내가 연쇄살인을 저지르면서, 피살자의 얼굴에 거들 따위의 여자들 속옷을 뒤집어씌워 놓거나, 스타킹이나 블라우스로 목을 조르고, 양손을 묶고, 입에 팬티 따위로 재갈을 물리는 것은 영안실에서 시체를 만지면서 느낀 충동을 그대로 시험해 보는 것에 지나지 않는 것이다.

나는 영안실에서 그런 충동을 자주 느꼈다. 병원에서 영안실로 내려온 여자의 시체에서 한겹 한겹 옷을 벗기며 아무 감정을 느끼지 않는다면 오히려 이상할 것이다.

이내 풀이 깨끗하게 비었다. 조금 전까지 인어처럼 다이빙을 하고, 잠수했다가 수면으로 솟구쳐 떠올라 풀 사이드로 헤엄쳐 가곤 하던 여자 수영선수들의 흔적은 어디에도 남아 있지 않았다. 죽음도 그런 것이 아닐까. 존재했다가 사라지면 그림자처럼 흔적도 남지 않는……

나는 방을 나왔다. 이제 나는 내가 점찍은 그 여자 수영선수가 하교하는 길목에서 기다릴 것이다. 나는 그 여학생의 이름도 모른다. 그러나 약간 갸름하고 투명한 얼굴, 검은 눈썹, 크고 서글서글한 눈, 봉긋한 입술까지 세세히 기억하고 있다.

키는 약간 큰 편이다. 떡 벌어진 가슴팍에 두 개의 유방이 과육처럼 탐스럽게 열려 있다. 고교생으로서는 드물다고 할 만큼 크고 둥근 가슴 이다.

허리는 잘록하고, 둔부는 매일같이 운동을 한 탓에 풍만하게 발달해 있다. 다리는 곧게 뻗어 있다.

나는 학교 앞으로 걸어갔다. 해가 기울고 있는 학교 앞은 보충 수업을 마치고 돌아가는 학생들로 왁자했다.

나는 학교 앞 슈퍼마켓에서 담배 한 갑을 샀다. 수영선수들은 체육실 에서 옷을 갈아입은 뒤 하교할 것이다. 나는 담배를 피워 물었다. 학교 앞 큰길은 오늘도 왕래하는 행인이 많았다. 내가 슈퍼마켓에서 담배를 사고 그것을 피우면서 우두커니 서 있는다고 해도 아무도 나를 수상하 게 여기지 않을 것이다.

이내 한떼의 수영선수들이 교문으로 쏟아져 나오기 시작했다. 그녀들 은 책가방 대신 운동복이 담긴 숄더 백을 어깨에 둘러메고 있었다. 모두 사복을 입고 있어서 얼핏 보면 고등학생들 같지 않았다.

내가 기다리고 있는 여학생은 하얀 면티셔츠에 까만 반바지를 입고 있었다. 요즈음 유행하는 하단이 유난히 넓은 바지였다.

탄력 있는 몸매에 살결은 우유빛으로 희었고, 한 쌍의 까만 눈동자는 보석처럼 반짝이고 있었다. 고등학생치고는 조숙한 몸매였다.

(나의 요정!)

나는 입술이 바짝바짝 마르는 기분이 들었다. 얼핏 그 여학생과 시선 이 마주치자 나도 모르게 얼굴이 화끈거리고 하체로 짜릿한 전율이 번져 왔다.

그녀들은 교문 앞에 둘러서서 한동안 재잘거렸다. 무엇인가 의견이

맞지 않는지 뾰죽한 외침이 들리고 이어서 깔깔대는 웃음소리가 들렸
다.

나는 담배연기를 다시 한 번 깊숙이 빨아들였다가 내뱉었다. 그녀들이
걷기 시작했다. 나는 내가 찍어둔 학생을 쳐다보았다.

그녀들은 내 쪽으로 걸어오고 있었다. 나는 시선을 돌려 서쪽 하늘을
쳐다보았다. 그 많은 학생들에게 내 얼굴을 또렷하게 각인시켜 줄 필요
는 없었다.

어스레한 황혼이 꺼져 가는 서쪽 하늘은 구름 한 점 없이 맑았다.
이제 곧 밤이 올 것이다. 어둡고 축축한 바람이 골목을 휘돌아 불어오고
있었다.

나는 서늘한 가을 바람이 내 뺨을 부드럽게 간지르는 것을 느꼈다.
서쪽 하늘엔 노오란 별이 하나 떠서 반짝거리고 있었다.

문득 내 코 끝에 향긋한 살냄새가 풍겨 왔다. 나는 반사적으로 고개를
돌렸다. 학생들이 내 옆을 지나가고 있었다.

나는 그 여학생을 쳐다보았다. 내 시선을 의식한 그 여학생도 나를
쳐다보았다. 나는 가슴이 찌르르 울렸다. 호수처럼 맑은 눈이었다. 그
깊고 투명한 눈이 나를 빨아들이는 것 같았다.

하마터면 나는 나 자신도 모르게 그 여학생을 향해 다가설 뻔했다.
내가 순간적으로 정신을 차리지 않았으면 나는 대로상에서 수많은 사람
들이 지켜보는 가운데 살인을 저질렀을 것이다. 나는 등줄기로 식은
땀이 흘렀다.

그 여학생은 징그러운 벌레를 떼어버리듯 내 시선을 튕겨버리고 동무
들과 어울려 슈퍼마켓 바로 옆에 있는 분식집으로 몰려 들어갔다.

나는 황급히 그 자리를 떠났다. 손바닥에서 끈적거리고 땀이 배어났
다.

나는 언젠가 광기가 폭발하여 대로상에서 살인을 하게 될지도 모른다는 불길한 예감을 느꼈다. 광기는 내 안에서 불길처럼 일어나고 있었다. 살인을 하게 되면 할수록 잔인한 광기가 꿈틀거리곤 하였다.

나는 때때로, 나의 이러한 광기가 월남전 근무 경험이나 영안실 근무와는 하등의 상관이 없을지도 모른다는 생각을 했다.

내 핏속에는 태어날 때부터 광기가 흐르고 있었던 것이 아닐까. 내가 시체를 희롱하고 살인을 하게 된 그 이면에는 나도 어쩔 수 없는 악마적 광기가 있기 때문이 아닐까. 나는 그런 생각을 했다.

내가 가장 최근에 저지른 사건은 나의 이런 광기가 얼마나 잔혹하게 폭발했는지 여실하게 증명하고 있었다. 나는 거의 내 자신도 의식하지 못하고 14세의 어린 소녀를 잔인하게 살해했던 것이다.

그것은 '90년 11월 15일의 일이었다. 나는 학교에서 돌아오는 그 소녀를 태안읍 병점5리 석재공장 뒤에서 위협해 야산으로 끌고 올라갔다. 5시 30분쯤의 일이었다. 눈이 올 것처럼 날씨가 우중충해 그때쯤 이미 사방은 칠흑처럼 어두웠다. 겨울이라 해가 유난히 짧았다.

나는 그 소녀가 신고 있던 검정색 스타킹으로 두 손과 발을 묶고, 스타킹과 찢어진 블라우스로 목을 졸랐다. 그리고 연필 깎는 칼로 가슴을 난자했던 것이다.

시체는 그녀가 입고 있던 외투로 덮은 뒤 솔가지와 억새풀을 뜯어 덮었다.

이 시체는 다음날 아침 그 소녀의 삼촌에 의해 발견되었다.

나는 이 사실을 신문을 보고 안 뒤 나도 모르게 손으로 가슴을 쓸었다. 소녀의 집에서는 밤 8시 50분이 되어도 소녀가 집에 돌아오지 않자 화성경찰서와 태안지서에 가출인 신고를 한 뒤 그 일대를 뒤지다가 아침에 사체를 발견했다는 것이다.

만약에 소녀의 집에서 조금 더 일찍 가출인 신고를 했고, 태안지서의
화성연쇄살인 수사본부가 즉각 대대적인 인원을 동원해 수색했더라면,
나는 꼼짝 없이 걸려들었을 것이기 때문이었다.

나는 그때 8시까지 야산에서 소녀의 가방을 뒤지고, 교복을 찢고,
솔가지로 소녀의 시체를 덮다가 내려왔던 것이다. 경찰이 한 시간만
일찍 출동했더라면 세상을 공포에 떨게 했던 화성연쇄살인사건의 범인
인 나는 마침내 검거되었을 것이다.

이 사건은 세인들의 비상한 관심을 끌어모았다. 어린 소녀에 대한
범행이 엽기적인 탓도 있었으나 소녀의 몸에 숟가락을 꽂았다는——이
이야기는 신문에 보도되지 않았다. 그러나 입에서 입으로 전해져 모르는
사람이 없게 되었다. 소녀의 몸 어디에 숟가락을 꽂았는지는 새삼스럽게
얘기하지 않겠다——얘기 때문에 더욱 커다란 화제가 되었다.

경찰은 나를 검거하기 위해 회 '군 일대에 물샐 틈 없는 수사망을
폈다. 그러나 나는 아직까지 검거되지 않았다. 나는 이번에도 현장에
아무 증거를 남기지 않았다. 내가 현장에 남긴 유일한 단서는 체외에
사정을 하여 소녀의 블라우스에 묻어 있는 정액뿐이었다.

밤이 왔다. 나는 담배를 발 밑에 비벼 껐다. 이제는 분식집으로 들어
갔던 여학생이 돌아올 시간이다.

나는 오늘 그 학생을 열한번째 제물로 삼기로 결심했다. 이번엔 실종
신고가 접수되면 경찰이 즉각 출동할 것이 분명하므로 가능한 빠른
시간 내에 유희(遊戲)를 끝내기로 했다.

나는 논둑에 걸터앉았다. 한낮의 따가운 볕에 낟알이 영글기 시작한
논바닥에서 풀벌레 우는 소리가 들렸다. 이젠 완연한 가을이다. 달빛이
푸른 하늘에 뿌옇게 흐르고 있었다. 한가위가 얼마나 남았을까. 달은
이지러진 상현달이었다.

농로는 어두웠다. 인적은 말짱하게 끊어져 있었다. 낮에도 인적이 뜸한 이 길은 밤이 되면 사람의 그림자도 찾아볼 수 없었다.

마침내 농로에 사람의 그림자가 나타났다. 나는 시계를 보았다. 6시 10분이었다.

그림자는 성큼성큼 걸어오고 있었다. 남자인가 했으나 그 여학생이었다. 나는 논둑에서 천천히 몸을 일으켰다.

여학생이 우뚝 걸음을 멈췄다. 논둑에서 걸어 나오는 나를 발견한 것이다. 나는 여학생 앞으로 가까이 다가섰다. 어둠 속이었지만 여학생이 바짝 긴장했다가 내가 입은 옷을 보고 안심하는 것을 뚜렷이 느낄 수 있었다.

"왜 이런 밤길을 혼자 다녀?"

짐짓 나는 여학생을 야단치는 척했다. 화성군에서 여자들은 밤길을 혼자 다니는 것을 금기시하고 있었다. 귀가가 늦어지면 전화로 가족을 불러 마중을 나오게 하거나 무리를 지어 다녔다. 혼자 밤길을 가는 행위는 연쇄살인범에게 나를 죽여 달라고 부탁하는 것이나 다름없는 일인 것이다.

"학교에서 늦게 끝났어요."

여학생이 웃으며 대답했다. 여학생의 몸에서 향긋한 살냄새가 풍겨왔다. 나는 또다시 가슴이 찌르르 울리는 듯한 기분이 들었다.

"가족이 마중을 나오지 않아?"

"아빠 엄마가 관광을 떠났어요."

"무섭지 않아?"

"그래서 빨리 오려고 했는데……."

"내가 바래다 줄까?"

"아저씨 바쁘지 않으세요?"

"바빠도 도와줘야지. 이 옷은 괜히 입고 있는 줄 알아? 이 옷은 민중
의 지팡이가 입고 있는 옷이야."

"고마워요, 아저씨."

여학생이 깡총거리고 뛰면서 내 팔에 매달렸다. 내가 입고 있는 경찰
관 제복이 붙임성 좋은 이 여학생으로 하여금 완전히 나를 믿게 한 모양
이었다.

그렇게 해서 화성연쇄살인사건의 범인인 나와 열한번째의 희생자로
선택받은 그 여학생은 나란히 밤길을 걷게 되었다.

내일이면 세상이 다시 한 번 발칵 뒤집힐 것이다.

죽음의 큐피드

● 이승영

강원도 화천 출생
제2회 金來成推理文學賞
(미스 코리아 살인사건)으로 문단에 데뷔
한국추리작가협회 회원
주요작품 : 「횡재하던 날」
　　　　　「속화성연쇄살인사건」
　　　　　「살인 배달」(이상 단편)
　　　　　「코리언 시리즈 살인사건」(장편)

죽음의 큐피드

1

실연을 당한 겨울 속의 눈동자는 분노로 불타고 있었다. 불륜의 현장을 확인하고 귀가한 붉은 동공은 질투와 배신감에 태양처럼 이글거리고 있었다.

춘희는 경대 서랍에서 가위를 꺼내 5년 동안 고이 길러온 생머리를 냉면발 자르듯이 싹둑싹둑 자르기 시작했다. 종이가 잘려나가듯 어깨까지 길게 늘어져 있던 머리칼이 허연 목에서 툭툭 떨어져 나갔다.

"남자들은 다 똑같애……."

춘희는 계속 가위질을 해댔다. 가위는 어느새 벌초를 하듯 머리 위에서 마찰을 일으키고 있었다.

"군인 머리처럼 짧게 자르고 화장을 지워 버리면 나를 몰라볼 거야……."

춘희는 내일 해가 뜨면 이발소에 가서 까치집 같은 머리를 다듬기로 마음 먹고 책상 서랍을 열고 앨범을 꺼냈다. 앨범 속에서 두 남자의 사진을 꺼내 춘희는 머리를 잘랐던 가위로 한 장의 사진을 마구 오리기 시작했다. 1년 전에 자신을 버리고 다른 파트너와 불륜 관계를 맺었던 홍원비 대학교수의 학구적인 얼굴이 괴물처럼 흉칙한 몰골로 변해 가고 있었다. 귀가 떨어져 나가고 턱이 잘려져 나가고 코마저 베어지고 있었다. 춘희는 홍교수의 얼굴이 수십개 조각으로 사라지자 다음에는 인기 탤런트 정현조의 목에 가위를 들이댔다.

춘희는 5년 전에 시골에서 상경하여 낙원동의 한 고급 술집에서 일해 오고 있었다. 춘희는 그 5년 동안 '불야화'에서 여배우 뺨치는 미모와 미스 코리아를 능가하는 늘씬한 몸매로 남자 손님들을 매료시켰다. 거기다가 춘희의 목소리는 성교시의 비음처럼 간드러져서 그녀를 한번 본 사내들은 그 즉시로 마마와 같은 열병을 앓곤 했다.

그런 춘희가 2년 전에는 철학교수인 홍원비 교수와 깊은 사랑에 빠지게 되었다. 칸막이 룸에서 홍교수는 짙게 화장한 춘희의 뿌연 얼굴과 미니스커트 속에 감춰진 허벅지를 흥분한 눈빛으로 훑어보면서, 인생은 사막 밑에 흐르는 시퍼런 물 속에서 개헤엄을 치는 것이고 여자는 마리화나의 연기 같은 존재라고 하면서 아담만의 뜨거운 사랑을 한번 해보자며 개똥철학으로 춘희를 유혹하는 것이었다.

춘희는 홍교수의 그런 난해한 유식의 매력에 쉽게 빠져들었다. 그날 이후부터 춘희는 홍교수에게 모든 것을 바쳤다. 마음의 문과 육체의 문을 활짝 열어서 그의 충실한 파트너가 되어 주었다. 그랬는데 어느 날부턴가 자신을 찾는 회수가 줄어들더니 불야화의 세컨드인 국화하고 놀아나는 것이었다. 국화에게도 인생은 개헤엄이고 여자는 마리화나의 연기 같은 존재라고 하면서 똑같은 수법으로 유혹해서는 춘희가 보는 앞에서 애무 행위를 벌이는 것이었다.

그날 밤, 춘희는 첫사랑의 실연으로 자살과 살의 사이를 왕복하면서

뜬눈으로 배신의 분노를 잠재워야만 했다. 그런데 두번째로 사랑하게 된 탤런트 정현조도 1년 동안 춘희를 노리개감으로 삼으면서 야욕을 채우더니 홍교수와 마찬가지로 춘희가 보는 앞에서 영계인 매화하고 팔짱을 끼고 인근 여관으로 직행하는 것이었다. 춘희가 입술을 파르르 떨면서 뒤를 미행해서 투숙한 방문에 귀를 갖다 대는 순간, 안에서는 여관이 떠나갈 듯한 정사가 격렬하게 시작되는 것이었다.

"남자들은 너나 할 것 없이 죄다 짐승이야……."

춘희는 루즈 칠한 입술을 화장지로 지우고는 메마른 입술을 지그시 깨물었다. 춘희는 속옷을 모두 벗고 옷장에서 남자 팬티와 런닝셔츠를 입은 다음 거울 앞에 서서 양복을 걸쳤다. 영락없는 남자였다.

"이만하면 감쪽 같아. 이 모습을 보고 내가 불야화의 춘희였다는 걸 눈치챌 사람은 아무도 없어."

춘희는 희미하게 미소를 지으면서 1년 동안 결코 잊을 수 없었던 홍교수의 자택 전화를 눌렀다. 신호음이 가고 있었다. 홍교수의 부인이 전화를 받았다.

"안녕하십니까. 저는 홍원비 교수님의 제자인데 레포트 문제로 긴히 상의드릴 게 있어서 이렇게 밤 늦게 전화드렸습니다. 교수님 좀 바꿔 주시겠습니까?"

패기 있고 정중한 청년의 음성에 교수 부인은 별 제지 없이 홍교수를 바꿔 주었다. 홍교수의 바리톤 음성이 들려오자 춘희는 얼른 비음섞인 여자 목소리로 변색했다.

"교수님, 저 춘희예요. 외로워요. 내일 꼭 뵙고 싶어요……."

홍교수는 부인을 의식한 듯 낮은 음성으로 귀찮게 왜 이러느냐고 한 마디 하면서 헛기침을 하고 있었다.

"교수님, 내일 밤 아홉시에 S호텔 커피숍에서 기다리고 있겠어요."

홍교수로부터 약속을 얻어내고서야 수화기를 내려놓은 춘희는 싸늘하
게 미소지으면서 침대 밑에서 기타 가방을 꺼냈다. 그 안에는 기타 대신
석궁 한 자루와 쇠화살 다섯 개가 들어 있었다. 춘희는 소총같이 생긴
석궁을 꺼내 방아쇠에 손가락을 걸어보면서 입술을 꼭 다물었다.

춘희는 머리와 사진을 오렸던 가위를 들고 종이를 오려서 하트를
만들기 시작했다.

2

서울시경 특수수사과의 장과장과 윤주희 형사 그리고 남동현 형사가
살인사건이 발생한 S호텔에 도착한 시각은 정오가 훨씬 지난 1시경이었
다.

홍원비 교수는 803호 욕실 바닥에 나체인 채로 심장에 두 발의 쇠화
살을 맞고 대자로 누워 숨겨 있었다. 그런데 기이하게도 두 개의 쇠화살
중간에는 하트 모양의 종이가 실로 묶여져 있었다.

세 수사관은 즉각 초동수사에 들어갔다. 8층 룸메이드에 의하면, 전날
밤 10시에 체크인해서 정오가 되도록 체크아웃을 하지 않아 프런트에서
803호에 여러번 전화를 넣었지만 계속 받지를 않으므로 자신이 벨맨과
함께 비상 키로 문을 열고 안으로 들어와 보니 끔찍하게도 욕실 바닥에
한 남자가 죽어 있더라는 것이다.

"같이 투숙한 사람은 있었나요?"

윤주희 형사는 시체를 외면하면서 친절이 몸에 밴 룸메이드에게 질문
을 했다.

"네, 20대 중반쯤 되어 보이는 청년이었는데, 그 청년이 803호를 예약
했었습니다. 헤어 스타일은 스포츠 머리를 하고 있었고 키는 175쯤

되어 보였습니다. 그리고 기타 가방을 어깨에 걸치고 있었습니다."

오랜 시간에 걸쳐 초동수사를 끝마친 세 수사관은 호텔 커피숍에 모여 앉아 홍교수의 죽음에 대한 서로의 의견을 개진해 보았다.

"살해 무기가 석궁이라는 사실이 좀 특이하군. 하트가 화살 중간에 묶여 있었다는 것을 포함해서 말이야. 남형사, 어때? 잘 풀릴 것 같아?"

장과장은 수개월 사이에 어려운 살인사건을 연속적으로 해결해내신 같은 믿음을 주고 있는 부하 형사를 보면서 그의 의견을 들어보고 싶어했다. 아이큐가 142인 그는 시경에서도 천재 형사라는 소리를 듣는 수사의 귀재였다. 상관의 기대에 부응이라도 하려는 듯 남형사는 자신에 찬 음성으로 석궁에 대한 해박한 지식부터 쏟아내었다.

"과장님, 석궁은 초보자도 10분이면 사용이 가능할 정도로 조작 방법이 쉽고 적중률이 매우 높습니다. 뛰어난 스피드가 큰 매력이지요. 바람을 가르는 소리가 환상적으로 들릴 만큼 목표에 일직선으로 순식간에 꽂혀 들어가지요. 그만큼 살상력이 매우 높습니다. 그런데 현재 우리나라에서는 그 위력에 비해 총과 달리 신고하거나 허가받을 필요가 없어 사격용과 사냥, 낚시 등 사냥용품으로 널리 애용되고 있는 실정입니다. 헌데, 현재 사용되고 있는 석궁은 국궁의 정확성과 사격의 짜릿함을 결합시킨 형태로 전통 국궁의 활 대신 총의 방아쇠를 사용하고 총의 총알 대신 길이 35센티미터, 무게 2킬로그램의 쇠화살을 사용하고 있습니다. 국궁의 사격권이 150미터 내외인데 반해 석궁은 그 사격권이 2백 미터에 이릅니다. 그만큼 살상력이 높다는 뜻입니다."

"음, 그래, 그럼 석궁의 크기나 형태는 어떻지?"

장과장은 온화한 미소를 지으며 남형사를 보았다.

"비교하기 쉽게 말씀드린다면, 과거에 군인들이 사용했던 칼빈보다 길이가 약간 짧아요. 기타 케이스에 넣을 수 있을 정도로 약간 작습니다."

"거 참, 그러면 석궁을 사용한 범인이 누구인가를 등록 자료로써 알아내는 건 불가능하겠군. 신고하거나 당국에 허가받을 필요가 없는 석궁이니까 말이야."

"안타깝게도 그렇습니다. 그런데 사건 현장과 하트를 연상해 보면 매우 부조화스럽다는 느낌이 강하게 듭니다."

"무슨 말뜻인가?"

"홍교수는 어째서 나체인 상태로 살해당했을까요? 욕실에서 살해당했으니까 샤워를 하다가 최후를 맞이했다고 정의내릴 수 있지만, 그 시간에 함께 있었던 사람은 여자가 아니라 청년이었습니다. 특이한 것은 청년은 살인 후에 의도적으로 쇠화살에 하트를 묶어놓았습니다. 과장님, 범인은 쇠화살에 하트를 묶어놓음으로써 하나의 그림을 연출해냈습니다."

그의 말에 장과장과 윤형사는 고개를 갸웃거리고 있었다.

"범인은 큐피드를 의도적으로 만들어놓았던 겁니다."

"오, 정말 그렇구만."

장과장과 윤형사는 남형사의 날카로운 관찰력에 감탄하고 있었다.

"현장을 보면 살인 동기가 치정이나 원한에 의한 계획된 살인인 것 같은데, 막상 범인의 성별을 보면 하트와는 거리가 먼 남성인 것입니다. 다시 말씀드려서 청년이 홍교수를 살해한 동기가 불분명해진다는 사실입니다. 범인이 홍교수에게 큐피드를 만들어놓은 의도는 대략 세 가지로 분류되어집니다. 첫째는 홍교수에 의해 유린당했을지도 모를 자기 애인이나 누이동생 등의 복수를 위해서고, 두번째는 경찰의 수사에 혼란을 주기 위해 고의적으로 하트를 묶어놓았을 수도 있고, 마지막 세번째는 범인은 남자가 아닌 남장을 한 여성일 가능성이 있습니다."

남형사는 갈증이 나는지 노란 쥬스잔을 들어 쭉 들이켰다.

"음, 그럴 수도 있겠군. 청년이 남장한 여자였다면 홍교수가 호텔에 투숙해서 샤워를 한 행위도 자연스럽게 설명이 되는구만."

장과장은 일리 있는 가설이라는 듯 고개를 크게 끄덕였다.

"그치만 남형사, 여자가 무엇 때문에 남장을 해야만 했을까? 타인의 눈을 의식해야만 되는 불륜의 관계였다고 해도 마찬가지야. 뭣 때문에 그렇게 거추장스럽게 하고 서로 만나? 모자와 선글라스로 얼굴을 가리면 간단한 일 가지고 말이야. 홍교수는 그렇게 남장한 여자가 뭐가 좋아서 샤워를 하고 있고."

윤형사가 의문을 제기했다.

"윤형사, 우리가 지금 출발점에 서 있는 거지 결승점에 골인해서 테이프를 휘감고 있는 건 아니잖아. 그런 의문은 수사 과정에서 밝혀내면 되잖아."

남형사는 별걸 다 따진다는 듯한 눈빛으로 대꾸했다.

"어허, 윤형사, 남형사 말이 다 맞아. 윤형사는 가만히 있어."

장과장은 남형사를 믿음직스런 얼굴로 보면서 윤형사를 찬밥 취급했다. 그러자 윤형사는 입술을 삐죽 내밀면서 서운해 하고 있었다. 그러고 보니 최근 들어서 장과장과 남형사의 사이는 직속 상관과 부하의 관계가 아니라 가깝고 허물없는 사이로 그녀의 눈에 비춰지고 있었다. 툭하면 둘만 어울려 다니면서 소주를 마시고 같이 노래를 부르지 않나, 도대체가 위계 질서가 없었다. 남형사가 천재성을 발휘해서 미궁에 빠질 뻔한 살인사건을 여러번 해결하고 난 뒤부터 급속도로 가까워진 두

사람이었지만, 날이 갈수록 그 친밀감은 더욱 그녀의 눈에 띄었다. 사석
에서 술이 머리 끝까지 차 오르면, "난 남형사 없으면 외로워서 못 살
아."하고 장과장이 혀 꼬부라진 목소리로 말하는가 하면, 남형사는 그
말을 받아 "저 역시 마찬가집니다. 여자 없인 살 수 있어도 과장님 없으
면 하루도 못 삽니다."하고 장단을 맞추는 것이었다. 그리고는 귀가길에
어깨동무를 하듯 서로를 부축해 가면서 나란히 택시를 타는 두 사람이
었다. 어떻게 보면 두 사람이 징그럽게 동성연애를 하고 있는 게 아닌가
하는 착각이 들 정도였다. 그런 두 사람을 가만히 옆에서 지켜보고 있노
라면 괜시리 알 수 없는 외로움과 질투심이 솟아오르는 윤형사였다.

세 수사관은 호텔 커피숍을 나와 경찰차를 몰고 홍교수의 집으로
향했다. 그러나 충격을 받고 실신했다가 깨어난, 현숙해 보이는 교수
부인의 입에서 나온 진술은 수사에 혼선을 주기에 충분했다.

어젯밤에 한 제자로부터 전화가 걸려왔는데, 남편이 제자에게 S호텔
커피숍으로 나가겠다고 약속을 하는 걸 등뒤에서 들었다는 교수 부인
은, 목소리의 주인공이 정말 남자였느냐는 남형사의 의아한 질문에 분명
한 어조로 그렇다고 대답하는 것이었다.

시경으로 돌아온 세 수사관은 특수수사과의 낡은 소파에 마주 앉아
호텔 종사자들의 증언을 토대로 해서 범인의 몽타즈를 만들기로 하는
것과 동시에 홍교수의 주변 인물, 특히 여성 관계를 철저하게 조사해
보자는 쪽으로 의견을 일치시켰다. 아울러서 범인이 큐피드를 만든 행위
를 재조명해 보았다. 윤형사가 먼저 자신의 생각을 말했다.

"과장님, 저는 홍교수의 샤워를 정사 전의 자연스런 과정으로 인정하
고 싶어요."

"지금 무슨 소리를 하고 있는 거야? 윤형사, 무슨 말뜻인지 전혀 감이
안 잡힌다구."

장과장은 이마에 주름살을 만들면서 윤형사의 루즈 칠한 입술을 보았다.

"범인이 하트를 부착시켜 놓은 건 자기 애인의 복수도 아니고 경찰을 의식한 혼란용은 더욱 아니며, 살인의 정당성을 주장하는 큐피드도 아니라고 여겨져요. 범인은 호텔 종업원들이 목격한 대로 남자가 확실해요. 청년은 홍교수에게 심한 배신감과 분노를 느끼고 있었던 게 분명해요. 살인 후에 큐피드를 만들어놓은 건 자신만의 의식이었던 게 틀림없어요."

"혼자만의 의식이었다구?"

남형사는 담배를 문 장과장에게 성냥불을 당겨주면서 의문섞인 표정으로 물었다.

"살인자는 죽은 자에게 꽃 한 송이를 떨어뜨려 놓듯이 홍교수에게 죽음의 큐피드를 준 거야. 사랑의 종말을 그렇게 표현할 수도 있어."

"아, 물론 실연을 당해 정신이 극도로 분열되어 있는 상태에서 배신한 연인을 살해하고 그런 류의 의식을 행하는 살인자들이 있기는 하지만, 홍교수와 범인은 둘 다 남자였단 말이야. 청년이 죽음의 큐피드를 홍교수에게 만들어놓아야 할 필연성과 당위성이 성립될 수 없는 두 사람 사이였단 말이야."

남형사는 윤형사의 추측을 부정하고 있었다.

"꼭 그렇지만은 않아. 홍교수의 샤워는 지극히 정상적인 행위로 간주할 수도 있겠지만 필연성 또한 내포하고 있는 게 사실이야."

윤형사의 의미가 담긴 지적에 남형사는 언뜻 뇌리를 스치는 한 가지 상황에 날카로운 눈빛으로 그녀를 보았다.

"윤형사, 설마……."

그렇게 말하면서도 남형사는 말끝을 흐리고 있었다.

"충분히 그럴 가능성이 있어. 큐피드는 비정상적인 사랑 행위의 파국
을 암시하는 화살표일 수도 있어."

윤형사는 어느새 확신에 찬 음성으로 말하고 있었다.

"교수가 그런 짓을……."

남형사는 믿을 수 없다는 듯 고개를 가로 젓고 있었다.

"물론 범인의 살인 동기를 여러 각도에서 수사해 보는 게 올바른
순서겠지만, 현장 상황으로 봐서는 치정에 의한 살인일 가능성이 매우
높아. 범인이 당당하게 석궁이 든 기타 가방을 메고 호텔을 드나들었
다는 사실은 자신의 정체가 쉽게 드러나지 않을 거라는 자신감에서
비롯된 행동임이 분명해."

"윤형사, 남형사, 지금 도대체 무슨 소리들을 하고 있는 거야? 남형
사, 윤형사가 지금 뭐라고 하는 거지?"

담배를 물고 허공을 쳐다보며 딴 생각에 잠겨 있던 장과장은 두 형사
의 대화 내용에 궁금증을 나타냈다.

"과장님, 윤형사의 사건 현장 분석인즉, 과장님과 제가 사랑하는 연인
사이라는 뜻입니다."

"자네와 내가? 아, 그거야 물론이지. 우리 사이야 서로 죽고 못 사는
사이지. 그런데 그게 도대체 이번 살인과 무슨 상관 관계가 있다는
거지?"

"한 마디로 정의를 내린다면, 홍교수와 청년은 미친 듯이 서로를 사랑
했을지도 모른다는 겁니다."

"뭐라구? 홍교수와 청년이?……. 아니, 그럼……."

장과장은 재떨이에 담배를 비벼 끄다 말고 몹시 놀라는 표정을 짓고
있었다.

"설마 교수가……."

"과장님, 그도 교수 이전에 한 남자예요. 동물적 애욕을 가지고 있는 한 인간이에요."

윤형사는 입술에 힘을 주면서 말했다.

"한 인간이라…… 음, 그래, 그럴 가능성도 있겠군. 그렇다면 그쪽 방면에 대한 수사도 병행해 봐야겠군."

장과장은 고개를 끄덕이면서 심각한 얼굴로 새 담배에 불을 붙였다.

3

낙원동의 깊숙한 뒷골목에 위치한 고급 술집 '불야화'에는 여러 쌍의 호모족이 짝을 지어서 은밀하게 속삭여 가며 서로의 어깨와 등을 어루만지고 있었다.

홀 중앙에 만들어진 스탠드바 형태로 되어 있는 의자에서는 두 쌍의 남자가 과일 안주와 마른 안주를 시켜 놓고 양주를 홀짝거리고 있었고, 여러 개의 칸막이 룸에서는 남자 몇 쌍이 분홍빛 불빛 아래에서 이산 가족을 만난 듯 서로를 껴안고 키스를 하는 등 서슴없이 애무 행위를 벌이고 있었다.

호모 전용 술집인 불야화에는 정치인 김모씨가 근래에 들어 자주 출입을 하고 있었고, TV에 얼굴을 자주 내미는 디자이너 박모씨도 동성 연애에 푹 빠져 있었다. 그리고 알 만한 변호사와 추리작가 이모씨, 종교계의 몇 사람도 한 달에 두세 번 정도 불야화에 들러서 마음 맞는 파트너와 함께 칸막이 룸에서 애무를 하며 사랑 타령을 하다가 뒷문을 통해서 여관으로 들어가곤 하였다.

가라오케식으로 된 무대에서는 어깨까지 내려오는 퍼머머리를 한 매화가 간드러진 목소리로 일본 유행가를 부르고 있었다. 허벅지가 다

보이는 미니스커트를 입은 매화는 짙게 화장한 얼굴로 옥구슬 구르듯이 노래를 부르면서 여가수처럼 부드럽게 히프를 흔들고 있었다.

인기 탤런트 정현조는 거품이 넘쳐 흐르는 맥주잔을 입으로 가져가 시원스럽게 마시고 있었다. 그는 기본으로 시킨 맥주가 바닥이 나자 옆 테이블의 호모에게 시중을 들고 있는 남자 종업원을 불렀다.

"여기 맥주 두 병 더 가져오고, 매화가 노래 끝나면 이리로 데리고 와."

정현조는 지갑에서 지폐 석 장을 꺼내 종업원에게 주고는 청치마를 입고 있는 종업원의 동그란 히프를 손바닥으로 치며 한쪽 눈을 찡끗해 보였다.

잠시 후, 무대에서 내려온 매화가 심하게 히프를 흔들면서 정현조 앞에 착 달라붙으며 앉았다.

"자기야, 어쩌지? 나 이따가 이거한테 가봐야 되는데……."

매화는 한 손으로 엄지손가락을 치켜들면서도 다른 한 손으로는 정현조의 귓볼을 매만지며 애교를 부리고 있었다.

"뭐야! 어떤 새끼인데 그래?"

정현조는 황홀한 하룻밤이 신기루처럼 사라지게 되자 엄지손가락이라는 남자를 독기서린 눈빛으로 찾아보고 있었다.

"아이, 자기 왜 그래? 있잖아, 국회의원 그 남자 말이야, 오늘 밤 나하고 하룻밤 같이 있고 싶대. 한국 정치에 혐오감을 느낀다면서 나와 함께 모든 것을 잊고 싶대. 자기야, 오늘만 이해해라……."

"매화, 너 정말 이럴 거야? 국회의원이면 다야? 내가 그 새끼보다 못한 게 뭐 있어. 너 정말 이럴 거야!"

질투심으로 눈이 뒤집혀진 정현조는 당장이라도 맥주병을 거꾸로 쥐고 국회의원이 기다리고 있는 칸막이룸으로 돌진해 들어갈 기세였다.

"자기야, 제발 진정해. 아, 알았다니까…….."

매화는 분노한 정현조가 맥주병을 거꾸로 쥐자 기겁을 하며 그를 만류했다.

"매화, 너 앞으로 조심해. 아무리 내가 일편단심하는 성격이긴 하지만, 앞으로 또 한번 매화 니 입에서 그런 소리가 나오면 그때는 미련 없이 춘희에게로 돌아가겠어. 앞으로 조심해."

정현조는 급하게 따른 맥주를 단숨에 비우고는 빈 컵을 테이블 위에 힘껏 내려놓았다.

"어머나, 자기 정말 화났구나. 미안해. 자기야, 그만 화풀어라. 응?"

매화는 얼굴이 굳어 있는 파트너에게 키스를 퍼부으면서 칸막이룸을 의식하고 있었다.

"자기야, 나 잠깐 엄지손가락한테 갔다 올께. 잠깐이면 돼."

정현조는 매화의 키스 세례에 기분이 좀 풀린 듯 의심의 눈초리로 파트너를 노려보다가 빨리 갔다 오라고 한 마디 내뱉고는 다시 맥주병에 손을 가져갔다.

수분 후, 칸막이룸에서 나온 매화는 파트너 옆에 다리를 꼬고 앉으며 "미친 자식 같으니라구!" 하면서 칸막이룸을 뒤돌아보았다.

"왜? 그 새끼가 뭐라 그래?"

"별 미친 놈 다 보겠네. 새끼가 같이 못 나가겠다고 그러니까 대뜸 눈깔이 뒤집혀 가지고 왜 못 나가냐고 묻잖아. 그래서 자기하고 같이 밤을 새우기로 했다니까, 광대 새끼가 뭐가 좋으냐면서 미친개처럼 내 허리를 껴안고 키스를 하려고 하잖아. 그래서 냅다 따귀를 한 대 갈겼더니 그제서야 정신을 차리더라구. 미친 자식, 국회에서 하던 망나니짓을 여기 와서도 하려고 하다니…….."

"매화야, 정말 잘했어. 저런 놈은 정신이 번쩍 나게 귀싸대기를 갈겨 줘야 돼. 뭐, 나보고 광대 새끼라고? 야, 그러는 네놈은 한강물에 빠져 봤자 항강물 오염시키는 쓰레기밖에 더 되냐. 에이, 기분 잡쳐."

자정이 넘자 정현조와 매화는 얼큰하게 취한 걸음걸이로 인근 여관으로 들어갔다. 두 남자가 서로의 허리를 껴안으면서 여관으로 들어가는 뒷모습을 담벽에 기대어 서서 지켜보고 있던 춘희는 바바리코트 속에 감춰진 석궁의 방아쇠에 손가락을 걸면서 차갑게 미소짓고 있었다. 그러면서 춘희는 반년 전에 정현조가 주었던 아파트 열쇠를 한 손으로 꽉 움켜쥐었다.

매화와 밤새도록 사랑을 즐긴 배신자는 녹초가 돼서 보금자리로 기어 들어올 것이다. 배신자는 내일 오후에나 스케줄이 있었다.

사전에 정현조의 스케줄을 알아낸 춘희는 그가 혼자 살고 있는 아파트의 비상 계단을 통해서 아무도 모르게 그의 침실로 숨어들었다.

4

인기 탤런트 정현조가 새벽녘에 자신의 침실에서 팬티 차림으로 홍교수와 똑같은 죽임을 당했다는 사실은 신문과 방송에 톱뉴스로 보도될 만큼 흥미로운 연쇄살인이었다.

그러나 경찰은 사건 발생 1년이 지나도록 홍교수와 탤런트 정현조를 살해한 범인을 체포하질 못했다. 특히 서울시경의 세 수사관이 여러 각도의 수사 끝에, 호모족끼리의 치정에 의한 연쇄살인이었음을 밝혀내고 불야화를 급습했지만, 그때는 이미 춘희라는 호모의 그림자조차 찾아낼 수가 없었다. 더욱이 불야화에서 일하고 있던 호모 종업원들은 춘희의 진짜 얼굴을 한번도 본 적이 없었다. 긴 생머리에다 늘 짙은 화장으로 일해 왔기 때문에 몽타즈를 만드는 것도 불가능했다. 마찬가지로 S호텔의 종업원들에 의한 청년의 인상착의 역시 그들이 제대로 보지를 못해서 몽타즈를 만드는 데 별도움이 못 되었다.

범인이 두 피해자에게 똑같이 큐피드를 만들어놓은 의도는 춘희가 호모였다는 사실이 밝혀짐으로 해서 살인 동기와 함께 자연스럽게 파악되었다. 홍교수와 정현조를, 비록 동성이었지만 진정으로 사랑했던 춘희는 두 남자의 배신에 심한 분노와 질투심을 느껴 살인을 저지른 것으로 그 동기가 밝혀졌고, 살인 후에 큐피드를 만들어놓은 의도는 죽음에 의한 사랑의 종말을 스스로 선언한 것으로 세 수사관은 결론지었다.

그런데 경찰에서는 춘희의 행방은커녕 본명조차도 모르고 있었다. 경찰은 1년이 지나도록 춘희의 발자국을 추적해 보았지만 허사였다.

5

태평양을 건너온 우루과이 라운드라는 괴물이 도깨비 방망이를 휘두르며 파산선고를 받은 한국 농촌의 논밭을 쑥대밭으로 만들려고 하고 있을 때, 농부 서익희는 비닐 하우스에서 구슬땀을 흘리며 열심히 수박을 재배하고 있었다. 목을 두른 수건으로 이마의 땀을 닦아가면서 하루 종일 비닐 하우스에서 살고 있는 그였다.

서익희는 요즘 들어서 매일 비닐 하우스에서만 일하다 보니 팔과 가슴에 붉은 반점이 나는 등 피부병의 증세가 나타나고 있었다. 읍내에 있는 약국에서 피부연고제를 사다가 반점에 바르긴 했지만 땀띠까지 겹쳐서 좀체 호전되지를 않았다.

서익희는 수박 판 대금을 주머니에서 꺼내 귀중하게 세면서 흡족한 표정을 짓고 있었다. 산지상이 값을 후하게 매겨 주어서 그런 대로 수지

가 맞는 농사를 지은 셈이었다. 그는 예쁜 아내가 기다리고 있을 보금자
리로 돌아가는 길에 구멍가게에서 맥주 세 병과 안주를 사서 신혼 5개월
의 신랑답게 행복한 표정을 지으며 문을 열고 마당으로 들어섰다. 이농
한 빈 집을 개축해서 신방으로 꾸민 그의 둥지에 손님이 찾아온 듯 마루
밑에 아내의 신발과 빨간 구두 한 켤레가 나란히 놓여져 있었다.

안방에서 새 지저귀는 소리를 내며 해후의 반가움을 나누고 있던
그의 아내와 여배우처럼 늘씬하게 생긴 아가씨가 마당의 인기척에 수다
를 중단하고 마루로 나오고 있었다.

"자기야, 내 친구 난초야. 서로 인사해."

아내 지희는 그에게 친구를 소개시켜 주며 활짝 덧니를 보이고 있었
다.

"지희하고는 같은 대학교 친구예요. 2년 다니다가 똑같이 휴학계를
냈지만 자매 소리를 들을 정도로 늘 같이 붙어다녔어요."

난초는 보조개를 지으며 그에게 눈웃음을 치고 있었다. 아내의 미모에
비해서 조금도 떨어지지 않는 외모였다. 눈이 크고 코가 높아서 서양
여자처럼 생긴 미인이었다. 거기에 비해서 지희는 동양 미녀처럼 앵두
입술과 갸름하게 생긴 얼굴 형태를 하고 있었다.

서익희가 백합처럼 희고 고운 살결을 가진 지희를 만난 건 8개월
전이었다. 인기 탤런트 정현조를 그의 침실에서 기다리고 있다가 잠을
자려고 팬티만 입은 그를 석궁으로 살해하고 고향으로 내려온 그는
부모가 유산으로 물려준 논 몇 마지기와 호모 생활을 하며 모아 두었던
돈 몇푼으로 밭을 사 농사를 짓기 시작했다. 농부로 변신한 그가 지희를
처음 본 것은 읍내 다방에서였다. 거기서 레지로 일하고 있던 지희와
첫눈에 눈이 맞은 그는 서너번 만난 후에 배를 맞추고는 5개월 전부터
사실혼에 들어갔다. 그 5개월 동거 기간 동안 그는 여성의 새털 같은

보드라움 속에 푹 빠져 마냥 행복해 했다. 성의 신비에 비로소 눈을 뜨게 된 그는 시궁창 같은 과거를 망각하고 싶을 정도로 꿈 같은 신혼생활을 보내고 있었던 것이다. 간혹 꿈 속에서 야누스처럼 생긴 홍교수와 정현조가 그의 여체 같은 알몸에 거머리처럼 달라붙어서 온몸 구석구석을 핥고 지나가는 악몽을 꾸다가 비명을 지르며 잠에서 깨어난 것을 제외하고는 아담과 이브의 정상적인 사랑에 무척 만족해 하고 있었다. 그러나 태양이 두 눈을 부릅뜨고 내려다보고 있는 대낮에는 혹여 험상 궂게 생긴 수갑쟁이들이 느닷없이 목덜미를 나꿔채고 끌고 가지 않을까 불안하여 문득문득 뒤를 돌아다보는 버릇이 생기긴 했지만, 1년이 지나도록 형사의 그림자가 다가오지 않고 있어 서서히 안정을 찾아가고 있었다.

5년 동안의 호모 생활, 지금 와서 반추해 보니 그 세월은 악귀들과 함께 한 연옥의 나날들이었고 마약과도 같은 수렁 속이었음을 깨달을 수가 있었다. 조물주가 아담의 갈비뼈 하나를 빼서 왜 이브를 만들었는지 그 심오한 뜻을 비로소 알 것만 같았다.

그러나, 그는 며칠 전부터 심하게 잠꼬대를 하며 두 원귀의 망령에 시달리고 있었다. 질투에 눈이 멀어 사랑을 배신한 두 파트너를 살해한 자신이 어리석게 느껴져 회한의 식은땀까지 흘렸다. 그럴 때면 그는 참회하려는 자신의 죄의식을 힘겹게 잠재우며 호모촌에서의 난잡했던 생활을 깨끗이 잊으려고 더욱 열심히 농사에 전념했다.

은하수가 떠 있는 그날 밤, 서익희는 모기향을 피워 놓고 지희와 그녀의 친구와 마루에서 맥주를 마셨다. 화기애애한 분위기 속에서 맥주를 금방 다 마신 세 남녀는 아쉬운 표정을 지었다. 그러자 그녀의 친구가 얼른 일어나서 건넌방으로 들어가 양주 한 병을 가지고 나왔다.

"오늘 제가 올 때 고급 양주 한 병을 사온 게 있거든요."

세 남녀는 다시 술잔을 비우기 시작했다. 도중에 서익희가 소변을 보러 잠시 자리를 비우자, 난초는 지희에게 과일 안주를 좀더 가져오라고 하고는 그녀가 과일을 꺼내러 냉장고로 간 사이 재빨리 그의 술잔에 수면제를 타넣었다. 세 남녀가 모이자 중단되었던 대화가 다시 이어졌다.

"어머, 익희씨 팔 좀 봐. 술 알레르기인가 보죠?"

난초는 술잔을 입으로 가져가고 있는 그의 팔에 물감처럼 그려진 붉은 반점을 보면서 약간 놀라는 표정을 지어 보였다.

"아, 이거요, 비닐 하우스에서 일하다 보니까 땀띠로 인해서 피부병이 생겼나 봐요. 수박을 다 출하하고 나서 병원에 한번 가볼려구요."

그는 대수롭지 않다는 듯 친절하게 신경써 주는 난초에게 건강한 미소를 지어 보였다. 술시간은 점점 길어져서 자정이 가까워오고 있었다.

"익희씨, 저 오늘 여기서 자고 가도 괜찮지요?"

난초는 애교섞인 음성으로 물었다.

"아, 좋습니다. 며칠 푹 쉬다 가져도 좋습니다."

"아이, 고마워요. 오늘 밤만 저 건넌방에서 신세질께요. 헌데 익희씨, 저 건넌방 쌀가마니 뒤에 있는 기타 가방 속에 들어 있는 석궁은 뭐예요? 저는 기타치면서 노래부르는 게 취민데, 가방을 열어봤더니 석궁이 들어 있지 뭐예요."

서익희는 하마터면 술잔을 놓칠 뻔했다.

"아, 그, 그거요? 꿩사냥이나 토끼사냥을 할 때 쓰려고 거기다 놓아둔 겁니다. 자, 한 잔 하시지요."

"아, 좋지요. 건배."

양주가 바닥을 보이기 시작하자 그가 서서히 하품을 하기 시작했다.

"이거 하루 종일 비닐 하우스에 있었더니 피곤한데요……."

서익희는 연거푸 하품을 하면서 금방이라도 쓰러져 잘 듯이 말했다.

"어머, 이거 저 때문에…… 피곤하실 텐데 그만 들어가 주무세요. 그치만 익희씨, 오늘 밤만은 지희 얘는 제 차지예요?"

난초는 지희의 손을 살짝 잡으면서 말했다.

"좋을 대로 하세요. 그럼……."

서익희는 방으로 들어와서 길게 드러누웠다. 졸음이 해일처럼 몰려오고 있었다. 그는 비몽사몽 속에서 건너방 쪽에서 들려오는 두 여자의 신음소리를 희미하게 의식하면서 환청으로밖에 느껴지지가 않았다.

(이상해…… 어째서 호모촌에서 있었던 그런 소리가 저쪽에서도 들려오는 걸까…….)

서익희는 점점 잠의 깊은 나락 속으로 빠져들면서도 정신을 집중시키려고 안간힘을 쓰고 있었다.

(정말 이상해…… 어째서 원색적인 신음소리가 계속 들려오는 거지…….)

서익희는 한참 후에 안방문이 거칠게 열리는 소리를 몽롱한 상태에서 의식하면서 덮여진 눈꺼풀에 힘을 주었다. 그가 힘겹게 눈을 뜨자 뿌연 안개 속에서 한 여자가 자신의 심장을 향해 석궁을 겨누고 있었다.

"나쁜 새끼…… 지희를 나한테서 빼앗아가? 지희하고 나는 영원히 함께 살 거야. 사내놈들은 죄다 짐승들이야……."

나체로 서 있던 난초는 서익희 심장에 석궁을 쏴 살해하고는 그날 밤으로 지희와 함께 어디론가 사라져 버렸다.

이튿날, 관계 기관으로부터 사건 연락을 받은 세 수사관은 경찰차를 몰고 산간 지방의 비포장 도로를 달렸다. 심장에 한 발의 쇠화살을 맞고

숨진 서익희의 시체를 본 세 수사관은 그를 살해하고 달아난 두 여자를 찾는 데 수사력을 총동원했다. 그러나 이틀 후에 나온 사체 부검 결과는 죽은 서익희가 AIDS 보균자라는 사실이 밝혀짐으로 해서 세 수사관에게 씁쓸함을 더해 주었다. 도망간 두 여자가 이제 곧 에이즈에 감염될 것은 불을 보듯 뻔했다. 어쩌면 서익희의 동거녀는 이미 에이즈에 감염되어 있을지도 모른다. 그녀의 친구 또한 동성연애로 인해 에이즈에 감염되는 것은 시간 문제였다.

윤주희 형사는 두 여자의 행방을 추적하면서 탄식하듯 낮은 음성으로 말하고 있었다.

"아, 신은 난잡한 성생활을 하고 있는 지구촌 인간들에게 가차없이 죽음의 큐피드를 쏘고 있는 걸까?……"

사이공 탈출, 그 이후

• 이태영

47년 서울 출생
홍익대 건축과 졸업
91년 스포츠서울 신춘문예 추리소설 당선
한국추리작가협회 회원
주요작품 : 「오스트리아 빈에서 있었던 일」
　　　　　「사이공 탈출, 그 이후」 외

사이공 탈출, 그 이후

'철컥.'

권총의 방아쇠 소리, 오랜만에 잡아본 무게감이었다. 야릇한 안도감, 발기된 남성처럼 뿌듯해지는 존재감이기도 했다.

'최선의 방어는 공격이지.'

축축한 남국의 정글 속에서 드르르 내갈겼던 자동 소총질, 바로 그 생존 논리를 절대 명제로 삼아 혼돈의 사이공에서 난도질했던 결단, 과연 최선이었을까? 아니야, 우연과 필연이 교직되는 현실만이 있을 뿐, 주어진 운명이라는 것도 없는 채, 무슨 놈의 논리고 정당성이 있겠는가. 그러나 비겁하고 치졸한 짓은 아니었을까?

낭랑한 목소리, 경쾌감으로 자신의 건재를 과시하면서, 최진국의 죽음을 예고한 전화는 초여름 어느 날에 걸려왔었다. 왜 하필 그때 그 생각을 하고 있었을까? 말이 초여름이지 후덥지근해진 날씨였다. 더위 탓이었을까? 최진국은 베트남 상륙을 앞뒀을 때의 낭패감을 연상하고 있었다. 20여 년 전, 1967년이었지…… 새파란 신병으로 야전삽이 매달린 배낭과 엠원소총을 메고 수송선 갑판에서 바라다본 나트랑의 황금빛 모래밭, 그것은 낭패감이었다. 낙하산병이 고공 점프를 하기 전에 느끼는 것 역시 바로 그런 낭패감일까? 삶과 죽음이 가늠질될 알지 못하는 세계, 그 진입은 분명 낯선 두려움이 아닐 수 없었다.

"최진국, 오랜만일세."

"누구신지?"

"아, 잊었어? 나야, 나. 목소리도 잊었어? 하하하, 맞어. 잊을 만도 하지. 10년도 더 됐으니까."

그때까지만 해도 출렁거리는 음성이 어느 동창의 짓궂은 장난쯤으로 여기게 했었다. 그러나,

"우리가 헤어진 것이 사이공에서였지. 사이공이 떨어질 때, 월맹군이 밀려드는 사이공에서."

무엇인가 섬짓했다.

"너 누구야?"

"이 사람 보게. 그래도 몰라? 나 정태진이야."

순간 최진국은 심장이 멎는 듯했다. 정태진이 살아서 전화를? 그것은 꿈결에서 힐난하던 망자의 목소리가 아니었고, 도리어 죄진 자를 주눅들게 만드는 생동이었다. 어느덧 그 목소리는 싸늘하게 변해져 있었다.

"왜, 귀신을 만난 것 같냐? 그래, 한이 맺혀 저승에서도 눈을 감지 못한 귀신이다. 네 놈의 목을 따야 눈을 감을 수 있는 귀신이라고 해두자. 그래서, 네 놈의 목을 따러 왔어."

정태진의 첫 전화는 감정을 절제한 채 잔잔한 것이었지만, 그 침착성이 도리어 갈고 닦은 만만찮음을 느끼게 하면서 두려움을 야기시켰다. 그것은 비켜설 수도 없는 막다른 골목의 담벼락에 등을 맞대게 하는 것이었고, 선택의 여지도 없는 낭떠러지로 내모는 것이었으며, 벅찬 도전이었다.

8연발 모제르 자동 권총은 먼지를 털고 보자기를 풀었을 때, 10여 년 전의 모습 그대로 반짝이고 있었다. 스쿠터와 람브레타가 질주하고, 하늘하늘한 아오자이 차림의 여인들이 자전거로 줄지어 달리던 사이공, 동양의 진주. 그러나 그 이면에는 찌는 듯한 무더위만큼이나 부패의 악취가 물씬했고, 인간의 모습을 벗어던지고 야수로 화했던 인간 군상들이 적자 생존의 법칙에 반응하고 있었다. 그때 그 권총은 최진국의 겨드랑이 밑에서 한 몸이 되어 있었다. 거센 도태의 압력을 되받아치면서 꿋꿋이 일어선 힘이었고, 권력이었고, 그래서 최진국의 존재적 상징이었다.

"형님, 무슨 걱정이 있습니까?"

최진국으로 하여금 다시 권총을 꺼내 들게 만든 것은 민영기였다. 정태진의 등장 자체가 위기였고, 그 위기에 대한 대응은 고사하고, 극복되지 못한 갈등에 위축감으로 시달리고 있을 때였다. 정태진은 마치 베트공의 단발 사격처럼 방향도 알 수 없이 때와 장소를 가리지 않는 전화질로 부단히 최진국의 생활로 비집고 들어오길 계속하고 있었다. 오후 늦은 시간, 패를 짜서 느긋하게 술잔을 들고 있을 때라든지, 휴일 아침의 고즈넉한 시간이라든지, 심지어 휴가철 휴가지의 객실에서까지 느닷없는 정태진의 전화를 받아야 했다. 예의 그 낭랑한 목소리로 일상 잡사를 이야기하듯 천연덕스런 인사로 시작되는 그것은, '어떻게 이 시간 이 장소에'라는 의외성으로 최진국의 허를 찌르는 것이었고, 최진국을 계집애들의 손바닥 위에서 구르는, 살구놀이의 알 정도로 간주하는 것이었다. 그것은 원하기만 하면 무엇이든 할 수 있다는 것을 과시하는 것이었고, 그만큼 정태진의 시선에서 벗어날 수 없는 최진국의 처지를 농락하는 것이었다. 마치 네 놈의 목숨은 내 손바닥 위에 있다는 듯이.

"요즘 안색이 무척 안 좋으십니다?"

계절은 여름을 넘기고 있었다. 썰물처럼 빠져나가는 사람들로 휴가지
의 여객 터미널이 붐빌 때였다. 붐비는 사람들이라면 사이공에서의 마지
막 탈출 때만 할까?…… 월맹군의 포격이 가까워지면서 사이공 서남쪽
화교 거리 숄롱 지구부터 화염에 싸이기 시작했고, 미대사관 상공에서는
철수용 헬리콥터들이 경련이라도 하듯 부르르 떨면서 무수히 오르내렸
으며, 필사의 몸부림으로 철수 대열로 비집고 든 인간 군상들은 인산인
해를 이루었었다.

"민군, 도와주겠나?"

"무슨 일입니까? 형님 일이라면 무슨 일이든 도와야지요."

"사람을 죽일 일이더라도?……"

민영기는 믿을 만한 사내였다. 알고 지내기는 3년 남짓 됐지만, 최진
국은 민영기에게서 자신의 젊은 시절을 발견하곤 했다. 베트남의 정글과
사이공의 뒷거리를 헤치고 다녔던 자신의 모습을 보는 듯했다. 탄력을
과시하는 순발력, 그 민첩한 몸놀림, 치밀하고 빠른 두뇌 회전, 그리고
다부진 결단. 한참 패기가 솟는 그 당당함까지. 생존의 정글 법칙에 가장
잘 반응한, 야수의 날렵한 모습이었다.

"……죽이지 않으면 내가 죽어."

세상은 변명으로 용서되는 곳이 아니다. 변명이 통해 줄 만큼 철없는
시절도 아니었고, 용서받기에는 으스러진 타인의 삶이 핏빛처럼 선명했
다. 내려누르는 것은 곤욕스러움이었고, 때로는 자신에 대한 모멸감이었
으며, 그래서 그 선택은 도리어 더 뻔뻔스러워지자는 자신에 대한 추스
림이었다. 모든 전후 사정을 알아들은 민영기가 바로 그 추스림을 든든
하게 거들고 나섰다.

"최선의 방어는 공격이 아닙니까. 형님 일이라면 곧 제 일입니다.
그 자를 깨끗이 해치웁시다."

역시 민영기는 능력이 있고 든든했다. 민영기는 그때부터 바빠지기 시작했다. 그다웠다. 우선 정태진으로부터 전화가 걸려올 만한 모든 곳에 도청 장치를 설치했고, 또 전화를 유도했다. 그 결과 역으로 정태진을 추적할 수 있었고, 끝내는 정태진의 모습을 사진으로 찍어내는 것까지를 해냈다. 사진은 세르비아 오피스텔 앞에서 택시를 잡는 정태진의 모습이었다. 늙기는 했어도 정태진이 틀림이 없었다. 베트남에 있어야 할 자가! 아니면 그곳에서 죽음을 당했든지……

10여 년만에 사진으로 본 정태진은 초로(初老)의 모습에 의외로 목발을 짚고 있었다. 목발을? 사이공에서의 마지막 모습은 목발이 아니었다. 까라벨 호텔 부근에서였던가. 정태진의 월남인 아내가 한 아이를 업고 한 아이의 손목을 잡은 채 겁 먹은 얼굴을 하고 있었고, 길바닥에서 또 한 사람의 인물 차성준과 정태진이 서둘러 트렁크를 정리하고 있었다. 제법 골라 잡아온 짐꾸러미였지만, 그것 역시 거리를 갈팡질팡하는 인파들 속에서 말 그대로 짐이었다. 대부분을 길바닥에 버리고 몇 가지를 주머니에 쑤셔넣으면서 정태진은 여권 뭉치를 최진국에게 넘겨주었다. 그 여권으로 한국 대사관에서 탑승권을 받아오라는 것이었다.

"탄손누트 공항에서 만나자고."

1975년 4월 26일, 두 척의 한국 LST선박으로 대부분의 민간인들이 사이공의 봉타우항으로부터 탈출한 후였다. 29일, 탄손누트 공항에 대기 중인 난민 수송용 미C130 대형 수송기가 어쩌면 마지막 탈출 기회인지도 모를 상황이었다. 28일 오후부터 이미 탄손누트 공항도 포격을 받고 있었다. 멀리서 울리는 포성과 인파들 사이에서 빨리 다녀오라고 손짓하던 정태진의 모습은 분명 목발이 아니었다.

"정태진 이외에 누가 없었어?"

"혼자였습니다."

"혼자?"

"또 누가 있습니까?"

"가족은?"

"가족도 없었습니다."

그렇다면 정태진의 월남인 처와 두 아이들, 그리고 차성준은? 그 아수라장에서 정태진만이라도 살아온 것이 기적이겠지…… 다시 정밀 확인을 했지만 정태진은 역시 그 오피스텔의 23층에서 마치 부유한 은퇴인처럼 혼자 살고 있었다.

"강도로 가장합시다."

"그게 좋을까?"

"강도의 우발적 살인, 제일 무난한 것 아닙니까?"

그 오피스텔 뒷면에는 업무용 엘리베이터가 한 대 설치되어 있었다. 이용이 용이하고 늦은 밤이라도 남의 의심을 받지 않을 수 있을 것 같았다.

최진국과 민영기는 업무용 엘리베이터를 탔다. 업무용 엘리베이터는 떠오르기 시작했다. 헬리콥터가 미국 대사관 옥상에서 떠오를 때도 이랬었다. 1975년 4월 30일 새벽 4시, 사이공이 월맹군에게 함락되기 수시간 전이었다. CH53형 대형 헬리콥터로 떠올랐었다. 헬기의 착륙 지점을 표시하기 위해서 터뜨린 조명탄의 붉은 섬광과 연기가 자욱했고, 하늘에는 엄호용 A37전폭기가 날고 있었다. 멀리 인도지나해에서는 철수 작전의 미제7함대의 불빛이 화사했다. 그러나 떠나온 세계는 마지막 탈출기회를 놓친 인간들로 아비규환을 이룬 지옥이었다. 그것은 운명의 휘장저 너머로 사라져 가는 세계였다. 정태진은 분명 그 세계의 사람이어야했다. 그때 최진국은 탑승권을 팔아 장만한 한밑천을 거머쥐고 애써 정태진의 일행을 잊으려 하고 있었다.

털컥, 엘리베이터가 서고 문이 열렸다.

"……."

정태진, 정태진이 마치 기다리기라도 한 것처럼 엘리베이터 입구에 서 있질 않은가. 목발을 짚고서.

"최진국……."

"……."

"오랫만이다…… 차성준은 사살됐고, 나는 가족도 버린 채 캄보디아를 거쳐 태국으로 탈출했어. 지뢰에 한쪽 다리를 잃으면서…… 네 놈은 이렇게 잘 먹고 잘 살고 있는데……."

민영기가 엘리베이터를 나서면서,

"최진국, 나는 차성준의 처남일세……."

그렇다면, 민영기는 처음부터 계획적으로 접근했는가. 최진국은 저고리 속으로 권총을 쥐었다. 그러나 정태진의 달관된 듯한 눈길이 마주하고 있었다. 그것도 생명이라고, 하찮은 인간의 비열한 앙탈, 그렇게 말하는 듯했다. 최진국은 으스러지는 자신을 확인할 수 있었다.

"잘 가게, 친구."

와르르, 걷잡을 수 없이 추락하는 엘리베이터. 그러나 그보다도 무너지고 조각나는 자신 속에서 최진국은 헬리콥터로 떠오르면서 발 아래 아비규환을 이루었던 지옥을 보았다. 엘리베이터와 수직 터널, 뱀의 아가리, 지옥의 아가리였다.

"아악."

추락하는 자의 찢어지는 듯한 비명, 그것은 바로 인간 버러지의 단말마였다.

도시의 신기루

● **장근양**

목포 출생
89'영화진흥공사 시나리오 공모전 입상
90'스포츠서울 신춘문예 추리소설 당선
한국추리작가협회 회원
현재 목포신문에 장편소설 「예술가의 연인」 연재중
주요저서 : 「대통령의 밀사」(장편)
　　　 「그 여름의 끝」(공저) 외 단편 다수

도시의 신기루

은행을 털자. 나는 결심했다.

은행을 털자. 물론 나는 은행 강도는커녕, 남의 지푸라기 한 올 훔쳐 본 전과도 없는 사람이다. 그런 내가 은행을 털기로 결심했다. 막연히 많은 현금이 빠른 시일 내에 필요하다는 저급한 동기로 결심한 일이 아니다. 내겐 은행을 털지 않으면 안 될 절박한 이유가 있는 것이다. 망설임이나 두려움을 상쇄시키고, 35년을 견지해 온 윤리관과 도덕률을 마비시키기에 족한 이유가 내겐 있는 것이다.

은행을 털어야 한다. 그 수밖엔 다른 수가 없다. 은행을 털어야 한다.

은행을!

"자네가 쓴 논물들은 잘 받아 보았네. '뉴우런과 인지질 간의 정보 전달 체계' '생체 반도체의 불휘발 기억 축적 방안', 특히 박사학위 취득 논문이었던 '퍼지 이론상의 수치 변용 범위의 한계'는 참으로 훌륭했네."

늙은 교수는 칭찬을 아끼지 않았다. 언제나처럼 축제와 시위로 아수라 장이 된 5월의 캠퍼스에서 파생되는 소음과 최루 가스를 차단코자 창문을 꼭꼭 닫아건 교수실은 후덥지근하고 어둠침침했다.

"그래, 언제 미국으로 돌아갈 건가?"

"어떻게든 한국에서 자리를 잡고 싶습니다. 홀로 계신 어머님께서 미국행을 원치 않으십니다."

"흐으음."

낯빛을 굳히며 교수는 잠시 뜸을 들였다.

"자네의 귀국 소식을 듣고 깊이 생각했던 부분이 없지 않았었네 만……"

용일은 재빨리 은사님의 심중을 헤아렸다.

"가르쳐 주신 은혜에 보답키는커녕 심려를 끼치다니요. 죄송스럽습니다. 미국에서 10년 만에 돌아온 옛 제자의 인사 들림으로 생각하시고 마음에 두지 마십시오. 제 요량껏 자리를 찾아보겠습니다."

"아니야, 아니야."

인자한 교육자는 손을 내젓곤 안경을 벗어 닦았다.

"강단에 서려 해도 동종 학위 취득 선배들이 끝없이 줄을 서 있고, 또 수년간 교통비에도 빠듯한 시간 강사료로 끼니까지 때워 가며 공을 들여야 하네. 연구소에도 자네처럼 차원 높은, 학문을 위한 학문인 이론 과학을 전공한 사람이 설 곳은 없네. 빠른 시일 내에 현금으로 환원되지 못할 연구에 투자하는 곳이 한국에는 극히 드물어. 정보처리학 분야의 국내 학계나 실업계는 그 층과 수준이 너무 일천하네. 미국으로 돌아가게."

은사의 걱정엔 진심이 어려 있었다. '선생님, 저도 잘 알고 있습니다. 그렇지만 어쩔 수 없습니다. 선생님의 제 논문에 대한 평가는 과대한 것이었습니다. 미국에선 별로 새로울 것도 없는 이론들입니다.' 참담한 마음으로 되뇌이며 용일은 교정을 빠져나왔다. 그 길로 그는 은행을 몇 군데 둘러보았다.

조그만 지점포까지 감시용 카메라가 설치되어 있었다. 그 카메라가 시위용에 불과하다는 것을 용일은 잘 알고 있었다. 정면으로 가까이에서 찍히지 않는 바에야 인상착의를 법정 증거 수준으로 녹화해내기는 어려운 일이었다.

"미국에서 박사학위만 받아오면 인생 살판 나겠다 싶어, 붉은 피로 그 모진 고생 끝에 종이쪽 한 장 달랑 받아들고 돌아왔단 말이지?"

국민학교에서 대학교까지 동행했던 친구는 대뜸 야지부터 놓았다.

"10년 사이에 강산은 아파트촌으로 변했어도, 자네만은 조금도 변하지 않았군."

"내가 변하지 않았어? 껄껄껄."

주위의 눈을 아랑곳하지 않고 친구는 목청껏 웃어제꼈다. 조용하던 커피숍 안에 웃음의 파편들이 어지러이 울렸다.

인생의 황금기요 과도기인 20대 후반과 30대 초반에 걸친 10년 세월이 어찌 자네를 변화시키지 않았겠나? 더욱이 자네처럼 민감했던 사람의 대학 시절이 70년대 후반과 80년대 전반에 맞물렸으니.

"자네 신상 이야기나 좀 듣세."

의사가 청진기를 대듯 부드럽게 용일은 말을 댔다.

"해림이와 결혼하여 남매를 낳아 행복하게 살고 있네."

"해림씨와? 거어 참, 둘 다 소원 풀이 했군. 첫사랑 연인끼리 결혼을 했으니…… 연애 편지 배달부의 은혜를 잊지 말게."

짐짓 새로운 이야기를 듣는 양으로 용일은 너스레를 떨었다.

"은혜? 해림인 자네를 만나면 껍질을 벗기려 들 걸세."

"어지간히도 고생을 시켰나 보군."

"여러 소리 말구 빨리 보따리 싸서 어머님 모시고 미국으로 떠나. 시장 바닥에서 온갖 궂은 일 마다잖으시며 자네 혼자만 믿고 사신 어머님 실망시키지 않으려면."

"정상훈, 자네를 맨먼저 만나고 싶었던 이유는……."

"그만두게. 자네 어머님이 내 어머님 아니신가. 그간에 더 찾아뵙지 못한 게 죄스럴 뿐이지. 어서 어머님 설득해서 출국하게. 자네 박사학위증을 만능 열쇠로 믿고 계신 어머님께서 현실에 다시 절망하신다면, 그렇잖아도 심상찮으신 심장병 재발하실라."

"무슨 말을 그렇게 함부로 하나? 아무렴 대한민국에 나 하나 설 땅이 없겠어?"

"이 친구야, 정신 차려. 미국 박사학위 백 장을 가져와 봐라. 대학교수가 될 수 있나. 돈이야, 돈. 자네 현금으로 2억 정도 있어? 그것도 연줄을 잘 잡아야 가능해!"

"설마하니…… 자네도 이렇게 자리를 잡고 살아 가는데, 나라고 못하겠어?"

"이보게, 김용일."

정색을 한 상훈은 목소리를 깔았다.

"해림인 졸업과 동시에 고등학교 국어 선생으로 발령을 받았지만, 나는 그놈의 시위 전과 때문에 공장 근로자로도 취직하지 못하고, 해림의 월급으로 신접 살림을 꾸려 나갔네. 그래도 우리는 행복했지. 모처럼 나도 차분히 앉아 창작에 전념할 수 있었으니까. 그런데……."

"그런데?"

"전교조 바람이 불었지. 해림이 가만 있을 여잔가. 선봉으로 목이

달랑 잘렸지. 그 후 방세를 뽑아내 시집을 출판, 운을 걸어보기도
했었네. 별볼일 없는 시집인지라 잘 팔리지도 않고, 그나마 당국에서
압수, 또다시 끌려가 비 오는 날 먼지 나도록 두들겨 맞고 나왔지.
참담한 세월이었네. 갓태어난 애새끼는 줄창 병원 신세고, 월세방
월세까지 밀렸지, 돈 나올 구멍은 없지."

식어버린 커피를 단숨에 들이켠 상훈은 넋두리를 서둘러 끝맺었다.
"그래도 지금은 살 만해. 애 엄마가 원래 음식 솜씨가 남달라 파출
부로 인기를 끌더니 아주 조리사 자격증을 받아, 요즈음엔 잔치집
에 소금일세. 나도 건축 공사장에 나다니다가 아주 미장공으로
나서서 하루 돈 십만원은 우습게 벌게 됐어. 이대로 계속되면 우리
동기 중에 자수성가하기론 우리 부부가 일등 나겠다 싶어 몸 아껴
가며 쉬엄쉬엄 벌기로 둘이서 입을 맞췄다네. 우리 부부 놀아가며
뛰어도 한 달에 2,3백은 거뜬하지. 그까짓 교수가 대순가. 일 잘하는
과부 중매 서겠으니 자네도 그 어줍잖은 체면 벗고 나와 같이 일하
러 가세. 낄낄낄……."

돌아설 때, 상훈의 눈에서 눈물을 보았다고 용일은 믿고 싶지 않았
다.

상훈과 헤어진 용일은 시내를 터벅터벅 걸어서 은행가를 기웃거리며
해거름까지 돌아다녔다. 너무 큰 은행, 특히 처음부터 은행 전용 건물로
지어진 은행은 제외시켰다. 남의 빌딩에 세들어 사는 조그만 점포가
제격이었다. 상가가 밀집한 곳의 지점포, 사람의 왕래가 빈번하여 몸을
숨기기가 용이한 곳, 그가 원하는 만큼의 현금이 상시로 들어 있을 만큼
은 장사가 잘 되는 곳. 몇 군데 예정지를 마음에 접어두고 용일은 집으
로, 그의 어머니의 단칸 셋방으로 돌아왔다.

용일의 어머니에게 있어서 용일은 종교와 진배없었다. 그녀가 해탈에

이르는 길은 용일이 박사가 되어 대학교수가 되는 것이었다. 그것은
먼저 간 남편의 유언이기도 했다. 원래부터 썩 건강치 못했던 그녀가
지금까지 버텨온 것도 아들의 출세를 보고 눈을 감아 저승에서 남편에
게 떳떳이 소리치고픈 신념에서였다.

일찍부터 용일도 느끼고 있었다. 그가 교수가 되는 날, 아니면 그가
교수가 되기를 포기하는 날, 두 날 중 한 날이 어머님의 생이 마감되는
날인 것을…… 그리고 이젠 막바지 선택의 기로에서 더 이상의 말미가
없었다.

한 사람 더, 용일은 만나고픈 사람이 있었다. 박경희. 그녀가 아직까지
독신으로 있다는 사실을 안 순간, 그는 가슴 뭉클한 감회를 맛보았다.
경희. 추억의 저편에 아스라이 묻어 두었던 그녀와의 순간들이 새롭게
윤색되어 그의 눈 앞을 가렸다.

그 어느 날이었으련가. 서로간 심장의 고동소리를 귀 대고 들었던
시공의 여울목이.

"나를 기다리지 마. 내 처지를 잘 알잖아."

더 다른 말이 필요 없었다. 그녀보다 그가 더 많은 눈물을 흘렸었다.
그녀는 사랑스러운 여인이었으나, 그는 그녀를 돌아보고 망설일 여유가
없었다. 무엇보다도 두 사람 모두 연조 깊은 가난에 찌들어 있어서 서로
가 좀더 부유한 배우자를 찾아야 했다. 그렇게 헤어졌던 그녀가 아직도
혼자 살고 있다 한다.

우선은 반가운 마음이 앞섰다. 그리고, 어쩌면…… 그녀에게 10년간
모아둔 돈이 있을지도…….

경기도 한켠 시골읍, 그녀의 고향에서 그녀는 중학교 교사로 내리
10년을 근무하고 있었다. 언젠가 그녀와 같이 그곳에 내려간 적이 있었
다. 그녀의 어머님을 뵙자는 그녀의 간청을 끝내 들어줄 수는 없었지

만.

토요일 오후, 퇴근 시간에 맞추어 불쑥 나타난 그를 보고도 그녀는 놀라지 않았다. 말없이 걸음을 옮기는 그녀의 뒤를 따라 용일은 읍내를 벗어났다. 읍내가 한눈에 보이는 산중턱에 오롯한 무덤자리가 있었다.

"언젠가 한 번은 오실 줄 알았어요."

"보고 싶었어."

그 말은 그가 귀국하여 내놓은 말 중에서 가장 진실에 가까운 말이었다.

"이쪽 산소에 인사드리세요. 어머님 산소예요."

의아한 용일의 얼굴에 경희는 떨리는 목소리를 뿌렸다.

"어머님께선 내가 용일씨와 줄창 잠자리를 같이 하다가 용일씨가 나를 버리고 떠난 사실을 모두 알고 계셨어요. 어려운 시골 농사 힘겹게도, 힘겹게도 대학까지 가르쳐 놓은 딸년의 하는 짓을 어머님의 철학으론 용납할 수 없으셨겠지요."

경희는 입술을 하얗게 깨물었다.

"용일씨가 떠나던 날, 내가 못 마신 농약을 대신 드셨어요."

"이, 이런 일이 있을 수가……."

경희는 핸드백에서 작은 술 한 병과 과일 몇 알, 그리고 과도를 꺼냈다. 일회용 컵과 술병을 산소 앞에 내려놓은 그녀는 과일의 윗부분만 돌려 깎아 은박접시에 차렸다.

"언제나 토요일 오후면 찾아뵈었지요. 자, 술 한 잔 괴세요."

용일은 망연히 잔을 치고 재배를 했다.

남은 술병과 과일을 들고 경희는 산소 옆자락을 돌았다. 송림에 둘러싸인, 새둥지 같은 공터가 있었다.

"한 잔 드세요."

술을 한 잔 따라 용일에게 주곤, 경희는 술병째 입에 대고 끝까지
마셔 버렸다. 그녀는 말없이 담배를 한 개비 끝까지 피웠다. 그리고,
그녀는 말없이 일어서 옷을 벗었다.

초여름 오후의 빛나는 햇살이 그녀의 젖가슴에 눈부시게 산란되었
다. 스커트의 지퍼가 열렸다. 얇은 여름 옷자락이 스르르 그녀의 발치로
흘러내렸다. 그녀의 팬티는 겨우 형식적인 눈가림에 불과한 것이었다.

알몸이 된 그녀는 잔디 위에 똑바로 누워 마냥 하늘을 쳐다보았다.
전혀 예상치 못했던 그녀의 충격적인 알몸 시위에 용일은 눈을 부볐
다. 초여름의 싱그러운 초록 잔디와 그녀의 하얗게 빛나는 육체가 어우
러져, 그들이 있는 그 숲속의 그 공간이 어딘가 세상에서 벗겨진 듯
신비한 분위기가 감돌았다.

온몸의 혈액이 머리로 쏠렸는가. 용일은 어리저웠다. 눈앞에 펼쳐진
환상적인 광경을 애써 외면하려 시선을 그녀의 얼굴로 한정했다.

"경희, 믿기지 않게도 나는 아직 경희와 헤어진 후 다른 여자를 만나
지 못했어. 그러기엔 내겐 너무도 벅찬 세월이었어. 정말이야. 어서
일어나 옷을 입어. 가슴이 뛰어 쓰러질 것만 같아."

"누군 다른 사내의 손을 탄 줄 아세요? 비겁하게 또 도망가지 말고
덤벼요. 또다시 이런 기회가 돌아오진 않을 테니까."

오랫동안 잊혀져 스러졌던 장대한 힘줄기가 용일의 몸 속 깊은 곳에
서 갑자기 살아나 전류처럼 온 몸을 휘감아 돌았다. 파도처럼 고동치는
피의 물결이 갈망의 해일이 되어 일찌기 그 혼자만이 걸었던 그 해변의
그 백사장을 다시금 쓸어가고자 했다.

천천히, 천천히. 끓어 넘치는 정염을 통제코자 그는 마음 속에 속삭이
며 자신의 알몸을 그녀의 몸 위에 실었다. 차오르는 격정의 숨가쁨을
이기고자 용일은 그대로 그녀의 몸 위에 엎드려 뜨거운 숨결을 토해냈

다.

찰나간, 목줄기에서 지각된 섬뜩한 감촉이 전신에 공포의 전율로 확산
됐다.

"꼼짝하지 마세요. 나도 지금 내가 무슨 짓을 하고 있는지 실감이
나지 않으니까요."

날카로운 과도가 용일의 목줄기에 바싹 대어졌다. 시퍼런 칼날이 슬쩍
만 스쳐도 선혈이 쏟아질 터였다. 순간적으로 용일은 그대로 경희의
알몸 위에서 죽고도 싶었다. 하지만, 그에겐 해야 할 일이, 아직은 죽어
선 안 될 이유가 있었다.

머나먼 이국 땅, 총칼과 마약이 난무하는 흑인 할렘가의 한인 슈퍼마
켓 야간 경비라는, 목숨을 건 아르바이트로 학비를 조달했던 그에겐
자신도 모르게 닦여진 담력과 행동력이 있었다.

아릿한 눈빛으로 경희의 시선을 빼앗은 그는 칼을 든 경희의 팔 안쪽
에 있는 자신의 왼팔을 바깥쪽으로 내침과 동시에 칼날의 반대편으로
몸을 굴렸다. 용수철처럼 튀어 일어난 용일은 무의식적으로 몸을 낮췄
다. 경희는 오른손에 칼을 쥔 채 넋이 나간 사람모양 하늘을 보고 그냥
누워 있었다. 아득한 정신의 심연 밑바닥에서부터 찔리는 아픔으로 시작
된 연민의 정이 용일을 강타했다.

"경희! 나는 네가 나를 그토록 사랑한 줄 정말 몰랐어!"

그는 울부짖었다.

촛점 없는 눈동자가 만들어낸 표정 없는 얼굴로 인형처럼 일어나
주섬주섬 옷을 챙겨 입은 경희를 따라 용일도 옷을 입었다. 머리카락까
지 추스린 그녀는 담배를 다시 한 개비 필터까지 태울 듯 피웠다.

"꿈 깨세요. 용일씨를 기다려 혼자 산 게 아니니까. 그저 어머님의
영전에 고개를 들 수 없어서 이렇게라도 하면 속죄가 될까…… 미친

듯한 생각이었지요. 스스로 주체치 못할."

"경희, 경희의 가슴에 내가 그리도 맺혀 있을 줄 정말 상상도 못 했
어."

"꿈 깨시라니까요. 어머님의 죽음에서 연유된 증오의 감정을 사랑으
로 착각하지 마세요."

"아니야, 경희, 처음부터……."

"헛소리하지 말아요."

경희는 용일의 말허리를 잘랐다.

"귀국한 지 두 달이 넘은 오늘에야 내 생각이 날 정도이니 다른 말을
일러 무얼 하겠어요."

"경희의 거처를 몰랐어."

"의뭉 떨지 말아요. 동창 사회에 용일씨 이야기가 퍼진 지 오래예요.
용일씨가 취직에 필요한 돈을 가진 여자를 찾아 헤매고 있다구요."

"무슨 소릴! 나는 다만……."

"용일씨, 내겐 돈이 없어요. 그러니 뒤돌아보지 말고 뛰어서 돈 많은
여잘 찾아가세요."

"예나 지금이나 우리는 변함없이 가난하군."

후욱, 경희는 휘파람 소리가 나도록 한숨을 내쉬었다. 어색한 침묵
끝에 그녀는 용일의 얼굴을 물끄러미 쳐다보았다. 뜻 모를 미소를 빙긋
짓곤 그녀는 시선을 거두었다.

"서른이 되기 전까진 나도 어느 눈알 뺀 사내가 나타나 내가 번 돈은
그대로 친정 먹여 살려도 무방하니 같이 살자지 않을까 하여 사방을
두리번거리며 살았지요."

"그 문제를 다시 논의해 볼까?"

"자신의 신세나 걱정하세요. 홀로 계신 어머님 돌아가시기 전에."

"내가 그렇게 무능하게 보이나? 미국 유수의 대학에서도 천재로 이름 난 사람인데. 내 밥벌이 못 찾아서 여자 신세를 지겠어?"

그 말은 진실이었다. 은행을 털기 싫어서 마지막 몸부림을 쳤을 뿐인 것이었다.

"쯧쯧쯧, 용일씨처럼 정신 연령이 낮은 어린애와 누가 살지? 누군지 그 여자도 신세가 훤하군요. 내게 그렇게 미련이 남아요? 정신 차려 요, 용일씨. 이런 시골의 사립 중학교까지 발령 못 받은 사대 출신들 이 수천만원씩 싸들고 나이 든 선생들 밀어내고 자리를 잡으려고 줄을 서고 있어요. 당연히 이사장 이하 교무과장까지 호봉 높은 고참 들 쫓아낼 트집 잡으려 안달일 수밖에요. 나도 요령껏 버텨 왔는데, 갈수록 힘들군요. 그러나 어떡해요, 목구멍이 포도청이니. 이제 용일 씨가 어머님 산소에 무릎을 꿇었으니 나도 미련을 떨쳐 버리겠어요. 나같이 돈 없고 배경 없는 여자가 버텨 내려면 다른 수 있나요? 몸으 로 때워야지요. 무슨 말인지 알아들었으면 이제 그만 가세요. 다시는 내 앞에 나타나서 마음 헷갈리게 하지 말아요."

그녀의 눈에서도 돌아서는 순간의 눈물을 보았다고 용일은 믿고 싶지 않았다.

한여름 한낮의 열기가 뜨거운 아스팔트 바닥 위에서 회오리쳤다. 눈에 잡힐 듯 아른거리던 대기 속의 공해물질이 한순간 용일의 주위에서만은 사라진 듯 그를 둘러싸고 있던 공기가 투명하게 흔들거렸다. 천만 인구 가 내뿜는 더운 숨결과 그에 버금가는 열 배출구들이 토해낸, 변질된 공기 속의 왜곡된 공간이 이루어낸 신기루처럼 용일은 길바닥 위에 일그러진 존재로 서 있었다.

거사 자금으로 어렵게 숨겨 두었던 돈을 풀었다. 봉고차를 세냈다.

범행 예비 장소에서 두 시간쯤 떨어진 변두리 비닐 하우스 촌, 미리 보아 두었던 맨끝머리 외딴 하우스 하나를 빌렸다. 청계천으로, 용산으로 바쁘게 뛰었다. 원래부터 기계공학과 전자공학에도 남다른 조예가 있었던 만큼 계획대로 일이 착착 진행되었다. 하우스 안에 대상 은행의 내부 구조를 그려놓고 동선과 행동반경을 따라 연습했다. 체크 오프 리스트를 따로 만들어 밤새도록 외우고 모의 실습을 반복했다. 전과정을 세세하게, 아주 사소한 점까지 한 권의 노트에 일목요연하게 정리 기록하여 실수를 미연에 방지했다.

기계, 전자적 준비가 끝나자, 용일은 화학적 준비에 들어갔다. 크게 주목받지 않는 약품 두 가지를 한 차 가득 싣고 온 그는 방독면을 쓰고 꼬박 이틀간을 작업했다. 신들린 듯, 미친 듯, 그는 일에 몰두했다. 마지막으로 용일은 접착제가 도포된 비닐 색지에 글씨를 멋지게 오려 붙고 차의 양면에 붙였다. 전화번호까지 오려 붙인 그는 가전제품 아프터 서비스 맨들이 입는 유형의 옷과 모자를 구해 가상의 상호를 새겨왔다. 그리고 여름 휴가를 떠난 이웃 하우스의 전화 회선을 전신주에서 끌어내려 전화를 연결했다. 그 전화번호는 그가 차와 인현동에서 인쇄해 온 스티커에도 써넣은 번호였다.

금요일 오후, 최종 점검을 마친 그는 얼핏 보아선 둥근 손잡이가 든든하게 달린 줄칼 같은 물건 하나만을 신문지에 말아들고 은행으로 향했다. 예전에 가명으로 가입해 둔 구좌에서 돈을 인출한다는 명목이었다. 작은 점포 안은 혼잡했다. 보아둔 대로 객장 좌우에 1대씩, 사무처 한켠에 1대, 도합 석 대의 초대형 에어컨이 풀 가동되고 있었다.

객장 왼편의 에어컨 옆 낮은 의자에 앉은 그는 신문지에 말아 가지고 온 물건을 에어컨 뒤로 떨어뜨렸다. 그 신문을 줍는 양 엉덩이를 들고 돌아서서 의자 뒤로 몸을 숙인 그는 대담하게 신문지에 말아왔던 물건을 에어컨 밑 통풍구에 밀어넣었다. 이어 허리를 들며 재빨리 신문지 안쪽에 붙여두었던 스티커를 이탈지로부터 떼어내 에어컨의 명판 위에 붙였다. 몸으로 가리고 의자 밑에서 행한 일인데다, 수차례의 연습으로 지극히 짧은 시간——그가 의자 뒤로 떨어뜨린 신문을 주워드는 행위로만 여겨질——에 예비 작업이 끝났다.

그곳은 감시 카메라의 사각지대였지만, 당초부터 그는 경보 시스템에 신경을 쓰지 않았다. 여러 차례의 답사 끝에 은행 전용 건물이 아닌 작은 점포의 경보 시스템은 인력에 의존한 전근대적인 설비임을 이미 파악해 두고 있었다.

예비 작업봉의 삽입이 성공적으로 끝나자, 그는 범행의 성공에 자신을 가졌다. 1주일 만에 처음으로 용일은 단잠을 잤다.

토요일 아침, 드디어 범행 예정일의 아침이 밝았다.

오전 10시 정각.

용일이 넣어두었던 예비 작업봉 속의 전자 시계가 문득 잠을 깼다. 신호는 곧바로 반도체의 게이트를 열었다. 둥근 자루 모양 부분에 차곡차곡 챙겨 넣어둔 니카드 바테리의 만충전 전류가 톱날 부분의 니크롬선에 흘렀다. 높은 암페어의 전류가 짧은 니크롬선에 흘러 니크롬선이 즉시로 빨갛게 달구어졌다. 바테리의 무게가 실린 채 교묘하게 냉방기 내부의 전선 위에 놓인 니크롬선은 아래쪽 전선의 피복을 뚫고 들어가 합선을 일으켰다.

'펑'소리를 내며 에어컨이 멈췄다. 객장 내부의 전원과는 별도인 전용 동력선인지라 객장 내부의 불은 꺼지지 않았으나 동력선 전용 콘트롤 박스 내의 메인 차단기가 떨어져 에어컨이 모두 멈춰 버렸다.

청원경찰과 서무계장은 큰 소리를 내며 멈춰 버린 에어컨의 뒤쪽에서 고무 타는 냄새가 나며 연기가 피어오르는 것을 보곤 긴장을 했다. 그들은 그 에어컨 뒤에 붙여져 있는 스티커를 보았다. 새로 붙여진 것처럼 보였다. 그것은 아프터 서비스 안내 전화번호였다. 서무계장은 곧바로 전화를 걸었다.

은행원들과 손님들 모두 더위에 짜증을 내며 에어컨의 고마움을 새삼 느낄 때쯤인 12시 정각에 서비스 센터의 전문가가 도착했다.

"도대체 어찌된 물건이요? 구입한 지 3개월도 되지 않은 물건이."

다짜고짜 서무계장은 짜증을 냈다. 한눈에도 전문 기술자임이 분명하게 차려 입은 그는 두툼한 안경 너머로 여유 있게 어른의 키가 훨씬 넘는 커다란 에어컨을 쭈욱 훑어보았다. 주위의 시선을 의식하지 않고 거침없이 행동하던 그는 고개를 끄덕끄덕하면서 고장 원인을 발견한 척하며 주위 사람들에게 안도감을 주었다.

"10분 이내에 고쳐 드리겠습니다."

경쾌한 목소리로 단언한 기술자는 다시 문 밖으로 나가 커다란 연장 가방과 가정용 프로판 가스통처럼 생긴 커다란 통을 끌고 들어왔다.

청원경찰과 서무계장이 기웃거렸다.

"말씀드리기 거북합니다만, 금년도 본사의 신제품에 결함이 발견되었습니다. 구입처를 미리 순회하여 보정 작업 중입니다만, 이곳까진 아직 일정이 미치지 못했군요. 죄송합니다. 서비스료는 무상입니다."

"당연한 일 아니요."

"그 가스통은 뭐요?"

청원경찰과 서무계장이 한 마디씩 했다.

"에어컨은 냉장고와 같이 프레온 가스를 봉입하여 냉매로 사용하고 있습니다. 신제품의 결함이 바로 냉매의 봉입 부분에 있어서, 프레온 가스의 미세한 누출로 인한 논스톱 가동으로 과부하를 일으켜, 자체의 안전……."

"아, 알겠으니 어서 수리를 시작하시오."

"그럼 더스트 커버를 열겠으니 비켜 주십시오."

그는 청원경찰에게 당당히 요구했다.

"내부에 고압 부분이 있어 대단히 위험합니다. 2미터 이내로 사람들이 접근치 못하도록 해주십시오."

그렇게 경비까지 세워둔 그는 전기 드릴에 십자 드라이버를 끼웠다. 그 드라이버를 역전시켜 에어컨 외부의 나사못을 마술 같은 솜씨로 뽑아냈다. 삽시간에 에어컨이 분해됐다. 그의 날랜 솜씨에 청원경찰은 혀를 내두르며 등을 돌렸다. 기웃거리는 사람이 없도록 청원경찰은 착실히 사람들에게 주의를 주었다.

폭 1.5미터, 높이 2.5미터의 대형 전면 장식판을 통채로 뜯어내어 비스듬히 열어제낀 기술자는 장식판 뒤에 숨어서 달그락 꼼지락거렸다. 그러던 그는 통풍구 틈새로 눈치를 보아 번개 같은 솜씨로 전기 드릴에서 드라이버를 뽑아내곤 금속 천공날로 바꿔 끼웠다. 몇번 윙윙거려 소리를 속인 그는 재빨리 돌아서서 더스트 커버에 가려진 직원 출입용 비상 철문의 도어로크 옆에 연필심 굵기의 구멍을 뚫었다. 이어 그 구멍은 문 색깔과 똑같은 실리콘으로 감쪽같이 메꾸어졌다.

이윽고, 재조립을 마친 기술자는 손에 낀 얇은 목장갑의 등으로 연신 땀을 훔치며 일어섰다.

"나머지 에어컨도 미리 손봐두지 않으면 극단적인 경우 화재가 일어날 염려가 있습니다."

프로다운 권위 앞에 청원경찰은 나머지 에어컨 앞에서도 경비를 서주어야 했다. 그가 세번째, 사무처 내의 에어컨을 분해할 때쯤엔 사람들의 관심이 에어컨에서 완전히 떠나 버렸다. 대중들의 그러한 심리까지도 그는 이미 계산에 넣고 있었다. 사무처 안 에어컨의 디근자로 굽어진 더스트 커버를 벽 쪽으로 끌어당겨 그 뒤에 숨은 그는 그 벽에 붙어 있는 경보기 단자함을 열었다. 전자 테스터로 단자 하나하나를 체크한 후 주머니에서 담배갑 크기의 물건을 꺼내어 단자함 내의 모든 경보선을 그것에 결선시켰다. 단자함 바닥에 그 물건을 숨기고 단자함을 다시 닫은 그는 더스트 커버로 에어컨 내부를 가리고 손질을 하는 체했다.

마침내, 에어컨을 정상 가동시켰다. 그는 모든 연장을 챙겨들고 나섰다. 서무계장은 지폐 한 장이 든 봉투를 거마비로 쥐어주었다.

"더운 날 정말로 수고가 많으셨소. 음료수라도 한 잔 하시고 설혹 다시 이상이 있을 때엔 최우선으로 손봐 주시오."

"여부가 있겠습니까."

천연덕스럽게 봉투까지 받아든 그를 청원경찰은 문 밖까지 배웅해 주었다.

오후 1시 30분.

정문의 셔터가 내려지고 왼편의 비상 철문이 열렸다. 은행 안에 남아 있던 손님들은 서둘러 일을 마치고 비상구를 통해 나왔다.

오후 2시.

비상 철문까지 굳게 닫기고, 청원경찰이 커튼을 내리고 문단속을 했다. 에어컨은 여전히 정상 작동 중. 은행 안은 밀폐 상자 속과 다름없었다. 은행원들은 집금과 결산 업무에 분주했다. 토요일 오후의 느근함과 늦어진 점심으로 인한 공복감에 모두들 나른해 보였다.

오후 2시 15분.

에어컨에서 나오는 공기에 이상한 냄새가 섞이기 시작했으나, 풍부하게 쏟아져 나오는 차거운 공기에 희석이 되어 그 냄새를 맡아내는 사람은 없었다.

그 냄새는 용일이 3개월을 연구하여 만들어 붙인 장치에서 휘발되어

나오는 것이었다. 타이머와 릴레이, 소형 액체 이송 펌프 등을 조합시킨 그 장치의 밑에 붙은 커다란 비닐 주머니에는 맑고 투명한 액체가 가득 담겨져 있었다. 용일은 석 대의 에어컨 전부에 그것들을 설치했던 것이다.

그 액체는 용일이 여성들이 흔히 사용하는 매니큐어 지움약인 아세톤과, 수영장이나 정수장 혹은 염색 공장에서 다량으로 사용하는 표백분인 클로로칼키를 정제한 고도 표백분을 반응시켜 만든 클로로포름!

악명 높은 대뇌 마비 흡입 마취제였다.

서서히 농도를 높이어 은행원들의 후각을 마비시켜 버린 클로로포름 휘발기는 5분쯤 후 급격히 출력을 높여 전량을 모두 휘발시켰다. 일시에 대형 에어컨 석 대가 밀폐된 공간에 뿜어댄 클로로포름의 효과는 가히 극적이었다.

의지력이 강한 남자들 중 몇몇은 가물거리는 의식 속에서도 각자의 책상 밑에 붙어 있는 경보 단추를 누르기도 했으나 소용없는 일이었다. 경보 단자함에 붙여진 제어기가 단선 경보기는 미리 결선하고, 통전 경보기는 미리 끊어버린 탓이었다.

모두가 쓰러져 버린 은행 안엔 기괴한 적막이 감돌았다. 이윽고 비상구에서 달그락거리는 소리가 났다.

용일은 도어로크 옆에 뚫어두었던 구멍으로 피아노선을 넣었다. 이상하게 구부러진 피아노선은 철문을 안쪽으로 굳게 닫아 건 쇠지렛대의 고리를 걸어 당겼다.

문이 열렸다. 재빨리 들어와 문을 다시 잠근 그는 숨을 멈추고 방독면을 썼다. 방독면의 필터는 클로로포름의 차단만을 목적으로 만들어진 특수한 것이었다. 방독면을 쓴 그는 먼저, 들고 온 마대에서 원예용 소형 분무기를 꺼냈다. 분무기에서 분무된 액체에서는 참 어울리지도 않게 술냄새가 풍겼다. 혹시나 클로로포름이 공기 중에서 빛에 의해 산화되어 치명적인 극약, 포스겐을 형성했을지도 몰랐기 때문에, 그는 최우선적으로 포스겐의 형성를 저지하는 에틸알코올을 분무한 것이었다. 만에 하나라도 인명을 손상하고 싶지는 않았던 것이다. 미량의 에틸알코올로도 충분했으므로 분무는 금방 끝났다.

쓰러진 사람들에겐 곁눈도 주지 않고 열려진 금고 앞에 서슴없이 선 용일은 지폐 묶음을 차곡차곡 마대에 담았다. 그는 만원권 묶음의 갯수를 세어 정확하게 3백개만 담았다. 금고엔 그 돈의 몇 배가 되는 돈이 더 들어 있었지만 그는 거들떠보지도 않았다.

돈을 먼저 챙긴 용일은 종횡무진으로 설치어 에어컨 내부의 유류품을 모두 수거하고 맨처음 붙였던 스티커까지 떼었다. 한숨을 돌린 그는 안쪽 화장실 곁에 따로 간막이를 해 만든 감시 카메라 통제 데스크로 갔다.

어제와 오늘 날짜 분의 녹화 테이프를 뽑아내고 지금 진행 중인 테이프도 끄집어내 돈자루에 같이 담았다.

방독면을 벗고 밖으로 나온 용일은 돈자루를 들쳐 메고 가 차 속에 던져 넣곤 되돌아가 피아노선을 구멍에 다시 끼워넣고 문을 밖에서 잠궜다.

천의무봉!

다름아닌 용일의 범행을 두고 이른 말 같았다.

은행의 신용도를 참작해서인가, 너무도 완벽하여 내부인과의 합작범죄로 내사 중인가, 범행 수법이 공개될 경우 모방 범죄가 생길까 두려워함인가. 사건은 일체 보도가 되지 않았다. 용일은 느긋하게 기다려 돈을 풀기로 했다. 새 돈은 번호로 추적된다는 낭설도 있지만, 천만의 말씀.

현금 진짜 지폐의 통용을 막을 방도는 없는 것이다.

죽기보다 싫은 흥정이었지만, 새 학기부터의 강의를 언더 테이블 현금 2억원에 담판짓고 돌아오는 길의 용일을 그의 집 앞 골목에서 막아서는 사람이 있었다.

"형씨, 나 좀 봅시다."

그 얼굴을 알아본 용일은 기겁했다. 몹시도 초췌해진 몰골이었으나, 그는 분명 그 은행의 청원경찰이었다. 한순간 용일은 주먹에 힘을 넣으며 물러섰다.

"놀라지 마시오. 다 끝난 일이니까."

"무슨 뚱딴지 같은 소리요?"

모든 증거품을 깨끗이 말소해 버렸기에 용일은 붙잡힌다 해도 돈만 발각되지 않는다면 증거 불충분으로 석방될 자신이 있었다.

"물론, 끝까지 부인하시겠지만 정말 귀신같이 해치웠소. 모두들 혀를 내둘렀으니까. 그러나 완전범죄는 아니었소. 은행 측에서 경찰에 신고를 하지 않았기에망정이지 그렇잖았으면 필경에 형씨는 붙잡혔을 거요. 이렇게 나도 찾아내지 않았소? 지난 15일 동안 나는 서울 전역을 헤맸소. 탐문을 거듭하여 나는 형씨가 은행 옆에 세워 두었던 봉고차의 형과 색깔을 알아내었소. 구두 수선 센터 사람의 기억은 완벽하지 못했지만 형씨의 차가 렌터카라는 것을 알려주는 번호판의 첫글자는 생각해내 주었소. 결국 서울 시내의 모든 렌터카 회사를 탐문하여 비슷한 차를 그 시간대에 대여한 사람의 명단을 작성, 운전면허번호를 추적, 사진을 열람했소. 의심 가는 사람의 사진을 여러 장 복사하여 그 얼굴에 안경과 모자를 추가시켜 화공약품점, 전자상가, 스티커 제조업체 등등 무차별로 끈질기게 탐문한 결과, 단 하나의 교집합점인

형씨의 신원을 파악하게 된 것이오. 어떻든 나는 전국의 사람을 한
사람씩 차례로 만나는 한이 있더라도 형씨를 찾고 싶었소."
무엇 때문에?라는 의문이 용일의 눈빛에 나타났으리라.
"나는 지금까지 해서 되는 일이라고는 없어서 여러 살림 쓸어먹었
소. 막바지 길바닥에 나앉게 되어 마지못한 호구지책으로 겨우 얻은
청원경찰 자리도 형씨 때문에 마감하고 말았소. 이번 일에서 일자리를
잃은 사람은 나 혼자뿐이오. 그렇다고 형씨에게 그 책임을 묻자고
찾은 것은 아니오. 다만, 형씨같이 엄청난 사람에게 한수 배우면 어떻
게 세상 살아나갈 구멍이 있지 않을까 싶은 거요."
혹, 함정일지도 모른다. 용일은 매정하게 돌아섰다.
"잠깐! 형씨, 좋은 날 다시 찾아오겠소만, 이것 하나만은 물어봅시
다. 왜 그 공력을 들여 훔친 돈과 똑같은 액수의 돈을 타 은행 인출금
으로 바꾸어 문앞에 놓고 갔소? 단순히 형씨의 두뇌를 자랑하고픈
놀음이었소?"
"뭐라구요!?"
"놀라지 마세요."
골목 안에서 경희가 걸어나왔다.
"용일씨! 나는 용일씨가 귀국한 날부터 학교를 그만두고 한순간도
놓치지 않고 뒤를 계속 밟았어요. 다른 여자를 만나면 죽여 버릴려구
요. 저번에 나를 찾아왔을 때도 승용차로 당신이 탔던 버스를 추월하
여 학교 앞에서 연극을 한 거예요. 당신이 비닐 하우스를 비운 틈을
타 은행 강탈 계획의 알파와 오메가가 담긴 노트를 훔쳐보았어요.
그래서 현금 3억원을 준비하였다가 당신이 은행에서 나온 직후 노트
에 그려진 모양의 갈고리로 다시 문을 열어 돈자루를 넣어 두었어
요."

"경희에게 그렇게 큰 돈이 어떻게……그리고 그 돈을 무엇 때문에 내게……."

"어리숙한 사람. 우리 집이 신도시 인접 지역인 줄 모르셨어요? 농토를 끝까지 지킨 복이 돌아왔지요. 용일씨, 그 노트의 마지막 부분이 나를 감동시켰어요. 2억은 어머님의 한풀이, 5천은 박경희, 5천은 정상훈. 용일씨가 은행강도로 잡혀가면 나는 누구와 결혼해요? 그래서 당신이 훔친 돈을 돌려 주었지요. 용일씨! 우리 결혼해요. 그래야 제 어머님의 한도 풀어지실 것 아니겠어요?"

47일간의 기다림

● 장세연

목포 출생
87년 스포츠서울 신춘문예(추리소설)로 등단
한국추리작가협회 회원
제7회한국추리문학신인상 수상
주요작품 :「더블 플레이」(작품집)
　　　　　「흐르는 死角」
　　　　　「비명」「욕망이 타는 숲」
　　　　　「숨겨진 목소리」(이상 장편소설)

47일간의 기다림

"약 드셔야지유."

청주댁이 물컵을 내밀며 말했다.

"벌써 시간이 이렇게 됐나?"

보고 있던 TV뉴스 화면에서 눈을 떼며 김여사가 물컵을 받아들었다. 늦게 귀가한 김여사에게 맞추느라 식구들은 밤 9시가 다 되어서야 저녁을 먹었었다. 식구라야 김여사와 조카인 혜진, 그리고 가정부 청주댁이 전부였지만, 조금은 유난스런 김여사 성격 탓에 세 여인들만이 사는 집치고는 격식이 깍듯한 편이었다. 아무리 이른 아침이나 늦은 저녁일지라도 김여사가 식탁에 앉은 다음이라야 식사를 하는 것도 그런 격식 중의 하나였다.

"주무세요. 전 자료를 좀 찾아볼 게 있어서……."

식후 30분만에 복용해야 하는 위장약과 함께 잠자기 전에 먹는 비타민제까지 챙겨 먹고 난 김여사에게 혜진이 말했다.

"한번씩 유치원에도 들러보고 그러라니까."

일어서는 혜진을 바라보며 김여사가 말했다.

"시간이 없어요."

언제나처럼 혜진은 눈을 내리뜬 채 짧게 말했다.

"시간이 없는 게 아니라 관심이 없는 게지. 도대체 난 이해가 안 된다."

결혼도 않고 일찍부터 유치원 운영에만 심혈을 기울여 온 김여사는 장차 유치원을 맡아줄 사람으로서 혜진을 꼽고 있었다. 가난한 오빠의 딸인 혜진을 양녀로 입적시켜 교육과 양육을 맡아왔던 고모 김여사는 그래서 혜진을 보육학과에 보냈다. 그러나 혜진은 대학 졸업 후 큼지막한 책상까지 마련해 둔 고모의 유치원 대신 개인 업체의 사무원직을 택했다. 적성에 맞지 않는다는 것이 그 이유였다.

그러나 김여사는 포기하지 않았다. 끈질긴 설득과 회유를 계속했다. 결국 생각해 보겠노라고 물러설 수밖에 없었다. 허지만 그것은 약속뿐, 졸업 후 1년이 다 돼 가는 현재까지 혜진은 아직 유치원에 들러본 일조차도 없었다.

"할 수 없지. 정승도 제가 하기 싫으면 그만이라는데……."

말꼬리를 흐리는 김여사의 표정은 섭섭함으로 흐려져 있었다. 그러나 그쯤에서 그만둘 고모가 아니라는 걸 혜진은 누구보다도 잘 알고 있다.

'무지개 유치원' 원장 김인영 여사가 시체로 발견된 것은 다음날 아침 6시 40분경이었다. 매일 아침 6시면 어김없이 자리에서 일어나 근처 약수터까지 산책을 가는 김여사가 30분이 넘도록 일어나지 않는 것에 의문을 느낀 가정부 청주댁이 침실 문을 열었다가 발견한 것이다.

크림색 잠옷 차림으로 침대 위에 반듯이 누운 김여사는 아직 살아 있는 듯 두 뺨에 홍조가 돌고 있었다.

"약물 증독삽니다. 시간은 어젯밤 11시에서 12시 사이 같구요."

도둑이 침입한 흔적도, 괴로움으로 몸부림친 흔적도 없이 곱게 누워 있는 시체의 시반(屍斑)을 훑어보며 검시의가 단정하듯 말했다.

"수면제라니유? 하고 싶은 일은 태산 같은디 그놈의 잠 때문에 아까운 시간을 잠자는디 다 쓴다고 불평하던 양반이었는디 무신 놈의 수면제를 잡수셨겠소."

평소 수면제를 복용했느냐는 수사관의 물음에 청주댁이 손까지 내저으며 대답했다.

"이 약은 뭡니까?"

김여사의 화장대 서랍에서 나온 조제용 약봉지와 약병들을 들어 보이며 수사관이 물었다.

"이것은 병원에서 가져오는 위장약이고, 이것은 비타민이에유."

"위장약을 병원에서 가져와요?"

"만성위염인가 뭔가 하는 병이 있어 2주일에 한 번씩 병원에서 약을 타다 잡수셨지유."

"이건…… 비타민이라고 하셨나요?"

온통 영어로 포장된 자그마한 갈색병을 들어 보이며 수사관이 다시 물었다. 늙수그레한 시골 할머니 같은 가정부 청주댁의 유식함이 선뜻 믿기지 않는다는 눈빛이었다.

"원장님이 지난 달 미국 출장갔다 오시면서 사오신 것인디 피로회복에 좋다고 혜진이랑 내게도 한 병씩 주셔서 알고 있어유."

수사관의 눈치쯤 다 안다는 듯 대답하는 청주댁의 목소리에 힘이 들어가 있었다.

"혜진양은 지난 밤 몇시까지 김여사와 함께 있었습니까?"

갑작스런 참변에 넋을 잃은 듯 입술 한 번 달싹임 없이 굳은 낯빛으로 앉아 있는 혜진에게 수사관이 물었다. 양녀로 입적된 조카라는 관계 때문인지 혜진을 대하는 수사관의 태도에서 유족에 대한 배려 같은 것은 별로 느껴지지 않았다.

"9시 TV뉴스가 끝날 때쯤 2층 제 방으로 올라갔어요. 정리해 둬야 할 자료가 좀 있어서……."

생각보다 침착한 목소리로 혜진이 대답했다.

"그 이후로는 아래층으로 내려온 일이 없습니까?"

"오늘 새벽 청주댁 아줌마 비명에 놀라 깰 때까지 아래층에는 내려오지 않았어요."

탐색하듯 훑는 수사관의 눈을 똑바로 주시하며 혜진이 또렷하게 대답했다.

"그건 맞아유. 지는 잠이 없어 보통 때도 지 혼자 마루에서 테레비가 다 끝날 때까지 보고 방에 들어가 새벽 1시나 돼야 잠을 자는디, 혜진이는 저녁 묵고 지 방에 올라가면 통 아래층으로 내려오는 법이 없어유. 어젯밤에도 그랬구먼유."

청주댁이 나서서 장황하게 설명했다. 수사관의 태도가 밉쌀스럽다는 투가 그네의 말투에도, 태도에도 역력하게 배어 있었다.

"죽은 시간이 밤 11시에서 12시 사이라……."

수사관은 불만스런 청주댁의 태도 따윈 아랑곳없이 혼자서 중얼거리며, 김여사의 시체가 놓인 침대와 방안을 샅샅이 살피기 시작했다.

오전 9시경, 김인영 여사의 시체는 부검을 위해 과학수사연구소로 후송됐다. 채취된 침실의 지문과 약병, 약봉지, 주전자, 물컵 등 몇 가지 물건들을 챙긴 수사관들은 수사가 끝날 때까지 현장을 보존해 달라고 당부한 다음 돌아갔다.

"청산가리 중독이 분명하다는데…… 물주전자와 컵, 약, 약병 등

수거해 간 어떤 물건에서도 청산가리는커녕 그 흔적도 발견되지 않았다니, 도대체 어떻게 된 노릇인지……?"

경찰서에 다녀온 김인국이 한숨을 토해내며 말했다. 김인국은 혜진의 생부이자 죽은 김여사의 오빠로, 사건 당일 비보를 듣고 고향에서 올라와 머물고 있었다.

"안방에서 나온 지문들도 죽은 본인 것하고 청주댁 것뿐이고……."

사고 예상 시간인 밤 11시와 12시 사이, 김여사의 침실 바로 앞인 거실에서 홀로 TV를 보고 있었고, 사건 현장에서 죽은 사람 외 유일하게 발견된 지문의 주인이라는 것으로 청주댁은 처음 경찰의 주목을 받았다. 그러나 청주댁에게는 증거도 동기도 없었다. 가정부라는 처지로 볼 때 안방에 그네의 지문이 없다면 그것이 더욱 수상하게 여겨져야 하는 상황이기도 했다.

청주댁은 아이를 낳지 못하는 소박데기였다. 서른다섯 살이 되던 해 한 집에서 살던 작은 댁이 떡두꺼비 같은 아들을 낳으면서 심해진 시댁 식구들과 남편의 학대를 견디다 못해 뛰쳐나온 여인이었다. 유치원 학부모의 소개로 김여사 집의 가정부로 오게 된 20여 년 전부터 그네는 흡사 직장 생활을 하는 남편을 섬기는 아내처럼 김여사를 지성으로 섬겼다. 가족이 없는 홀몸이라는 비슷한 처지 때문이었는지 까다로운 성격의 김여사였지만 세월이 흐르면서 청주댁을 신뢰하고 의지하게 되었다. 그렇게 가정부라기보다는 같은 식구로 대접받아 왔던 청주댁에게는 아무리 들쑤셔도 김여사를 독살할 만한 꼬투리가 없었다.

"경찰에서는 자살로 단정하는데 그게 말이나 되나!"

김인국은 대책 없이 앉아 있는 자신의 타는 속을 달래는 듯 담배연기만 연신 뿜어낼 뿐이었다.

사건 발생 1주일 후, 자살할 이유가 없다는 유족측의 주장에도 불구하고 경찰은 여러 가지 정황을 들어 김인영 여사의 사인을 자살로 단정해 사건을 마무리해 버리고 말았다.

"유언장은 따로 없다만 유치원은 네가 맡도록 해라."

김인국이 명령하듯 말했다. 김인영 여사가 운영하던 '무지개 유치원'은 고급 주택가로 소문난 Y동 중앙에 자리잡고 있었다. 대지 570평에 연건평 896평의 3층짜리 현대식 건물로 지어진 '무지개 유치원'은 부동산 싯가로만 해도 7~80억원이 나간다는 엄청난 재산이었다. 그런 재산적 가치에 혜진이 관심이 있었다면 처음부터 고모의 제의를 거절하지도 않았을 것이다.

"저는 현재대로가 좋아요. 직장도 마음에 들고."

혜진은 시선을 바닥에 깐 채 고집스럽게 대답했다.

"고모는 생전에 네게 유치원을 맡길 작정이었다. 그 뜻을 따르도록 해라."

되풀이하는 김인국의 어투가 다소 강해졌다.

"아버지가 운영하시면 되잖아요. 성진 오빠도 있고."

성진은 김인국의 장남이었다. 가난한 집안 형편에 대학 2년을 아르바이트로 마친 그는 현재 군 입대 중이었다.

성진은 서울에서 대학에 다닐 때 자취를 하면서도 고모 집에는 발걸음을 하지 않았다. 혜진과 같은 조카인데도 불구하고 김여사가 생전에 성진의 출입을 싫어했기 때문이다. 성진뿐 아니라 다른 식구들의 내왕조차 싫어했다. 성진은 그런 고모가 이해되지 않았다. 그런 감정은 비쩍 마른 오빠 성진의 초췌한 모습을 보면서 차츰 반감으로 바뀌었다. 유치원 근무를 그토록 막무가내로 거부한 것도 사실은 그 때문이었다.

"안 된다. 유치원은 네가 맡아야 한다."

김인국의 어조는 완강했다. 혜진은 이해할 수 없다는 듯 대답이 없었다.

"언젠가는 너에게 진실을 얘기하려 했다. 나나 죽은 그애나."

"무슨 말씀이세요?"

묻는 혜진의 음성이 불안하게 흔들렸다.

"너는…… 네 고모의 양녀가…… 양녀가 아니다."

밀어내듯 힘들게 김인국이 말했다.

"양, 양녀가 아니라니요?"

"친딸이었다."

"아, 아버지!"

튀어오르듯 자리를 박차고 일어서는 혜진의 음성은 찢어지는 것처럼 날카로웠다.

"고모는 열일곱살 때 실수로 너를 가졌다."

"그, 그럴 수가……!"

혜진이 두 손으로 얼굴을 감싸 안으며 다시 한번 소리쳤다.

"처녀의 몸으로 애를 낳은 고모, 아니 네 엄마는 너를 남기고 도망치듯 집을 떠나야만 했고, 넌 내 호적에 입적됐지."

"……."

"집을 떠났던 네 엄마는 5년 후 나타났었다. 그 동안 미용 기술을 배워 돈을 모아 어느 정도 생활이 안정되자 널 데리러 왔던 거지. 널 데려가면서 곧 양녀로 입적을 시켰어. 그 후 네 엄마는 미장원을 차려 돈을 많이 벌게 되었지. 서른이 넘으면서 미장원 대신 유치원을 차리더구나. 그때부터였을 거다, 친정과의 왕래를 꺼려했던 것이. 자칫 네가 자신의 출생에 대한 비밀을 알게 될까 봐서였든지, 아니면 육영사업을 하는 사람으로서 명예롭지 못한 과거가 드러나면 좋지 않다는 생각에서였는지 우리와의 왕래를 끊다시피 하더구나."

"……."

"난 그런 네 엄마의 심정을 이해했다. 너도 이해하리라 생각한다.
그런 의미에서 넌 설혹 적성에 안 맞는다 해도 네 엄마가 아끼던 유치
원을 맡아야 하지 않겠니?"

"고모가…… 내 엄마였다구요?"

혜진은 꺾이듯 주저앉으며 중얼거렸다. 허옇게 탈색된 안색이 시체
같았다.

'어렵게 사는 친동기간은 외면한 채 가장 선량한 척, 가장 자비로운
척 아이들을 쓰다듬는 고모의 위선이 난 싫었어. 한 집에서 같은 밥을
먹고 사는 것조차 역겨울 만큼. 명색이 육영사업체라는 유치원을 미끼
로 부를 쌓고 그 부를 피를 나눈 동기간에게조차 나누어 주고 싶어하
지 않는 고모 같은 사람은 이 사회를 위해 아무런 도움이 안 되는,
아니 기생충 같은 존재라 여겼어. 그런데……, 그런 사람에게서 내가
태어났단 말이지? 그것도 실수로…… 아비가 누군지도 모르는 사생
아로…….'

혜진은 끓어오르는 반감만으로 고모의 약병을 바꿔치기했을 때보다
훨씬 비참한 심정으로 가슴을 쥐어뜯었다.

미국 출장길에 듬뿍 사와 지성으로 먹으면서 자신과 청주댁에게도
한 병씩 나눠준 종합 비타민제를 받아들었을 때만 해도 혜진은 자신의
마음 속에 그처럼 교활하고 치밀한 악의가 도사리고 있는 줄은 몰랐
다.

'재물에 탐욕스런 인간일수록 생애 대한 욕망도 커지는 모양이지!'

코웃음과 함께 쓰레기통을 향해 던지려던 혜진은 문득 쳐들었던 팔을
내렸다. 장난과도 같은 한 가지 생각 때문이었다.

'하루 한 알씩 석 달 열흘을 먹는다지. 그렇담…… 백 개의 캡슐 중 한 개에 독약을 채워넣는다면…… 집에 불이라도 나 약까지 몽땅 타 못 먹게 된다면 몰라도 백일 안에는 틀림없이 죽게 된다는 결론인데…… 독약이 검출되더라도 설마 그날까지 멀쩡하게 먹던 비타민제 중에 섞여 있으리라고 의심하는 사람은 없겠지!'

김여사가 죽을 운명이라면 백 개 중 한 알인 독약 캡슐을 먹고 죽게 될 것이고, 아니라면 어떤 계기로든 그 캡슐을 피할 수 있을 것 아닌가. 혜진은 모험하듯 자신에게 준 비타민의 캡슐 중 한 개에 비소를 채워넣은 다음 고모의 화장대 서랍에 든 약병과 바꿔 놓았다.

혜진은 매일 저녁 고모가 위장약과 함께 시간 맞춰 비타민을 먹는 것을 확인한 다음에야 자리에서 일어서 2층 자신의 방으로 돌아갔다. 그리고는 소식을 기다렸다. 약병을 바꿔 놓은 지 47일째 되는 사건 당일 날 아침까지, 매일 운명의 그 캡슐이 고모의, 아니 이제야 밝혀진 어머니의 위장 속으로 들어갔는지 아닌지를……

기나긴 여행

● 정태원

54년 서울 출생
중앙대 연극영화과 졸업
한국추리작가협회 회원
현재 일간스포츠 〈도전 추리퀴즈〉 연재중
주요저서 : 「마지막 파티」(윌리엄 켓츠)
「파문」(스티브 세건)(이상 번역)

기나긴 여행

그녀는 마음이 편안해졌다. 얼마 전의 긴장감은 이미 사라졌다.

그녀의 차 앞으로 빨간 후미등을 켜고서 달리는 차량 행렬이 길게 꼬리를 물고 이어져 있는 것을 바라볼 때마다 그녀는 기분이 들떴다. 언젠가 남산 타워에서도 시내의 야경을 내려다보니 길게 이어져 있는 빨간 등불의 행렬이 보였는데, 그때 그것은 마치 살아 있는 생명의 실처럼 연결되어 움직이는 듯했다.

빨간색…… 그녀는 문득 피를 연상했다. 선홍색의 피를…….

앞차와의 거리를 유지하기 위해 그녀는 액셀레이터를 밟았다. 반대 차선으로 밀려오는 차들의 전조등 불빛이 그녀의 눈을 아프게 찔러 왔다.

경부고속도로 하행선으로 천안 인터체인지를 조금 지난 지점이었다.

차내 온도는 쾌적했다. 그녀는 음악을 틀까 하다가 그만두기로 했다. 오히려 일정하게 들려오는 엔진음이 자신의 마음을 진정시키는 데 효과적이었다고 판단했기 때문이다. 하지만 가슴 속에는 아직도 약간의 거북한 그 무엇이 남아 있었다.

굽어진 도로를 돌 때 트렁크 안에서 무언가 소리가 났다. 무얼까? 빈 깡통이 구르는 소리? 다음 휴게실에서 트렁크를 한번 점검해 볼까? 무심코 그런 생각을 하다가 순간, 그녀는 갑자기 오싹한 기분이 들어 생각을 바꿨다. 트렁크를 열어선 안 된다. 그 속에는 아주 중요한 것이 들어 있기 때문이다.

속도계는 90km에 바늘이 고정되어 있었다. 무거운 짐을 가득 실은 화물 트럭이 그녀의 차를 추워해서 앞지르고 있었다.

유성호…… 그녀는 입속으로 나지막하게 그 이름을 불러보았다.

그 이름의 주인은 그녀의 모든 것이었다. 죽을 때까지도 잊을 수 없는 사람, 영원히 그녀의 것이며 자신의 남편보다도 소중한 사람이 그 이름의 주인이었다.

그와 처음 만난 것은 1년 전이었다. 여고 동창회를 마치고 지난 날 단짝이었던 친구와 둘이 남게 되었다. 그 친구는 이혼녀였다. 거기서 그녀는 그 친구의 권유로 난생 처음 카바레에 가게 되었다.

그날도 남편은 출장 중이었다. 그런데다 카바레란 도대체 어떤 곳일까 하는 호기심이 그녀를 자극시켰던 것이다. 물론 신문이나 TV방송에 보도되는 것을 본 적은 있었다.

어두운 조명과 밴드의 음악이 들어서는 그녀들을 맞았다. 늦은 시간이라 손님들은 그다지 없어 보였다. 플로어에서는 한껏 몸을 밀착시킨 남녀들이 템포가 느린 음악에 맞추어 흐느적거리고 있었다.

그녀들은 웨이터가 안내해 준 가운데 자리에 앉았다. 그 옆자리에 그가 있었다. 한 명의 친구와 같이.

붉은 조명 아래 두 사람의 시선이 마주쳤다. 순간, 그녀는 자신의 가슴이 뜨거워지는 것을 느꼈다.

문득, 대학 시절 좋아했던 첫사랑의 남자가 떠올랐다. 깨끗한 얼굴, 사회에 때묻지 않은 소년 같은 신선한 얼굴이었다.

잠시 후, 웨이터의 주선으로 그들은 자리를 같이 했다. 그녀의 친구와 그의 친구는 파트너가 되어 춤을 추러 나갔다.

둘만 남게 되자 그녀는 두려움이 앞섰다. 이런 남자들이 바로 여자를 협박하는……?

그도 한동안 말이 없었다. 단지 그녀의 눈을 뚫어지게 쳐다볼 뿐이었다.

"눈이 아름답군요."

그의 말에 어떤 대답을 해야 좋을지 몰랐다. 대답 대신 그녀는 미소를 지었다.

두 사람은 1시간 정도 그렇게 있다가 밖으로 나왔다. 그는 헤어지면서 명함을 그녀에게 주었다.

"언제라도 연락 주십시오. 다시 만나고 싶어요."

그는 밝은 표정으로 그렇게 말하고 멀어져 갔다.

차가 막혔다. 그녀는 창문을 열었다. 차가운 밤공기가 그녀를 덮쳐왔다. 순간, 오싹한 기분이 들었으나 정신은 맑아지는 것 같았다.

공사 구간이라 차들의 속력이 떨어졌다.

그녀는 한참을 망설이다 그에게 전화를 걸었다.

"유성호씨 부탁합니다."

"접니다. 아……! 안녕하세요?"

그는 그녀의 목소리를 기억하고 있었다. 대기업에 근무하는 신분도 확실한 사람이었다.

그들은 저녁 때 만나기로 약속했다.

그는 꽃집에 들러 장미꽃을 한 송이 샀다. 여자들은 꽃에 약하다는 것을 알고 있었다. 여러 송이를 살까 하다 일부러 한 송이만 샀다.

그녀는 처음 받아보는 장미꽃에 감격했다. 그 한 송이의 장미꽃이 그녀의 가슴 속 깊이 잠들어 있던 인생의 기쁨에 눈을 뜨게 했다. 그들은 식사를 하면서 각자에 대해 얘기를 했다.

그녀는 3년 전에 결혼한 사실과 남편에 대해 간단히 얘기했다.

"아이는……?"

"없어요. 그래서 혼자 있는 시간이 많죠. 그런데 성호씨는?"

"저는 아직 미혼입니다."

"여자들이 많이 있을 것 같은데요?"

"그렇지도 않습니다. 제 마음에 드는 여자가 없었거든요."

"눈이 높으신 모양이에요."

"그렇지는 않습니다."

그가 찾는 여자는 따로 있었다. 그것은 그에게 부와 명예를 가져다 줄 수 있는 여자, 그는 언젠가 그런 여자가 자신의 눈 앞에 나타나리라고 믿고 있었다.

"지영씨 같은 여자라면 좋겠어요."

"정말?"

그녀는 눈을 반짝이며 웃었다.

그 후 3개월 동안 그들은 스무번 이상 만났다. 그녀는 그때마다 그에게 집착했다. 그도 마찬가지로 그녀에게 빠져 있었다.

부산까지 앞으로 몇 시간이나 걸릴까? 새벽에나 도착하게 될까? 태종대의 푸른 바닷물이 눈에 선했다. 서울을 출발하기 전에 기름을 넣었으니 가는 도중에 다시 기름을 넣을 필요는 없겠지.

그녀는 중매결혼을 했다. 상대는 그녀의 어머니가 소개한 남자였다.

적어도 처음 3개월은 이상적인 결혼인 듯했다. 남편은 그에게 잘해주었고 부족한 것은 아무 것도 없었다. 그러나 얼마 후 남편은 밖으로만 나돌았다. 사업이 바쁘다는 이유였다.

그녀는 혼자 보내는 시간이 많아졌고 그에 따라 외로움은 더해 갔다. 그녀의 빈 가슴을 채워줄 사람은 아무도 없었다.

가끔 대학 시절의 첫사랑이었던 남자가 생각났다. 만나고 싶었다. 얘기하고 싶었다. 하지만 그건 불가능하다. 영원히……

3년 전 어느 날, 결혼을 앞둔 그녀는 그를 찾아갔다. 그가 원한다면 함께 사랑의 도피행이라도 할 생각이었다. 그녀에게 이미 자존심 따위는 남아 있지 않았다.

"전 결혼해요."

"……"

그는 아무 말도 없었다.

"하지 말라고 하면 포기할 수도 있어요."

"나는 결혼 같은 거 안 해. 책임질 수도 없고……"

언제나처럼 무뚝뚝하게 그가 대답했다. 그뿐이었다.

5월의 눈부신 태양 아래 그녀는 울면서 돌아서야 했다.

그녀는 그 남자를 열렬히 사랑했다. 문제는 그녀만 일방적으로 좋아한다는 것이었지만……

어쩌면 지옥 같은 시절이었는지 모른다.

친구들은 모두 그 시절로 돌아가고 싶어하지만 그녀만은 결코 돌아가고 싶지 않은 대학 시절……. 그런데도 그 남자가 생각나는 게 이상했다.

　이곳저곳 수소문해 보면 연락처는 알 수 있을 것이다. 심부름 센터 같은 곳에서 그런 일을 해준다고 들었다. 그러나 막상 행동으로 옮기지 못했다. 그 다음에 올 결과가 무서웠다.

　그에 대한 생각은 이 상태로 좋지 않을까? 그녀는 환상이 깨지는 게 싫었다. 반면 그 당시의 기억은 그녀를 꾸준히 괴롭히고 있었다. 그 고통은 당사자인 자신 이외는 아무도 알 수 없는 것이었다.

　결혼 후 1년이 지나 그를 만났다.

　그는 조금도 변하지 않았고 그녀에 대한 태도 역시 마찬가지였다.

　그녀는 영원히 끝내기로 생각하고 그 일을 실행했다. 힘든 일이었지만 못할 것도 없었다.

　그때도 그녀는 태종대를 방문했었다.

　넓은 바다가 그녀를 반겨 주었고, 기암절벽들이 그녀를 포근히 에워쌌다.

　혼자 서 있었지만 마음은 평온했다.

　그녀에겐 친구들이 그리 많지 않았다. 몇 안 되는 친구들도 남편 직장을 따라 전국에 흩어져 살고 있었기에 만날 수가 없었다.

　외로움을 달래기 위해 그녀는 여러 가지를 배우러 다녔다. 대학과 언론사에서 주최하는 문화 강좌들, 사진 촬영, 수영을 계속하고 있었다.

　그러나 그 시간이 지나면 다시 공허감이 밀려왔다. 다른 주부들은 재미있게 사는데 나는 왜 이럴까? 그런 의문이 자주 들었다. 분명히 근본적인 원인은 자신에게 있었다.

　유성호는 그런 그녀의 외로움을 달래 주었다.

　나이가 30인데 미혼이며 애인이 없는 게 이상했다. 그렇다고 거짓말

같지는 않았다.

한번도 그녀와의 약속을 어긴 적은 없었다. 이제는 그에게 여자가 있다고 해도 상관 없었다.

그녀는 누구보다도 그를 위하고 사랑할 자신이 있었다. 물론 유부녀라는 틀에서 벗어나 있지는 못했지만……

그녀는 그 구속의 틀을 깨버리는 것까지도 생각했다. 이혼을 할까? 애정 없는 결혼 생활을 계속하느니 새로운 생활을 찾는 게 현명하지 않을까?

유성호가 자신을 정말로 좋아할까 하는 데는 의문이 없지 않았다. 그를 좀더 알 필요가 있었다.

그는 단지 일시적인 불장난일 수도 있다. 아니면 그녀의 재산——남편의 것이지만——을 노리고 있는지도 몰랐다.

그녀는 두 가지 모두 사실이 아니기를 빌었다. 그가 그녀를 정말 사랑한다면 나머지는 자연히 따라오게 되어 있었다.

그녀는 그에게 비싼 옷을 사주기도 하고 최고급 라이터도 선물했다. "이것은 고맙게 받지만…… 다음부터는 사양하겠어. 난 지영이가 나를 사랑하는 마음만 있으면 돼."

어떤 때는 그가 더 어른스러워 보일 때도 있었다. 그녀는 그가 금전적으로 그녀를 이용할 생각은 없다고 판단했다.

차들이 다시 속력을 내며 달리기 시작했다.

트렁크에서 다시 소리가 났다.

그녀는 신경이 날카로워졌다.

다음 휴게소까지 30km라는 표지판이 보였다.

그 얘기를 꺼내는 데 며칠이 걸렸다. 그가 어떤 반응을 보일지 몰랐다. 그가 받아들일까? 아니면 거절할까?

"이제 가봐야 할 시간이야."

침대 옆 테이블에 풀어놓았던 시계를 보며 그녀가 말했다.

그의 얼굴에 실망의 그늘이 스치고 지나갔다.

"헤어지는 것은 싫지만 어쩔 수 없어. 남편이 돌아오기 전에 들어가야 해."

그녀는 상체를 일으켜 그의 얼굴을 하얀 손으로 어루만졌다.

"이런 호텔방에서 만나는 거 싫어. 빨리 지영이와 함께 살고 싶어."

그가 말했다. 그는 자신이 거짓말을 이토록 태연히 할 수 있다는 것이 스스로도 놀라울 정도였다. 이렇게 해서라도 이 여자를 가까이 둘 필요가 있었다.

"나도 그러고 싶어. 하지만 좀더 기다려야 해."

그녀가 달래듯이 부드럽게 말했다. 그녀는 그의 말을 진실로 받아들이고 있었던 것이다.

"이러다 늦겠어."

그녀는 침대에서 내려와 옷을 입기 시작했다. 그는 그 모습을 침대에 누운 채 바라보고 있었다.

"멋있어!"

그의 입에서 그녀의 몸매에 대한 감탄사가 튀어나왔다.

그 말에 그녀는 살짝 웃었다. 사실 그녀는 자신의 몸매에 자신이 있었다. 그녀는 긴 다리에 볼륨 있는 몸매의 소유자였다. 수용복 차림인 그녀의 모습을 보고 수영장의 남성들은 몸이 후끈 달 정도였다.

그는 그녀를 만날 때마다 끝없는 황홀감에 빠졌다. 그러면서도 머리 속은 언제나 이 여자를 이용할 수 있는 일은 없을까 하고 생각했다.

물론 목표는 돈이었다. 그렇지만 한 밑천 손에 쥐기까지 그런 눈치를 보이면 안 된다. 선물을 거절하는 것도 다 생각이 있어서였다. 그래야 그녀가 안심할 것이다.

그는 가난한 집에서 태어나 고생하며 자랐다. 어렸을 때부터 갖고 싶은 것, 먹고 싶은 것을 충족시키지 못하는 부족한 생활이었다. 아버지는 일찍 병으로 돌아가셨고, 어머니 혼자서 그와 여동생을 어렵게 키웠다.

그는 주위의 풍족한 친구들을 보면 알 수 없는 증오심이 일곤 했다. 그러나 그런 감정을 결코 밖으로 표현하지 않았다. 언젠가는 나도 남부럽지 않은 생활을 해야겠다는 집념만이 그를 자극했다. 어떤 수를 써서라도 목표를 이루고 싶었다.

그는 대학을 졸업하고 D산업 영업부에 취직했다. D그룹 계열의 회사였지만 그는 자신이 맡은 일에 불만이었다. 결국 수입한 시청각 기재를 파는 영업사원이었다. 자신은 보다 창조적인 일을 하고 싶었다. 기획조정실이나 홍보부 같은 곳에서 말이다. 하지만 모든 게 마음대로 되지 않았다. 그는 언젠가 기회가 오기를 기다리고 있었다.

그가 지영을 만난 것은 행운이었다. 적어도 현재로선 그랬다. 영원한 장미빛 인생을 바랄 수는 없었다.

그녀는 남편이 있는 몸이었다. 나이도 그보다 4살이나 많다. 그런 그녀에게 자신의 일생을 걸 생각은 조금도 없었다.

현재와 같은 상태가 좋았다. 쪼들리지 않는 생활이었고 필요하다면 돈도 뜯어낼 수 있다. 그러나 아직은 그럴 단계가 아니었다. 보다 큰 것을 얻기 위해선 기다려야 하는 법이었다.

그도 일어나 옷을 입었다. 두 사람은 호텔 주차장에 세워둔 그녀의 차인 소나타에 올라탔다. 차는 조용히 미끄러져 갔다.

"남편이 없어지면 나와 결혼해 주겠어?"

망설이다 결국엔 그녀가 입을 연 것이었다.

"내가 할아버지가 된 다음에?"

그는 농담으로 받아들이고 있었다.

"아니, 남편이 갑자기 죽거나 하면……."

"교통사고 같은 것으로?"

"나와 결혼하는 거지?"

"물론."

그는 거짓말을 했다. 결혼이라니…….

"남편을 죽이면 어떨까?"

그는 갑자기 브레이크를 밟을 뻔했다.

"살인은 싫어."

"남편만 없으면 이렇게 남의 눈을 피하며 만나지 않아도 돼."

"남편이 죽으면 제일 먼저 지영이 의심을 받을걸."

맞는 말이었다. 남편이 죽으면 모든 재산이 그녀의 것이 된다. 확실한 사고사가 아니면 그녀가 의심받을 게 분명했다.

"좋은 방법이 없을까?"

그녀의 물음에 그는 아무 말도 하지 않았다. 일이 그렇게 발전하리라고는 꿈에도 생각하지 못했다.

살인이라니! 그녀와 이쯤에서 헤어져? 더 이상 발을 들여놓고 싶지 않았다. 하지만 여기서 손을 끊으면 지금까지의 달콤했던 생활도 끝장이다. 그걸 놓치기는 싫었다.

그로부터 얼마 후 그녀의 남편이 경찰에 체포되었다. 그 동안 관계해온 설영이라는 호스티스를 예리한 흉기로 살해한 혐의였다.

그녀의 시체는 놀러온 그녀의 친구가 발견했다. 벨을 눌러도 대답이 없고 문이 열려 있는 게 이상해 안으로 들어간 그녀는 침실에서 시체를 발견하고 경찰에 신고했다.

현장에 도착한 경찰은 이웃 사람들로부터 어느 남자가 그녀의 집을 다녀간 사실을 알아냈다. 관리인이 메모해 둔 차량번호를 추적해 그 소유주의 주소와 이름을 알아냈다.

마종태, 그는 윤지영의 남편이었다.

마종태 본인은 자신이 설영아의 집을 다녀간 것을 인정했다. 피해자와의 관계도 밝혔다. 하지만 살인만은 부정했다.

그러나 그에게 더 나쁜 상황이 기다리고 있었다. 그가 절교를 선언한 것이 설영아의 일기장에 적혀 있었던 것이다. 그가 그의 명의로 사둔 아파트도 다른 사람에게 팔았으니 이번 주까지 비워달라고 말한 것도 그대로 씌어 있었다.

나쁜 자식!

일기장 마지막에 씌어 있는 말이었다. 그만하면 동기는 충분했다. 여자와 헤어지려 하는데 여자가 말을 들어주지 않는다. 그리고 오히려 협박한다면? 화가 나서 순간적으로 그녀를 죽일 수 있지 않을까?

문제는 범행에 사용한 흉기였다. 흉기가 발견되지 않았다. 흉기에 대해 마종태는 아무것도 모른다고 버텼다. 일부러 거짓말을 하는 게 아닐까? 하지만 경찰이 그의 차를 샅샅이 조사해 보았지만 흉기는 발견되지 않았다.

혈흔을 찾아내려고 루미놀 검사도 해 보았지만 반응이 나오지 않았다. 마종태의 신체와 옷에도 해 보았지만 결과는 마찬가지였다.

그렇다고 그가 범인이 아니라고 볼 수도 없었다. 피묻은 옷을 아예 없애 버릴 수도 있는 것이다. 태워서 쓰레기통에 버린 것일까? 비록 물증은 없더라도 그가 가장 유력한 용의자인 것만은 분명했다.

경찰은 다른 방향에서도 수사를 진행했다. 마종태가 나간 뒤 누군가 들어와 그녀를 죽일 수도 있었다. 없어진 물건이 없는 것을 봐서 원한 관계일 확률이 높았다. 범인은 설영아의 젊은 애인일 수도 있다. 또한 단순히 마종태에게 살인죄를 뒤집어씌우기 위한 위장살인일 수도 있다.

마종태가 살인 혐의로 기소되어 마침내 사형이 집행된다면 누가 이익을 얻게 되는가?

그러자 어렵잖게 마종태의 부인 윤지영이 떠올랐다. 경찰은 그녀의 남자 관계를 조사하기 시작했다.

그들은 1주일만에 만났다. 차를 주택가 골목에 주차시키고 차 안에서 얘기를 나누었다.

"남편이 살인죄로 잡혀 있어."

"알고 있어."

그는 심각한 표정으로 대답했다.

"남편에게 여자가 있다는 걸 알고 있었지?"

"그래."

그녀는 간단하게 자르듯 대답했다.

"어디에 사는지도?"

"물론."

"사건 당일에는 어디 있었어?"

"집에."

"혹시 지용이가 그녀를 죽인 게 아냐? 남편에게 죄를 뒤집어씌우려고……."

"난 사람을 죽일 줄 몰라."

그녀는 담담하게 말했다. 물론 거짓말이었다. 순간, 설영아의 침실이 떠올랐다. 그녀가 찾아갔을 때 놀라던 얼굴, 그리고 피를 흘리며 바닥에 쓰러지던 모습.

"난 성호씨를 사랑해. 성호씨를 차지하기 위해서라면 무슨 일이든 할 수 있어."

그녀는 혼잣말처럼 중얼거렸다. 그때 그는 그녀에게서 이제까지 느껴 보지 못했던 섬뜩함을 느꼈다.

"남편이 없어져야 해."

"그만 해!"

그가 소리쳤다.

"지영이 그 여자를 죽인 게 분명해!"

"내가 싫어졌어?"

그녀의 목소리는 가라앉아 있었다.

"그래, 싫어. 이제 그만 만날 거야, 영원히!"

"영원히?"

그녀의 입가에 희미한 미소가 번지고 있었다. 그 옛날 첫 사랑의 남자가 문득 떠올랐다. 그는 마지막에 뭐라고 말했더라? 생각이 나지 않았다. 하지만 비슷한 말을 했을 것이다.

지금 유성호가 한 말이 하나하나 가슴에 되살아났다.

(이제 그만 만날 거야, 영원히!)

그렇다. 또다시 이별이 찾아온 것이다. 그것뿐이다. 아쉬운 이별이지만…….

그녀는 영원히 끝내기로 결심하고 다시 한 번 그 일을 실행했다. 힘든 일이었지만 못할 것도 없었다.

그녀의 손에서 무엇인가가 번쩍이는가 싶더니 그것은 어느새 유성호의 심장에 깊숙이 박혀 버렸다. 유성호는 너무나 급작스런 일이라 비명도 못 지른 채 그렇게 죽어갔다. 모든 것이 한순간의 일이었다.

밖은 어두웠고 아무도 없었다. 그녀는 시체가 된 유성호를 트렁크 뒤에 옮겼다. 이번에도 아무도 본 사람은 없었다. 트렁크 속의 유성호는 마치 웅크리고서 잠이 든 듯이 보였다. 출혈도 거의 없었다.

그녀는 트렁크문을 내리닫고 운전석에 돌아와 앉았다. 이번에도 태종대로 가는 게 좋겠지……. 가슴이 뛰고 있었다. 그러나 곧 괜찮아질 것을 알고 있었다.

그녀의 차는 태종대 입구로 접어들었다. 그리고 잠시 후 바다가 내려다보이는 그 낭떠러지께에서 그녀는 차를 멈췄다.

드디어 목적지에 도착했다는 안도감이 그녀의 가슴에 전해져 왔다. 그녀는 차문을 열고 밖으로 나왔다. 서늘한 바닷바람이 가슴 속까지 파고들 듯했지만 오히려 기분은 고향에 온 것처럼 안온했다.

그리고 예상했던 대로 주위에는 아무도 없었다. 아직은 너무 이른 시간이었기 때문이리라. 그녀는 목표로 정해 둔 바위를 찾았다. 그리고 다시 차 쪽으로 돌아갔다.

잠시 후 그녀는 유성호의 시신을 끌어내 벼랑 끝으로 옮겼다. 그녀는 다시 아까 확인해 둔 바위를 내려다보았다. 그 바위에 부딪히는 파도가 흰 거품을 만들며 부서지고 있었다.

마음은 여전히 고향에 온 듯이 아늑하기만 했다. 그리고 저 아래, 푸른 바닷물 아래 그녀의 첫 사랑의 남자가 그녀를 보고 있는 듯이 느껴졌다.

그녀의 긴 머리가 바닷바람에 휘날렸다. 한동안 그녀는 그렇게 서 있다가, 이윽고 벼랑 끝에 옮겨둔 유성호의 시신을 발 끝으로 밀어뜨렸다.

바다를 향해 경사진 그 바위 끝에 추락한 유성호의 시신은 이내 부서지는 파도와 함께 바닷물 속으로 사라져 갔다.

잠시 후 그녀는 자신을 버린 두 남자의 그 영원한 안식처를 뒤로 하고 차로 돌아왔다. 그리고 핸드백을 뒤져 담배를 꺼내 물고 불을 붙였다. 더할 수 없이 평온한 기분이었다.

하늘의 연인
땅의 연인

● 하유상

충남 논산 출생
문인협회 이사 및 분과위원장
펜클럽 이사 및 감사
시나리오작가협회 총무 등 역임
현재 무크지 〈문학〉 주간
현대극작가협회 대표
불교문인협회 부회장
추리작가협회 고문
문교부 문예상, 백상예술대상,
신문예상, 통일문학상(본상),
영화공로상 등 수상
주요작품 :「꽃그네」
　「어느 철학교수의 실종」(이상 소설집)
　「격랑」「어떻게 사랑이」
　「검은 사형」(이상 장편소설)
　「예수와 붓다」전3권/ 1권 성현과 인생,
　2권 성현과 여성, 3권 성현과 행복(테마에세이집)
　외 다수

하늘의 연인, 땅의 연인

1990년 11월 9일 ──

공만훈 대위가 훈련비행을 마치고 비행기지에 돌아와서의 일이었다. 긴급 탈출용의 낙하산줄을 잡아당기는 바람에 그의 몸은 공중으로 튕겨져 올라가 낙하산이 미처 펴질 겨를도 없이 땅바닥에 내동댕이쳐져 그 자리서 숨지고 말았다. 불과 몇 초 동안의 순간적인 어이없는 사건이었다.

이 긴급 탈출용의 낙하산에 대해 간단히 말하면 ──

최근의 제트기가 최신식이면 최신식일수록 고성능이긴 하지만, 아직 개발도상에 있는 부속 기재가 많기 때문에 종종 사고가 난다.

그런데 이 전투 제트기 한 대 값은 2백만불이 훨씬 넘지만, 그보다도 한 명의 파일럿이 양성되는 데는 2백만불의 갑절쯤 드는, 돈도 돈이거니와 6년이란 오랜 세월이 걸린다.

그런 만큼 파일럿이 비행중에 사고를 당했을 때 귀중한 생명을 잃는 일이 없도록 하기 위한 장치가 필요한 것이다. 그리하여 긴급 탈출용의 낙하산 줄만 잡아당기면 자동적으로 윗문이 재빨리 양쪽으로 열리면서 동시에 파일럿의 몸이 공중으로 튕겨져 올라가 낙하산이 펴지게끔 장치한 것이다.

이번의 공 대위 사건은 고의적인 것이었나 또는 뜻하지 않은 사고였나를 둘러싸고 논의가 분분했지만, 결국은 사고로 결론지어졌다. 그가 고의로 그런 자살행위를 할 만한 일이 없다는 데서 내려진 결론이었다.

그러나 일부 사람들은 공 대위의 사고설에 회의적이었다. 그가 약 3개월 전에 훈련비행을 마치고 기지에 착륙하려 했으나, 비행기의 바퀴 하나가 나오지 않아 꼼짝없이 사고를 낼 뻔했을 때도 신속한 판단과 침착한 동작으로 대처해서 사고를 극복한 일이 있을 정도로 비행술이 능숙하기 때문이었다. 그만한 그가 그런 따위의 사고를 일으키는 일이란 있을 수 없다는 것이었다.

하기야 한국 전쟁 때 위험한 출격 전투를 마치고 기지에 무사 착륙해서 아, 이젠 살았다! 하는 개운한 기분에 일어서려다 그만 실수해서 긴급 탈출용의 낙하산줄을 잡아당겨 사고사로 목숨을 잃은 예도 있긴 있었다.

그러나 공 대위의 경우 그런 전례를 해당시킬 수 없을 정도로 모든 일에 빈틈이 없었고, 결코 방심하는 일이 없었다. 그래서 사고설보다도 자살설을 주장하는 사람들이 있었다.

그런데 만약 자살했다면 무엇 때문일까? 이 문제에 가장 관심을 기울인 건 공 대위의 아우 공민호였다. 그는 현재 고고학 전공의 대학원생이다. 그는 자기 형이 사고사였다곤 믿고 싶지 않았다. 형의 면밀하고도 침착한 비행술을 믿고 있기 때문이었다.

그렇다면 무엇이 형으로 하여금 스스로 목숨을 끊게 했을까? 이 의문이 그의 머릿속에서 강박관념처럼 작용했다. 그래서 그는 형이 자살할 만한 무슨 까닭이라도 있었는가 하는 의문을 마치 고고학에서 역사적인 유물을 발굴하듯이 캐보려고 나섰다.

공 대위의 역사적 유물에 해당하는 건 그가 써놓은 수기이다. 이것이야말로 이른바 '직접 자료'였다. 그는 원래가 문학적 소질이 풍부해서 수기를 잘 썼다. 때로는 문학적으로, 때로는 기록적으로 썼는데, 일기는 쓰지 않고 수기체로 기록할 만한 일이 있을 때마다 날짜에 매이지 않고 썼다. 언제든지 서랍 속 깊이 간직하고 혼자서만 읽고 즐겼다. 그 수기에 대한 건 오직 공민호만이 알고 있었다. 아무에게도 말하지 않았으며 보여주지 않았다. 말하자면 공 대위의 일급 비밀문서인 셈이었다.

공민호는 형의 수기를 찾았다. 겉장에는 〈보라매의 수기〉라고 쓰여 있었다.

먼저 맨 마지막장을 펼쳤다. 죽은 날과 제일 가까운 날이기 때문이었다.

1990년 11월 4일 일요일이었다. 그러니까 그 사건이 나기 5일 전이었다.

──〈땅의 연인〉이 그럴 수가…… 말할 수 없는 고통 속에서 그렇듯 황홀하고 기쁜 표정을 지을 줄이야!

아, 〈땅의 연인〉은 믿을 게 못 되는구나. 역시 믿을 수 있는 건 〈하늘의 연인〉뿐이다──

아주 간단했다. 문학적 수식도 전혀 없고 담담하게 적었을 따름이었다.

그러나 긴 글보다도 더 심각하게 느껴짐은 무슨 까닭일까? 그리고 처음으로 〈땅의 연인〉이란 표현을 볼 수 있었다. 〈하늘의 연인〉이란 말은 형이 사고를 극복할 때 부쩍 비행기를 사랑하는 마음이 우러나 그렇게 부르겠다는 말을 한 적이 있다.

그렇다면 〈땅의 연인〉은 지상에 사는 인간일 텐데, 민호는 아직 독신 인 형에게 연인이 생겼다는 말은 들은 적이 없었다. 공 대위는 원래가 그런 프라이버시는 무척 소중히 여기는 편이므로, 육친이라 할지라도 말하지 않는 수가 많았다.

이 수기에서 〈하늘의 연인〉이 맨처음 나오는 대문을 읽기 위해 펼치 니, 공 대위가 외바퀴로 착륙한 바로 그날이었다.

1990년 8월 20일.

"착륙 준비…… 착륙 준비……."

편대 지휘관의 명령 소리가 리시버를 통해 들려왔다. 1번, 2번, 3번…… 명령에 따라 차례차례로 편대를 이탈해서 착륙해 갔다.

"4번 착륙."

아, 이젠 내 차례다! 착륙할 때는 동작이 빨라야 한다. 15초 이내로 20개가 넘는 계기를 모두 보고 조절해야 한다. 그렇지 않으면 성미가 급한 〈하늘의 연인〉은 또 심통을 부리거든. 예민한 반응을 보이는 계기 들!

아니, 이게 어찌된 걸까? 아무리 레버를 당겨도 듣지 않았다. 내 이마 에 일순간 땀이 솟는 것을 나는 느꼈다. 아, 이거 야단났군!

"4번, 어떻게 된 거야?"

지휘관의 목소리가 들려왔다.

"왼쪽 랜딩기어가 고장입니다."

나는 약간 당황해서 대답했다.

"뭐라구? 레버를 당겨봐."

"소용없습니다. 아무리 애를 써도 바퀴 하나가 안에 접힌 채 나오질 않습니다."

내 말소리는 약간 떨리고 있었다.

"용기를 내라, 침착하게!"

지휘관의 목소리가 떨린 내 목소리를 나무라기나 하듯 크게 들려왔다. 큰일났구나! 말로만 듣던 봉변을 내가 당하는가보다 싶었다. 이대로 착륙하면 십중팔구는 전복 아니면 폭발이다.

나는 다시 레버를 당겨 보았다. 영 듣지 않았다…… 아무래도 안 되겠다.

〈하늘의 연인〉이여, 왜 심통을 부리는가? 나를 죽일 작정인가? 무심코 흐르는 구름…….

나는 죽음의 위기에 직면한 자신을 느꼈다.

"기체에서 즉각 탈출하라. 낙하산을 펴라."

지휘관의 목소리가 성화같이 들려왔지만, 나는 탈출할 수가 없었다. 탈출하면 나야 살 수 있겠지만, 이 사랑하는 〈하늘의 연인〉은…… 그야 손을 뻗쳐 줄 하나만 당기면 나는 안전하게 지상으로 내려갈 수 있다.

그러나 비행중에 비행기가 고장이 났다고 냉큼 탈출해 버릴 수는 없지 않은가! 그보다도 용기를 내서 기체를 구하는 작업을 계속하자.

이렇게 결심한 나는 작업에 전심전력을 다했다. 내 가슴 속에서 튕기는 불꽃…….

그러나 바퀴는 여전히 안으로 접힌 채 옴짝달싹 안 했다. 안 되겠다. 기체를 급기동시켜 격심한 진동을 일으켜 보자. 그럼 그 진동으로 바퀴가 펴질지도 모르니까. 자, 급기동 한 번, 두 번, 세 번…….

역시 헛수고였다. 〈하늘의 연인〉은 무감각이구나! 안 되겠다, 안 되겠

어! 이번엔 저공비행으로 날다가 외바퀴를 활주로에 부딪치며 충격을
주어보자. 격심한 충격은 무감각해진 〈하늘의 연인〉을 자극할지도 모르
거든. 자, 저공비행이다.

"공 대위, 위험하다! 위험한 시도를 버려라!"

지휘관의 목소리가 황급히 들려왔다.

그러나 나는 해보기로 단연 결심했다. 운이 좋으면 성공할지도
모르지…… 자, 충격 한 번, 두 번, 세 번…….

"공 대위, 위험하다! 위험해!"

──지휘관님, 누구는 위험한 줄 몰라서 그러는 겁니까? 어떻게 해서
든지 사랑하는 〈하늘의 연인〉을 구하기 위해서지요.

그러나 만사는 휴(休)였다. 〈하늘의 연인〉은 심통이 나도 단단히
난 모양이었다. 다섯번의 착륙 시도가 몽땅 물거품으로 돌아가다니!
제발, 내 속 좀 그만 태워다오. 내 가슴 속에서 튕기는 불꽃…….

"즉각 기체에서 탈출 못하겠는가? 공 대위, 귀관의 기체를 구하고자
하는 눈물겨운 노력은 인정하고도 남음이 있다. 이제 기체를 버리고
탈출한다 해도 귀관의 파일럿 정신은 혁혁히 빛날 것이다. 망설이지
말고 즉각 탈출하라! 명령이다, 명령!"

명령을 어기는 건 나쁜 일이지만 하는 수 없었다. 다행히 착륙이 성공
했을 때 명령 위반으로 영창 신세를 진대도 나는 도저히 〈하늘의 연인〉
을 버릴 순 없었다.

지휘관의 얼굴…… 반짝이는 제트기…… 지휘관의 얼굴…… 반짝이
는 제트기…….

지휘관의 목소리는 이젠 기진맥진해 있었다.

"공 대위, 귀관은 한 달 전에 있었던 김 중위가 기체를 구하려다 추락
사한 사실을 잊었는가?"

──잊을 리가 있습니까? 그때 서 중위와 주고 받던 말까지 훤히 기억하고 있는걸요.

그때 나는 서 중위와 함께 주보에서 술로 울적한 마음을 달래고 있었다. 서 중위는 술이 얼큰해지자 사진을 꺼내서 진득이 들여다보았다.

"웬 사진인가?"

"김 중위와 같이 찍은 사진입니다. 김 중위와는 중학 때부터 사관학교까지 동기동문이지요."

"참, 그렇다지…… 자네 심정 충분히 이해하겠네. 안됐어……."

"운명이라고 할 수밖에 없지요…… 실은 이 사진 5일 전 비행기 타기 전에 찍은 겁니다."

"그래?"

"비행기 타기 전에 사진을 찍으면 불길하다서 난 반대했습니다만…… 이 친구가 영 들어먹어야지요."

"김 중위는 그런 것에 대범한 편이었지?"

"네, 무신경할 정도로 대범했었지요. 그런 미신을 믿느냐고 이 친구는 나를 비웃으면서 자기는 절대로 죽지 않는다고 큰소리치더군요…… 근데 난 이렇게 살아 있고, 그 친구는 죽다니…… 운명이라고 할 수밖에 없잖습니까?"

"운명이라……."

"고교 때 같이 자취한 적이 있습니다. 둘이 번갈아 밥을 짓기로 했는데, 이 친구 자기 차례도 나한테 떠맡기면서 한다는 소리가 걸작이었지요."

"뭐랬기에?"

"그 대신 집주인 딸을 나한테 양보한단 겁니다. 그 딸인즉 유치원생이었지요."

"유치원생?"

"네, 크거든 애인으로 삼으래나요. 이쁘장하니 장래성이 있다는 거지요."

"허허허……."

"하하하……."

"걸작이야."

"재밌는 친구였는데…… 그러고 보니 좀 이상했어요. 6일 전에 헤어질 때 악수를 하고 가다가 되돌아와서 다시 악수를 청하면서 뚱딴지처럼 '이제 미자도 꽤 컸을걸. 한번 만나보면 어떻겠나?' 하잖겠어요. 결혼해서 애까지 있는 나한테 말입니다."

"미자라니?"

"집주인 딸 말입니다."

"아, 유치원생이었던……? 허허허……."

나는 웃다가 웃음을 뚝 그쳤다. 서 중위가 이번에는 웃지 않고 있었기 때문이다.

지휘관의 목소리는 이젠 명령이 아니라 애걸이었다.

"공 대위, 제발 부탁한다. 긴급 탈출용의 낙하산 줄만 잡아당기면 된다……."

그렇지! 이 줄만 잡아당기면 되는 거야!

그러나 그 간단한 동작을 나는 할 수 없었다. 순직한 김 중위도 그때에 지금의 나와 같은 심정으로 탈출 못 했을지도 모를 일이다…… 아니, 탈출 안 했을 거야!

김 중위의 얼굴……반짝이는 제트기…… 김 중위의 얼굴…… 반짝이는 제트기…….

"공 대위, 대장님이 직접 명령하신단다."

지휘관의 애타는 소리는 대장님의 엄격한 소리와 바뀌어졌다.

"공 대위, 신속히 탈출하라! 귀관의 생명은 비행기의 몇 갑절 값지다는 것을 명심하라! 명령이다! 속히 탈출하라!"

아, 절대절명…… 가망성이 없었다. 최선을 다했지만…… 이젠 하는 수 없다. 탈출용의 낙하산 줄을 잡아당길 수밖에…… 아냐, 잡아당겨선 안 돼…… 아니, 잡아당겨야지. 당겨야 해…… 줄을 당기면…… 아, 기체가 추락해서 폭발하는 소리가 내 귀청을 찢었다. 눈앞에 선하게 하늘로 치솟는 불길…….

안 돼! 안 돼! 안 돼! 탈출해선 안 돼! 내 〈하늘의 연인〉을 악살박살로 만들고 불태울 순 없었다. 내가 같이 죽으면 죽었지, 내가 살고 기체만 그럴 순 없었다.

"공 대위, 마지막으로 명령한다! 즉각 기체에서 탈출하라!"

나도 이젠 마지막으로 결심해야만 했다. 내겐 오직 두 길밖엔 없었다. 〈하늘의 연인〉과 같이 죽든가, 같이 살든가!

이젠 결행하자. 죽음을 각오하고 외바퀴로 착륙을 감행하는 것이다. 죽기 아니면 살기였다.

그런데, 아직도 기름이 9백 파운드나 남아 있었다. 그러니 이대로 착륙하다 불이라도 붙는다면 만사는 끝장이다. 그 기름을 먼저 소모해야만 했다. 그러기 위해선 상공으로 치솟아 날 수밖에 …… 현재의 높이는 1천 피트…… 치솟았다…… 1천5백 피트……또 치솟았다 ……2천 피트…… 또 2천5백 피트…… 아차! 이를 어째! 계산 착오였다. 벌써 기름이 바닥났다. 엔진이 멎기 시작했다. 2천5백 피트의 상공에서…….

이젠 별수 없었다. 엔진이 꺼진 기체를 이끌고 활공해서 내려가는 수밖에…… 활공했다…… 2천 피트…… 또 활공했다…… 1천5백

피트…… 또 활공했다…… 1천 피트……또 5백 피트…… 활주로가
마구 가까워졌다.

정신을 바짝 차렸다. 죽느냐 사느냐였다. 아 참, 단단한 활주로에 떨어
지면 기체의 훼손이 훨씬 클 것이다. 그래, 활주로 밖의 풀밭을 향해
기수를 돌려야만 했다.

풀밭이 육박하듯 다가왔다. 외바퀴가 풀밭에 닿으려 했다. 그야말로
0.1초가 죄우하는 아슬아슬한 찰나였다. 내 육체의 온 신경이 초긴장되
어 외바퀴에 모아졌다. 외바퀴가 닿았다…… 기체가 곡예와 같이 위태
롭게 흔들거리며 굴러갔다…… 멈추었다…… 고즈넉한 일순간이 지배
했다.

"공 대위, 수고했다. 착륙 성공을 축하한다."

지휘관의 목소리를 꿈결처럼 들으며 나는 어느덧 흐느끼고 있는 자신
을 발견했다. 멀리서부터 앰뷸런스의 사이렌 소리와 전우들의 환호성이
가물가물 가까워지는 것 같았다——

이 대문에서는 별로 얻은 바가 없었다. 우선 〈땅의 연인〉이 나오지
않았다. 이 〈땅의 연인〉이 아무래도 이 사건의 키포인트인 것만 같은
생각이 들었다. 그런 만큼 그 수수께끼의 인물에 대해 일언반구의 언급
도 없는 건 민호에게 실망을 안겨주었다. 아니, 분명 아직 〈땅의 연인〉
과의 만남이 이루어지기 전인 것 같다.

그러나 이 대문으로 말미암아 형의 죽음이 단순한 사고사가 아니란
애초의 신념을 더욱 굳힐 수가 있었다.

'형의 죽음은 틀림없는 자살이다.'

그는 이렇게 마음 속으로 외친다. 그리고 형이 자살한 까닭을 기어코
밝히겠다는 투지를 새삼 다지는 것이었다.

그러려면 무엇보다도 〈땅의 연인〉의 정체를 밝혀야 한다는 생각에서 그는 수기를 샅샅이 살폈다. 그리하여 결국 그는 〈땅의 연인〉이 맨처음 나오는 대문을 펼쳐들 수 있었다.

1990년 10월 1일.

코발트 빛깔 물감이 뚝뚝 떨어질 듯한 가을 하늘…… 거기에 은빛 기체를 빛내면서 날고 있는 우리들은 지상에서 볼 때 물 속에서 잽싸게 헤엄치는 피라미떼처럼 신선할 것이다.

더구나 오늘은 〈국군의 날〉 행사로 〈곡예밀집비행〉이란 이름의 편대 비행…… 4대의 비행기의 날개와 날개 사이가 불과 1미터밖에 안 되는 그야말로 아슬아슬한 곡예비행이었다.

그런 만큼 어렵기도 하지만 즐겁기도 했다. 몸이 근질근질할 정도의 쾌감에 감싸였다. 정말 즐거웠다.

사랑하는 〈땅의 연인〉 C! 그대는 지금 어디서 내 제트기의 비행하는 모습을 지켜보고 있는가? 사무실의 창가?

오늘은 쉬는 날이니까 사무실엔 안 나갔겠군. 그럼 그대 아파트의 창가? 이 시각쯤이면 아파트의 창가겠지? 창가에서 한껏 행복감에 잠겨 있겠지?

아, 4대의 제트기가 4방향으로 흩어졌다가 수직강하로 내려박힐 때, 그리운 빨간 지붕의 그 집이 강물의 푸르름과 대조되어 아름답게 보이는구나!

사랑하는 〈땅의 연인〉 C! 지금 내가 타고 있는 이 〈하늘의 연인〉의 구조는 매우 복잡하거든. 약 30만 가지의 부속품이 있는데, 그 가운데서 하나만 잘못되어도 그녀는 심통을 부려 무사할 수 없는 거야. 아, 인간의 세포와도 같은 그 구조의 복잡성!

그러나 〈땅의 연인〉은 단순하고 순진무구해서 그런 심통을 부리지 않아 좋거든.

S에게 감사하고 싶다──

이 대문에서는 〈땅의 연인〉의 윤곽이 어느 정도 잡혀 있다. 회사에 근무하는 오피스걸로 마음씨가 착한 아가씨로만 느껴진다. 그리고 그녀를 알게 되는 데 S란 인물이 관련되는 모양이다. 어쩌면 S가 C 이상으로 중요한 인물이지 모른다.

민호는 또 C에 대한 대문을 펼쳐든다.

1990년 10월 21일.

오늘 교외의 호젓한 곳에서 C와 만나기로 했었는데, 나는 좀 늦어 버스를 내리자마자 급하게 뛰어갔었지. 기다리던 C는 나를 반겨 맞이했어.

"오래 기다렸지?"

"아뇨, 겨우 10분……."

"겨우 10분이 뭐야? 파일럿의 연인답잖게."

"또 그 소리!"

"정말 파일럿은 0.1초, 그러니까 1초의 10분의 1이지. 그 0.1초로 운명이 좌우되는 거야."

"정말로 아슬아슬했겠군요."

"그 아슬아슬한 고비가 불과 0.1초란 말야. 그러니까 〈겨우 10분〉이란 말은 큰일날 소리거든."

"알았어요. 근데 왜 10분이란 대단한 시간을 공 대위님은 어겼죠?"

"불가항력이었어. 버스가 고장이 나서 그만……."

"참, 요즘 버스 고장이 잦은가 봐요."

"고장도 잦을 만하지. 버스 운전은 정말 불안해 못 보겠어. 관성과 중심 등을 무시하고 급커브를 도는 걸 보면 아찔해지거든. 늘 안전비행을 위해 온갖 신경을 쓰는 우리가 보기엔 도무지 불안해서…… 흔히 '한번 실수는 병가지상사'라지만, 우리에겐 안 통해. 한번 실수는 곧 죽음을 뜻하니까."

"무척 조심해야겠어요. 귀중한 생명인데……."

"특히 파일럿의 생명은 값진 거야. 양성하는 데 돈이 많이 들거든."

"얼마나 드나요?"

"대략 계산해서 30억원……"

"어머나? 30억이나 들어요?"

"음, 따져 볼까?"

"네."

"에프화이브 한 시간 비행에 드는 휘발유는 13드럼 반이거든. 근데 병아리 파일럿이라도 빨간 머플러를 두를 수 있게까지 되려면 적어도 350시간은 날아야 한단 말이야. 게다가 그 밖에 부속품 소모 등을 합치면 너끈히 30억원이거든."

"그럼 공 대위님은 약 150억이 들었네요. 비행시간 1천7백 시간이니까?"

"암, 이래봬도 150억의 값진 몸이야."

"알아 모시겠습니다."

"앞으로 조심해."

"네!"

"허허허……."

"호호호……."

"그러니까 150억짜리 파일럿인 난 2백만불이 훨씬 넘는 관을 타고 다니는 셈이지. 이건 이집트의 고대왕의 순금관도 저리 가라지."

"관이라뇨?"

"아차!"

"관이라뇨? 시체를 담는……?"

"음……."

"아니, 왜 그런 불길한……?"

"실언했어. 이런 말은 하지 말아야 하는 건데…… 흔히 파일럿끼리 하는 게 입버릇이 돼서 그만……"

"……"

"달리 생각하지 마. 하늘에서 보람을 찾으며 사는 파일럿인 만큼 비행기를 관으로 말하는 것도 재밌는 표현이라고 생각 안 해?"

"그보다도 공 대위님!"

"……?"

"만약 비행중에 요전처럼 기체가 고장났을 때 탈출하겠어요? 아니면 그 비행기를 구하려다 비행기와 운명을 같이 하겠어요? 이젠 내가 있는 걸 전제로 해서 말예요."

"이거 좀 난처한 질문인데…… 허허허……."

"웃어 넘기지 말고 솔직히 고백해 주세요."

"……!"

"탈출하면 내 품으로 돌아올 수 있는 거예요. 비행기는 부서질지라도……"

"왜 그런 질문을 하는 거야?"

"중대한 일이기 때문예요. 어떡하시겠어요?"

"……."

"어서 대답해 주세요, 솔직히."

"난 탈출하겠어…… 아니, 탈출 못 할 거야. 끝까지 기체를 구하려고 버티겠지…… 하지만 이건 2백만불이 넘는 제트기의 값 때문만은 아냐. 그 동안 들여온 정 때문이기도 하지…… 정든 기체를 버리고 나 혼자만 살아날 순 없을 것 같애."

"이젠 내가 있는데도 말예요?"

"난 보다 더 하늘에서 보람을 찾으려는 건지도 몰라. 난 그런 사나이 야. 실망했지?"

"……."

"그런 내가 싫으면 싫다고 솔직히 말해 줘."

"좋아요. 그 말을 들으니까 공 대위님이 더 좋아졌어요."

"그게 정말이야?"

"네, 공 대위님에겐 다른 또 하나의 세계가 있는 거예요…… 하늘의 세계죠…… 끝까지 한 세계를 사랑할 수 없는 사람은 딴 세계도 끝까 지 사랑할 수 없는 거예요."

이 대문에서 민호는 형과 C의 나이 차가 많다는 것을 짐작할 수 있었 다. 그리고 서로 사랑한다는 것도.

민호는 모두 종합해 보았다. 우선 C보다도 S를 알게 되면 이 문제는 풀기 쉬울 것 같았다. 왜냐하면, 형이 C를 알게 되는 데 S가 결정적 역할을 한 것 같기 때문이며, 또한 S는 형의 친지 가운데 한 사람인 것 같기 때문이다.

그런데 S와 C의 이니셜은 이만저만한 게 아니다. 가령 이니셜이 S 가 되는 성은 사・사공・상・사마・서・서문・석・석말・선・선우・ 설・성・소・손・송・순・숭・신・심 등이었다. 또 이니셜이 C가

되는 성은 차 · 채 · 척 · 천 · 최 · 초 · 촉 · 총 · 추 등 수두룩했다.

게다가 그 이니셜이 반드시 성이란 법도 없다. 이름일 경우를 생각할 때 무궁무진한 셈이었다.

그러나 '그리운 빨강 지붕의 집'은 막연하지 않고 확연성이 있었다. 이 집은 형과 S와 C의 관련이 있는 것 같다. 그러므로 이 집을 찾아야만 될 것 같다.

그야 곡예비행한 곳은 한강 상공이었으니까 한강 언저리인 건 분명하다. 더구나 '그 집이 강물의 푸르름과 대조'되었다고 써 있으니 한강가인 게 분명하다. 그리고 4방향으로 흩어졌다가 수직강하한 형의 위치를 대충 알고 있다. 그런 만큼 그 언저리에 있는, 고층 빌딩이 아닌(고층 빌딩은 지붕이 아닌 슬래브니까) 빨강 지붕의 집을 민호는 찾아나섰다. 한나절까지 땀을 뻘뻘 흘려 가까스로 찾아냈다. 다방이었다.

그곳 마담은 그 집 지붕처럼 빨간 투피스에 금단추의 화려한 옷차림을 한 중년이었다. 민호는 군복 차림의 공 대위 사진을 그녀에게 보였다.

"신사복 차림이었지만도 이 장교님이 분명하지예. 약 두 달 전에 신사복 차림의 또 한 분과 여길 왔심더."

민호는 귀가 번쩍 뜨였다.

"그 또 한 분의 나이는……?"

"이 장교님보다 쪼매 아래인 것 같았는데예…… 내사 잘 모리겠심더."

"여기서 여자와 만난 일은……?"

"있었지예. 그날 둘이서 차를 들고 있는데예, 20대 초반으로 보이는 아가씨가 안 나타났겠심니꺼. 그 여잔 또 한 분의 신사를 보더니만 몹시 반색했심더. 그라도 그는 그 여자가 누군지 도무지 알 수 없는 모양입디더. 그러자 그 여잔 자기를 밝히는 모양이었지예. 한참만에야 그는 그 여잘 알아본 모양인지 안 반겼겠심니꺼!"

"그 주고받은 말소릴 못 들으셨나요?"

"저 구석자리였고, 그날 따라 손님이 붐벼 왁자지껄한 통에 몬 들었심더."

"그럼 무슨 동작 같은 거라도?"

"그가 오른손으로 낮게 가리키며 웃어댔심더."

"그 손이 꼬마였을 때란 표현 같지 않았나요?"

"맞심더, 맞심더! 그란 거 같심더."

"그리고 그는 이 장교에게 어떻게 했나요?"

"우앤 설명을 하는 것 같았지예. 그라니까예, 이분도 웃어댔심더."

"그러자 그녀는 어떤 태도였나요?"

"얼굴을 붉히며 안 수줍어했겠심니꺼. 그라니까예, 이 장교는 웃음을 뚝 그치고 무안해했심더. 둘이 얼굴 붉힌 채로 서로 인사 안 했겠심니꺼."

민호는 그가 S이고, 그녀가 C인 것을 짐작한다. 그리고 또한 S는 서 중위이고, C는 서 중위의 얘기에서 나오는 '유치원생'이 아닌가 하는 추측을 한다. 서 중위는 그때 고교생이었으니까 지금 얼굴과 별로 큰 차이가 없겠지만, 그때 유치원생이었던 그녀는 이젠 어엿한 처녀로 자랐으니 알아차리기 어려웠을 것이다. 그런 만큼 그녀는 그를 알아보고, 그는 그녀를 알아보지 못한 건 당연한 일이었으리라. 그리고 그가 오른손을 낮게 내려 그녀의 유치원생 때를 말했을 것이며, 공 대위는 이미 그 얘기를 듣고 있었으므로 같이 웃었을 것이다. 그러다가 그녀가 수줍어하자 그때까지 숫총각인 그도 웃음을 그치고 무안해했을 것이다.

민호는 곧 서 중위를 찾아갔다. 민호의 추측은 들어맞았다. 서 중위는 신기한 듯이 민호의 말을 듣고 껄껄댔다.

"아니, 공 대위님이 어느 틈에 그 유치원생과 그리 가까워졌을까요?
난 전혀 눈치채지 못했는데……."

그리고 그녀의 이름이 채미자이며, 근무지인 N투자신탁회사를 일러
주었다. 민호는 곧 그 회사로 찾아갔으나, 그녀는 이미 그만둔 뒤였다.
그만둔 날짜를 알아보니 바로 형이 죽은 그 이튿날이었다.

민호는 그녀가 혼자서 자취하고 있다는 8평 아파트를 찾아갔다. 그녀
는 마침 까만 원피스 차림으로 저녁밥을 짓고 있었다. 이쁘장하고 살결
이 고우며 수심스러워 보였다.

민호가 공 대위 동생임을 밝히자 그녀는 원망스런 눈길을 던졌다.
민호가 지난 11월 4일 일요일에 형님과 무슨 일이 있었느냐고 다그쳐
묻자, 그녀는 야무지게 잡아뗀다.

"별일 없었어요!"

그녀는 시치미를 떼고 있는 게 분명하다. 수기에 '말할 수 없는 고통
속에서 그렇게 황홀하고 기쁜 표정을 지을 줄이야'란 대목이 있는데,
그 고통이 무엇인지 사뭇 의심스럽다.

"고통스런 일이 있었을 텐데…… 분명?"

"별일 없었다니까요!"

그 말투가 매우 야멸차다.

"솔직히 말해 주십시오. 그게 고인을 위한 길이 될 테니까요."

그녀는 드디어 거센 반발을 일으킨다.

"도리어 말하잖는 게 고인을 위한 일일 거예요. 그러기에 그에 대한
유서를 하나도 남기잖은 게 아니겠어요."

"그야 유서는 없었지만, 유서를 대신할 만한 게 있습니다. 바로 이
수기죠."

민호는 그녀에게 수기의 그 대목을 보여주었다. 그러자 그녀는 격심한 충격을 받았는지 잠시 어리벙벙하다가 생각난 듯이 격렬하게 흐느껴 우는 것이었다. 이윽고 그녀는 마음을 정리해서 편지로 그때 상황을 알려주겠다고 약속한다. 그래서 민호는 많은 의문을 고스란히 남긴 채로 돌아선다.

5일 후, 민호는 미자로부터 다음과 같은 편지를 받았다.

──우리는 그날 Y산으로 피크닉을 갔어요. 둘만의 호젓한 시간을 갖기 위해 사람들이 별로 찾지 않는 그곳을 갔던 거예요. 정말 고즈넉한 분위기였어요.

그곳 숲 속에서 나는 자청하다시피 해서 그에게 내 〈처녀〉를 바쳤어요. 나는 첫경험이라 육체적으로 고통스러웠어요. 하지만 정신적으로는 기쁨을 느꼈지요. 우리는 몇 차례 교접 끝에 곯아떨어져 곤히 잠들었어요. 이윽고 누가 나를 건드리는 것 같아서 눈떠 보니, 젊은 놈들 셋이서 내 몸을 꼼짝 못하게 누르고 있었지 뭐예요. 그는 꽁꽁 묶여 재갈을 물린 채 나무 밑동에 묶여 있었죠.

그놈들은 짐승처럼 나를 윤간하기 시작했어요. 나는 정신적 고통과 아울러 육체적 고통으로 죽을 것만 같았어요. 그래, 나는 그 고통을 참고 견디느라고 바로 몇 시간 전에 있었던 그와의 첫경험을 애써 떠올렸죠. 그것을 그는 오해했나 봐요. 그런 줄은 꿈에도 모르고 나는 도리어 그가 나에게 옹졸히 대하다가 끝내는 배채기로 자살까지 한 것으로 오해하고 원망해 왔어요. 서로의 오해 때문에 이렇게 됐지 뭐예요. 그러나 나도 그의 뒤를 따를 수밖에요. 안녕──.

민호가 곧 그녀의 아파트로 달려갔지만, 그녀는 이미 음독자살한 지 5시간 후였다. 욕된 이 땅에서 너무나 순수를 추구했기에 일어난 비극이라고 하겠다.

한국추리작가협회
와의 계약으로
인지 생략

추리소설
秘密 92+β

값 15,000원

1993년 1월 25일 제1판제2쇄인쇄
1993년 1월 30일 제1판제2쇄발행

지은이 이 노 상 우 원 외
펴낸이 박   명   호

펴낸곳 명 지 사

서울특별시 동대문구 장안동 369－1
등   록 : 1978. 6. 8. 제5－28호
전   화 : 243－6686·FAX 249－1253
사 서 함 : 서울청량우체국사서함 제154호
대체구좌 : 010983－31－1742329
지로번호 : 3 0 1 2 2 9 9

ISBN 89-7125-000-3 33810   ※ 잘못된 책은 바꾸어 드립니다.